文庫 SF

594〉

ひとりっ子

グレッグ・イーガン

山岸　真編・訳

早川書房

5985

SINGLETON AND OTHER STORIES

by

Greg Egan

Edited and translated by

Makoto Yamagishi

First published 2006 in Japan by

HAYAKAWA PUBLISHING, INC.

This book is published in Japan by

arrangement with

CURTIS BROWN GROUP LTD.

through THE ENGLISH AGENCY (JAPAN) LTD.

目次

ひとりっ子

行動原理

AXIOMATIC

「……液体窒素漬けで脳みそ凍らされて、それがこなごなに砕けちる感じ！」

店の外にたむろするティーンエイジャーをかきわけて、わたしは〈インプラントストア〉の入口にむかった。ホロヴィジョンのニュース取材班の車がやってきて、どうしてきみたちは学校に行ってないのときいてくれないかと、この子たちが熱望しているのはまちがいない。わたしが脇を通ると、思春期でもなければ、〈バイナリー・サーチ〉のメンバーのような服装もしていないやつは、見るだけでむかついて体の具合が悪くなるといわんばかりに、ゲーゲーと吐く真似をしてみせる。

じっさい、具合が悪くなったのかもしれない。

店内には客はいないも同然だった。売場はビデオROMショップを連想させる。商品陳列棚はほとんどそっくりだし、販売業者のロゴも大半が同じ。棚のそれぞれには、『幻覚体験』『瞑想と癒し』『動機づけと成功』『言語と技巧』といった表示。それぞれのインプラントは、本体は一ミリの半分以下の大きさだが、かつての本のサイズのパッケージにはいっている。パッケージを飾るのは、けばけばしいイラストと、マーケティング辞典から引っぱってきた数行の陳腐で大仰な宣伝文句か、一件いくらで名前を貸している有名人の推薦の言葉。「**神**になれる！　**宇宙**になれる！」「究極の洞察！　究極の知識！　究極のトリップ！」、そして永遠の定番、「このインプラントで人生が変わった！」もあった。

わたしは、〈あなたは大物！〉の紙箱を手にとって――透明な包装ラップが汗まみれの指紋でてかっている――ぼんやりと思った。もしこの製品を買って使用したら、わたしは商品名どおりのことを本気で信じるようになるのだ。それを否定する証拠がいくらあったところで、わたしの心を変えることは物理的に不可能になる。わたしは紙箱を、〈自分を好きになりまくれ〉と〈意志力一発、たちまち金持ち〉のあいだに戻した。

目的の品物は正確にわかっていたし、それが棚に並んでいないのも知っていたが、一部は純粋な好奇心から、また一部は時間稼ぎで、わたしはもうしばらく店内をぶらぶらと見てまわった。その時間で、この行動の帰結をもういちど考えなおせるように。正気に返って、ここを立ち去れるように。

〈共感覚〉のパッケージには、恍惚とした表情の男性の舌に虹が突き刺さり、目玉を五線譜がつらぬいているイラスト。その横では〈エイリアン的精神ファック〉が、「あまりにも異様なこの精神状態、体験している最中でさえどんな感じかわからない！」と自賛している。

インプラント・テクノロジーはもともと、ビジネス関係者や旅行者に即効の言語能力をあたえるために開発されたものだが、期待外れの売れゆきに終わったあと、さるエンターテインメント・コングロマリットがその技術をかすめとって、マスマーケットむけインプラントの第一号が登場した——それはビデオゲームとも幻覚剤ともつかぬ代物だった。その後、第一世代のインプラントがユーザーにもたらす混乱や異常の種類は拡大をつづけたが、その機能には限界があった。神経結合をどう引っかきまわしても、ある時間以上はユーザーが通常と違うお望みの精神状態のままでいることはなく、また、もとの状態に戻ったユーザーは使用中のことをほとんどなにも覚えていないのだ。

次世代のインプラントの最初のもの——いわゆる《行動原理》——は、すべてが本質的に性関連のものだった。技術的な出発点として、それがいちばんかんたんだったのだろう。わたしは『性愛』の棚がある一角に足をむけて、どんなものが手にはいるか——少なくとも、法の範囲内で陳列可能か——を見ることにした。同性愛、異性愛、自己性欲。無害なフェティッシュあれこれ。体の意外な部分のあちこちに対する性欲亢進（こうしん）。わざわざ脳を再結線して、ふだんなら嫌悪したり、嘲笑したり、退屈のきわみと感じたりするだろう性的慣習を渇望するように自分を変える人々には、いったいどんな理由があるのだろう？

つれあい(パートナー)の求めに応じるためか？　ありえない話ではないが、そこまで徹底して他人に従順になるというのは想像しがたいものがあるし、市場規模の説明がつくほど一般的だとはとても思えない。それとも、素(す)の状態では単に小うるさかったり心をうずかせたりするだけの性的アイデンティティの一部分が、心理的抑制や葛藤や憎悪に打ち勝てるようにするためか？　人はだれも相反する欲求をもち、まったく同じことがらについて、それを望むことにも望まないことにも、やがて飽きてしまう。それならわたしにも完全に理解可能だ。

隣の棚には、宗教関係の製品がAからZまで、つまりアーミッシュ派から禅までそろっていた（アーミッシュ派のテクノロジー忌避の思想をこのような手段で獲得しても、問題は生じないらしい。じっさい、宗教関係のインプラントはどれもこれも、もっとずっとおかしな矛盾をユーザーにうけいれさせている）。棚には、〈世俗的人本主義者〉というインプラントまで並んでいた（「このような真実が**自明のもの**だとわかるようになります！」）。しかし、〈懐疑的懐疑主義者〉は見あたらなかった。疑念の需要はないようだ。

一、二分ほど、わたしは思い悩んだ。ほんの五十ドル出せば、わたしは子どものころのカトリック信仰を買いもどせる。教会からは認めてもらえないだろうにせよ（少なくとも公式には。いったいだれがこの製品に資金提供をしているのか、興味深いところだ）。だが結局、わたしは本気でそんなことを考えているわけではないと認めるほかなかった。もしかするとその製品はわたしのかかえている問題を解決してくれるかもしれないが、わたしの望んでいるかたちで、ではないだろう——そしてなにより、ここへやってきたのはまず第一に、自分の思いどおりにことを運ぶためだ。インプラントを使っても自由意志が奪われることはない。逆に、自由意志に従う助けとなるはずだった。

ようやくわたしは決心をつけると、店員のいるカウンターに近づいた。

「ご用件をうけたまわります、お客さま」明るい笑顔を見せる若い男性店員は誠実さをふりまいていて、まるでこの仕事を心から楽しんでいるように思えた。心からというのは、本心からという意味だ。

「特注品をうけとりにきたのだが」

「お名前をよろしいでしょうか？」

「カーヴァー。マーク」

カウンターの下にのびた店員の手が、小さな包みをもってあらわれた。ありがたいことに、特徴のない茶色の包装紙でくるんである。わたしは現金で支払った。代金きっかりになるよう小銭ももってきている。三百九十九ドル九十五セント。すべては二十秒で終わった。

店を出たわたしは、安堵と高揚した気分と消耗感でくたくただった。なにはともあれ、わたしはついに、このいまいましい品物を買ってしまった。それはいま、この手の中にあって、ほかのだれを巻きこむわけでもなく、わたしがなすべきは、それを使うか使わないかを決めることだけ。

鉄道の駅にむかって数ブロック歩いたところで、わたしは包みを道端のゴミ箱に投げ捨てたが、ほとんど瞬時に引きかえして、とり戻した。ふたり組の装甲警官の脇を通ったときには、ミラー状フェイスプレートの奥から警官たちの視線がわたしの体を貫通するさまを思い浮かべたが、わたしが手にしているのは、非の打ちどころなく合法的な品物だ。それを使うことを自ら進んで選んだ人の中に特定の信念一式を生じさせるにすぎない装置を、政府が禁止する方法などあるだろうか――自力でその信念をもつにいたった人をもすべて逮捕するのでなければ？　実際問題としては、法は首尾一貫していなくてもよいのだから、たちまち規制が実現するかもしれないが、インプラントのメーカーは、自分たちの製品に対する規制は思想警察への道をひらくと大衆に信じこませることに成功していた。

帰宅したときには、体の震えが止まらなくなっていた。わたしはキッチンテーブルに包みを置くと、部屋の中をうろつきはじめた。

これはエイミーのための行為ではない。それは認める必要がある。わたしがいまもなお妻を愛し、いまもなお悼(いた)んでいるからといっても、この行為が彼女のためだということにはならない。わたしは彼女の思い出をそんな嘘でけがしはしない。

じっさいには、わたし自身を彼女から解き放つための行為なのだ。五年間、無意味な愛やむなしい悲しみに人生を支配されてきたが、わたしはそれに終止符を打ちたかった。だからといってわたしを非難できる人はいないだろう。

妻は銀行強盗に射殺された。防犯カメラは壊され、犯人以外はその場の全員がほとんどずっと床にうつぶせになっていたので、わたしはいまだに事件の全容を知らない。彼女は姿勢を変えるとか、身じろぎするとか、顔をあげるとか、とにかくなにかをしたに違いなく、わたしは犯人への憎悪が頂点に達していた時期でさえ、妻がただの気まぐれから、まったくこれという理由もなく殺されたとは少しも思わなかった。

だが、引き金を引いた人物はわかっている。その件は裁判では問われなかったが、警察職員のひとりが情報を売ってくれた。殺人犯の名はパトリック・アンダースンといい、検察側の証人に寝返ることで、共犯者を終身刑にし、自分の刑期を七年に減らしていた。

わたしはメディア各社を訪ね歩いた。犯罪ネタのバラエティ番組の嫌味なパーソナリティがわたしの話をひろって、一週間のあいだ放送で吠えたてたが、それはためにするレトリックで事実をかすませているだけのことで、そのあと飽きてしまうと、別のネタに去っていった。

五年後のいま、アンダースンは九カ月間の仮釈放中だ。

OK。だからなんだというのか？　どこにでもある話だ。こういう身の上話をだれかにきかされたら、わたしは同情はするが、きっぱりといい渡すだろう。「奥さんのことは忘れろ、彼女は死んだんだ。犯人のことも忘れろ、社会のクズだ。人生は自分のために生きろ」

わたしは妻を忘れていないし、妻を殺したやつのことも忘れていない。わたしは、それがなにを指すかはともかく、彼女を愛していたし、わたしの中の理性的な部分は彼女の死という事実をうけいれていたが、それ以外の部分は首をはねられた蛇のように痙攣しつづけていた。同じ境遇に置かれたどこかのだれかは、自宅の壁という壁やマントルピースを写真や思い出の品で飾って家ごと聖堂に変え、墓に毎日新しい花をそなえ、古いホームムービーを見ながら毎夜酔いつぶれるかもしれない。わたしはそんなことはしなかった、わたしにはできなかった。そんな真似はわたしにとって、グロテスクで誠意のかけらもないふるまいでしかない。人が感傷をあらわにすると、わたしたち夫婦はともに決まってひどく不快に感じたものだ。わたしは妻の写真を一枚だけ残しておいた。ホームムービーは撮ったことがなかった。わたしは年にいちど墓参した。

表面的にはこんなふうに抑制してふるまっていたものの、わたしの頭の中では、エイミーの死に関する強迫観念がひたすら成長をつづけていた。わたしはそうなることを望みも選びもしていないし、いかなるかたちでもその成長を助けたりうながしたりはしなかった。公判の経過に関する電子版スクラップブックを作ったことはない。事件を話題にする人がいたら、その場を立ち去った。わたしは仕事に没頭し、余暇には読書をするか、ひとりで

映画に行った。新しい相手を探すことも考えたが、具体的な行動をとったことはいちども
なく、将来のいつか、自分が人間に戻れる日まで延期するのが常だった。
それでも毎夜、事件の細部が頭の中を駆けめぐった。わたしは、妻の死を防ぐために自
分が〝できたかもしれない〟無数のことを考えた。そもそも彼女と結婚しないことにはじ
まって（ふたりでシドニーに越してきたのは、わたしの仕事のためだった）、殺人犯が彼
女に銃をむけたちょうどそのとき、魔法のように銀行に到着したわたしが、犯人にタック
ルして床に押し倒し、相手が気を失うか、もっとひどい状態になるまで殴りつけることに
いたるまで。そんな空想が不毛で独善的なのはわかっていたが、わかっているからといっ
てどうなるものでもない。もし睡眠薬をのんだとしても、こうしたことのすべてが日中に
起こるようになるだけで、文字どおり仕事ができなくなっただろう（職場の仕事を支援す
るコンピュータは年々ほんの少しずつマシになっているとはいえ、航空管制官が白日夢に
ふけることは許されない）。
なにかをする必要があった。
復讐？　復讐は倫理に欠陥をもつ者のすることだ。わたしは、全世界で無条件の死刑廃
止を要求する国連への請願書に署名したことがある。そのときのわたしは本気だったし、
いまも変わりはない。人の命を奪うのは、いけないことだ。わたしは子どものころから、
強くそう信じてきた。たぶん最初は宗教上の教義として教えこまれたのだと思うが、大人

になってその手の馬鹿げたたわごととはすべて縁を切ったときも、生命の尊厳は、もちつづける価値があると自分で判断した少数の信念のうちのひとつだった。さまざまな実利的理由は別にしても、わたしにとって人間の意識はつねに、宇宙でもっとも驚異的で、奇跡的で、神聖なものでありつづけたからだ。教育のせいか遺伝のせいかは知らないが、わたしにとってその価値を減じることは、1＋1＝0を信じるのと同様に不可能だった。

ある種の人々にむかって平和主義者を自称しようものなら、相手は十秒フラットで、もしおまえがだれかの頭を吹き飛ばさなければ、何百万もの人が言語に絶する苦しみを味わいながら死に、おまえの愛する人すべてが強姦され拷問されることになるぞ、というシチュエーションをひねり出す（その大量殺戮を目論（もくろ）む全能の狂人を傷つけるだけではなぜだめなのかについては、かならず不自然な理由がつけられる）。ここで面白いのは、ああ、やるさ、そういう状況なら殺すさと答えると、相手から前以上に侮蔑の目で見られるように思えることだ。

だが、アンダースンはどう見ても、大量殺戮を目論む全能の狂人ではない。この男がふたたび人を殺しそうな人間かそうでないか、わたしにはまったくわからない。アンダースンが改心する可能性や、子どものころにうけた虐待、粗暴な外づらの陰に親切で思いやりのあるもうひとりの自分（オルターエゴ）が隠れているかもしれないこと、などにわたしは一顧だにしなかったが、それでも自分がこの男を殺すのはいけないことだと確信していた。

わたしは手はじめに銃を買った。それはかんたんで、完全に合法的行為だった。もしかして、コンピュータがわたしの銃購入の認可申請と妻を殺した男の釈放を関連づけそこねたか、関連は発見したが問題なしと判断しただけかもしれないが。

わたしは〝スポーツ〟クラブに加入し、そこでは大勢の人々が週に三時間、人間の形をした動く標的をひたすら黙々と撃っていた。これはフェンシング同様に無害なレクリエーションです——わたしは真顔でそう答える練習をした。

クラブでの知りあいから出所不明の銃弾を買ったのは、違法行為だ。衝撃をうけると気化し、特定の銃器につながる弾道学的証拠をなにひとつ残さない弾。わたしは裁判所の記録を調べた。そのような物品を所持したことに対する平均的な処罰は、罰金五百ドル。サイレンサーも違法だった。その所有に対する処罰は右に同じ。

毎夜、わたしはすべてを考え抜いた。毎夜、わたしは同じ結論に達した。入念に準備はしているが、わたしがだれかを殺すことはない。わたしの中のある部分はそうすることを望み、またある部分はそうではないが、どちらの力がまさっているかは明々白々だ。どれほどの憎悪も悲嘆も絶望も、わたしの本性に反する行為をとらせることはありえないと知っているわたしは、安心して、アンダースンを殺すことを夢見ながら残りの人生を送るだろう。

わたしは箱の包装を破いた。けばけばしいパッケージ――サブマシンガンをかかえて冷笑するボディビルダー――を想像していたのだが、実物は灰色一色の簡素なもので、製品番号と、〈時計仕掛けの果樹園〉という販売業者名のほかはなにも印刷されていなかった。

わたしはコイン投入式の公共ターミナルからアクセスしたオンライン・カタログでこの品物を注文し、自宅から離れたチャッツウッドにある〈インプラントストア〉の支店で〝マーク・カーヴァー〟がうけとるという指定をした。このインプラントは合法なのだから、こうした配慮はすべて偏執病的で無意味であり……それを買うことに対して、わたしは銃や弾を買ったときよりもはるかに大きな不安と罪悪感を覚えたので、このすべては完全に合理的でもあった。

カタログのこのインプラントの説明は、「命は安い！」という言明ではじまり、同じ趣旨の無駄口が数行つづいていた。「人間は肉の塊だ。無意味だ。無価値だ」正確にどんな言葉が使われていたかは重要ではない。その言葉はインプラント本体の一部分ではないからだ。《行動原理》の一種であるこのインプラントを使っても、ユーザーが勝手に馬鹿にしたり無視したりできるお粗末な演説が頭の中ではじまるわけではない。あるいは、意味論的屁理屈で回避可能な法令が、心の中の立法機関から発せられるのでもない。《行動原理》インプラントは、現実の人間の脳内にある実物の神経構造を分析して生みだされたものので、その原理が言葉でどのように表現されているかを基盤にしているのではなかった。

ユーザーの心の中で力をふるうのは、法令の文面ではなく、その精神なのだ。

　わたしはインプラントの箱を開封した。中にはいっているのは、十七の言語で書かれた取扱説明書、プログラム機、挿入棒、ピンセット。「無菌。使用直前まで破らないこと」というラベルのついた泡状のプラスチックに密封されているのが、インプラントの本体だ。それは小さな砂粒のように見えた。

　わたしはインプラントの使用経験は皆無だが、それが使われるところならホロヴィで無数に見ている。本体をプログラム機にセットして〝目ざめさせ〟、希望する有効期間（アクティヴ）を告げればいい。挿入棒は初心者専用だ。慣れきったベテランは小指の先にインプラントをのせて、落とすことなく鼻の穴の好きなほうにうまく押しこむ。

　インプラントは脳に潜入すると、ナノマシンの大群を放出して関連する神経組織を調べてまわり、それとのリンクを作りだしてから、事前に決められた期間――一時間から無限までなんでもあり――のあいだアクティヴモードになって、設計された目的を果たす。左膝で複数のオルガスムを感じられるようにしたり。青い色を、失われて久しい記憶の中の母乳の味に感じられるようにしたり。さまざまな前提を脳に結線したり――「わたしは成功する」「わたしはこの仕事を楽しんでいる」「死後の生が存在する」「ベルゼンの強制収容所で死者は出なかった」「四本足の動物は善、二本足の動物は悪」……。

　わたしは箱の中身をすべてもとに戻すと、箱を引きだしにしまい、睡眠薬を三錠のんで、ベッドにはいった。

たぶんこれは、わたしが無精をしたということなのだろう。わたしはいつも、将来まったく同じ選択肢に直面せずにすむ道を選んでしまう。同じ良心の痛みを再三味わうのは非効率的に思えた。インプラントを使わないと決心していたら、残りの人生のあいだじゅう、来る日も来る日も、その同じ決心を繰りかえさねばならなかっただろう。

でなければたぶん、わたしはこの嘘っぽいおもちゃがきちんと機能すると本気で信じたことなど、まったくなかったのだろう。たぶんわたしは、自分の信念が――ほかの人々のそれとは違って――単なる機械なんぞをいくら使っても手の届かない霊的次元に浮かぶ形而上学的な銘板に刻みこまれていると証明されるのを、期待していたのだろう。

でなければたぶん、わたしは倫理的なアリバイがほしかっただけなのだろう――アンダースンを殺しておいて、なおかつ、それはほんとうのわたしには絶対できないことだと信じる方策が。

少なくとも、確実にいえることがひとつある。その行為はエイミーのためのものではなかった。

翌日は――一カ月の年次休暇中だったので――起きだす必要はまったくなかったが、日の出のころに目がさめた。着替えて、朝食をとってから、わたしはふたたびインプラントの箱をあけ、丹念に説明書を読んだ。

決定的瞬間だという意識もないまま、わたしはプラスチックの封を剝がし、塵のような粒をピンセットでプログラム機のそれ用のくぼみに落とした。

プログラム機がいった。「あなたは英語を話しますか?」その声に、わたしは交信中の管制塔を連想した。低音だが性別不詳で、事務的だが機械のそっけなさはなく――それでいて、まちがえようもなく人間のものではない。

「はい」

「このインプラントをプログラムしてよろしいですか?」

「はい」

「有効期間を指定してください」

「三日間」きっと三日で足りるだろう。そうでなかったときは、この計画のいっさいを放棄するつもりだ。

「このインプラントは挿入後三日間アクティヴになります。それでよろしいですか?」

「はい」

「このインプラントは使用の準備が整いました。現在の時間は午前七時四十三分です。午前八時四十三分までにインプラントを挿入してください。その時間をすぎると、アクティヴモードは自動的に解除されて、再プログラムが必要になります。それでは、このインプラントの機能をお楽しみください、また、製品の箱等の処分にはじゅうぶんご配慮願います」

わたしはインプラントを挿入棒に移して、そこで躊躇したが、そんなに長いあいだではなかった。いまは苦悩するときではない。わたしは何カ月も苦悩してきて、もううんざりしている。いま決断できなかったら、このインプラントを使う決心をさせてくれる別のインプラントを買うハメになるだろう。わたしは犯罪をおかしているわけではない。いずれ犯罪を決行するという確証を手にいれようとしているのですらない。人の命はなんら特別なものではないという信念をもつ人は無数にいるが、その中に殺人をおかした人はどれだけいるだろう？　この先の三日間は、その信念に対してわたしがどう反応するかをあきらかにするにすぎないし、態度が脳内に結線されたからといって、その結果人がどんな行動をとるかは確定事項とはほど遠いのだ。

わたしは挿入棒を左の鼻の穴にいれ、射出ボタンを押した。一瞬、鼻の中をなにかが刺すのを感じたが、それでおしまいだった。

（こんなことをしたわたしを、エイミーは軽蔑するだろう）とわたしは思い、心乱れたが、それはほんの一瞬のことだった。エイミーは死んだのであり、彼女がどう思うかと憶測するのは無意味だ。わたしがなにをしようと、もはや彼女が心痛めることはなく、そうでないなどと考えるのは狂気の沙汰だった。

　わたしは変化の過程を監視しようと思ったが、それは馬鹿げた話だった。三十秒ごとに自己省察をおこなって、自分の倫理的規範を確認することなどできはしない。わたしには人殺しなどできないという自己評価は、結局のところ、数十年間の観察結果（おそらくその大部分は古くて使いものになるまい）によるものだ。その上、そうした評価や自己像は、わたしの行動や態度を反映すると同時に、その要因にもなっている——そしてインプラントは、わたしの脳に直接引きおこしている変化とは別に、わたしが自分には不可能だと思いこんできた行動を合理化することによって、自己評価・自己像と行動・態度のフィードバックループを壊してもいる。

　しばらくして、わたしは自分の頭蓋骨の中を顕微鏡スケールのロボットが這いまわっているという想像を追いはらうために、酒をのむことにした。それは大きなまちがいだった。アルコールはわたしを偏執病にする。そのあとのことはほとんど思いだせないが、唯一の例外は、バスルームの鏡に自分の姿を見つけて、「ハル９０００が三原則の第一条を破った！　ハルが第一条を破った！」と叫んでから、しこたま戻したことだ。

　真夜中をすぎてすぐ、バスルームの床の上で目ざめた。抗二日酔い錠をのむと、五分で頭痛と吐き気は消えた。シャワーを浴びて、衣服を替える。このときのためのジャケットを買ってあった、銃をしまえる内ポケットつきのものを。

あの製品がプラシボ効果以上のなんらかの影響をもたらしたかどうかは、いまも判断がつかなかった。声に出して、「人の命は神聖か？　殺人はいけないことか？」と自分にたずねたが、質問に意識を集中させることができず、過去に自分はそんなことができたと信じるのもむずかしかった。問われている概念のすべてが、理解できる人のほとんどいない数学の定理のように、不明瞭かつ難解だ。自分の計画を進めることを考えると、はらわたがよじれたが、それは単なる不安によるもので、倫理的な憤慨ではなかった。あのインプラントは、勇気をあたえたり、心を落ちつかせたり、決意を固めさせたりするためのものではなかった。そうした精神状態も金で買えたが、それは欺瞞というものだ。

アンダースンのことは私立探偵に調べさせておいた。アンダースンは日曜を除く毎夜、サリーヒルズのナイトクラブで用心棒をしている。店の近くに住んでいて、いつも朝の四時ころ、徒歩で帰宅する。自分でもアンダースンのテラスハウスの前を何度か車で通ってみたが、毎回雑作もなくそれを特定することができた。ひとり暮らしで、恋人はいるが、会うのはいつも相手の家で、午後か夜の早い時間と決まっていた。

銃に弾を込め、ジャケットにしまってから、鏡の前で三十分かけて、ふくらみが目立たないことを確認する。酒がほしくなったが、こらえた。ラジオをつけて、家の中を歩きまわり、興奮をいくらか鎮めようとする。たぶん、人の命を奪うことはいまのわたしにとって大したことではないのだが、自分が殺されてしまったり、逮捕されたりする可能性はまだあるわけで、インプラントはどうやら、わたしを自分の運命に無関心にはしていないようだった。

家を出るのが早すぎたせいで、まわり道をして時間をつぶす必要があった。それでも、アンダースンの家から一キロのところに車を止めたときは、まだ午前三時十五分だった。残りの道のりを歩くあいだ、数台の自家用車やタクシーが脇を通ったが、なにげなく見えるよう必死になるあまり、自分のボディランゲージが罪悪感と猜疑心をふりまいているに違いないと思えた――しかし、ふつうのドライバーがそんなことに気づいたり気にかけたりするわけはないし、パトカーは一台も目にしなかった。

目的地に着いても、どこにも身を潜める場所はなかった――庭もなければ木も生えていないし、柵もない――が、それはあらかじめわかっていた。道の反対側の、ただしアンダースンの家の真向かいではない家を選んで、玄関の階段に腰かけた。住人が出てきたら、酔っぱらいのふりをして、千鳥足で立ち去ればいい。

すわったまま待ちつづけた。暖かで、静かな、なんの変哲もない夜だった。空は晴れていたが、街の明かりで灰色に染まり、星は見えない。（これは必要ではない行為だ、完遂する必要はないのだ）と繰りかえし自分に注意をうながす。それなら、なぜここにとどまっているのか？　眠れない夜から逃れられるという期待ゆえ？　それはお笑いぐさだった。

もしアンダースンを殺したら、エイミーの死をあつかいあぐねているのと同じくらい、そのことにさいなまれるのはまちがいない。

なぜここにとどまっているのか？　インプラントは無関係だ。それはせいぜいで、良心の呵責（かしゃく）を押し殺しているだけだ。わたしになにかをさせようとはしていない。

それなら、なぜ？　自分がこれを、誠実な行為だと思っているかららしい、というのが結論だった。正直いって自分がアンダースンを殺したがっている、という不愉快な事実は認めざるをえず、そしてその事実にどれほど嫌悪を感じていようとも、自分に忠実であるためには、殺すほかなかった——それ以外はなにをしても、偽善であり自己欺瞞にしかならない。

四時五分前、こちらへやってくる靴音が響いた。顔をそちらにむけながら、それがほかの人であるか、アンダースンが友人といっしょであればいいと思ったが、それは本人であり、ひとりきりだった。アンダースンの家の玄関が相手とここのちょうど中間になるまで待って、わたしは歩きはじめた。アンダースンはちらりとこちらを見ただけで、あとは気にとめなかった。混じりけのない恐怖が襲ってくる——アンダースンの姿をこの目で見るのは裁判以来のことで、相手がどれほど威圧的な体格の主であるかを忘れていたのだ。

意識して足どりを遅くし、それでも意図したより早く、道の反対側の相手とすれ違った。わたしが履いているのは軽いゴム底の靴で、相手のはがっしりしたブーツだったが、道を渡ってアンダースンのほうに引きかえしたとき、相手にこちらの心拍音や強烈な汗のにおいが届いていないとは信じられなかった。わたしが銃をとりだし終えたちょうどそのとき、ドアまで数メートルのところでアンダースンは肩ごしにふり返ったが、犬か風に吹かれたゴミでも目にすると思っている程度の、興味なさげな表情だった。そしてアンダースンはこちらにむきなおって、顔をしかめた。わたしはその場に突っ立って、相手に銃をむけたまま、口もきけずにいた。やがて、アンダースンがいった。「いったいなにがほしいってんだ？　サイフに二百ドルはいってるぜ。尻ポケットだ」

わたしは首を横にふった。「玄関の鍵をあけてから、両手を頭にのせて、ドアを蹴りあけろ。わたしが中にはいる前に閉めようなんて思うな」

アンダースンはためらってから、いわれたとおりにした。

「中にはいれ。両手は頭にのせたままだ。五歩だけ進め。声に出して数えろ。わたしはすぐうしろにいるからな」

アンダースンが四まで数えたところで、わたしは屋内の明かりのスイッチに手をのばし、それから後ろ手にドアを閉めたが、大きな音がして思わずひるんだ。アンダースンはまん前にいて、急に、自分が罠に落ちた気分になった。この男は凶暴な殺人者だ。対するこちらは、八歳のとき以来、人を殴ったこともない。銃があれば自分を守れると本気で信じているのか？　両手を頭にのせたアンダースンの腕と肩の筋肉が、シャツにくっきり浮かびあがっている。いま撃ち殺してしまうべきだ、後頭部をねらって。これは処刑だ、決闘ではないのだ。もし、望んでいたのが名誉などという古式ゆかしいものだったら、銃をもたずにここへ来たはずではないか、そしてこの男にばらばらにされていただろうが。

「左の部屋へ行け」と命じる。そこは居間だった。男のあとについて部屋にはいり、明かりをつける。「すわれ」わたしは入口に立ち、アンダースンは部屋にひとつだけある椅子にすわった。一瞬めまいを感じ、視野が揺れたが、おもてには出なかったと思う。腕の力が抜けたり、体がぐらついたりはしなかったはずだ。そうなっていたら、まずまちがいなくアンダースンは飛びかかってきただろうから。

「で、どうしろってんだ？」アンダースンがきいた。

それに答えるには、ずいぶん考えなくてはならなかった。まさにこの状況を何千回も空想してきたが、いまは具体的なことをなにも思いだせなかった——ただ、覚えていることもあって、それは、わたしがだれであるかにアンダースンが気づき、すぐさま自分から謝罪と釈明をはじめるものと、いつも当然のように考えていたことだ。

ようやくわたしは口をひらいた。「なぜわたしの妻を殺したか、きかせてほしい」

「おれはあんたの奥さんを殺しちゃいない。殺したのはミラーだ」

かぶりをふって、「それは違う。わかっているんだ。警察が教えてくれた。嘘をついても無駄だ、すぐにわかる」

アンダースンはどうでもよさそうにこちらを見つめていた。癇癪を起こしてわめきたかったが、そんな真似をしたら、銃を手にしてはいても、相手を脅すどころか滑稽に見えるだけだと思えた。銃で殴りつけることもできただろうが、実のところ、相手のそばに行くのがこわかった。

だから、アンダースンの足を撃った。アンダースンは悲鳴をあげ、それから毒づきながら、上体を折って傷口を調べた。「なにしやがる！」と食いしばった歯のあいだから、「この野郎！」アンダースンは足をかかえて、体を前後に揺すった。「てめえの首へし折ってやる！　ぶち殺すぞこの野郎！」傷からはわずかに出血し、ブーツにあいた穴から血が漏れていたが、映画の比ではなかった。弾が気化するとき、傷口を焼灼するのだそうだ。

わたしはきいた。「なぜわたしの妻を殺したかをいえ」

アンダースンは恐怖よりも怒りと嫌悪がはるかにまさっているようだったが、無実のふりをやめた。「ただそうなったんだよ」とアンダースンはいった。「よくあるだろ、ただそうなっただけってことが」

いらいらとかぶりをふって、「もういちどきく。なぜだ？　なぜそうなった？」

ブーツを脱ぐつもりだったのか、アンダースンは身動きしかけたが、結局考えなおしたようだ。「まずいことだらけだったんだ。金庫にはタイムロック、現金はほとんどない、端から大ドジ踏んじまってたのさ。やろうと思ってやったわけじゃない。ただそうなったんだ」

この男はただの馬鹿なのか、それともいい抜けようとしているのか判断できないまま、わたしはまたかぶりをふった。「二度と『ただそうなった』というんじゃない。なぜそうなったんだ？　なぜおまえは撃った？」

いらだちがつのっているのは、ふたりとも同じだった。アンダースンは手で髪をすいて、こちらをにらんだ。アンダースンは汗を流していたが、それが苦痛のせいか恐怖のせいかはわからない。「どう答えればいいってんだ？　おれはブチ切れたんだよ、わかるか？　まずいことだらけで、むしゃくしゃしてしかたなくて、そこにあの女がいた、これでわかったか？」

ふたたびめまいに襲われ、こんどのそれはおさまることがなかった。いま、理解できた。この男は頭が鈍いのではなく、一から十まで真実を語っているのだ。自分も仕事で緊張を強いられているとき、たまたま手近にあったコーヒーカップを投げ割ったことがある。恥ずかしいことに、エイミーとの夫婦喧嘩のあと、飼っていた犬を蹴りとばしたことさえある。なぜか？　むしゃくしゃして、しかたなくて、そこにあの女がいた。

アンダースンをじっと見つめながら、自分がにやにやとまぬけな笑みを浮かべているのを感じた。いまやすべてがこの上なく明瞭になった。わたしは理解した。これまでエイミーに対して感じていたなにもかも——〝愛〟や〝悲嘆〟——の馬鹿らしさを理解した。すべては冗談ごとでしかなかった。エイミーは肉の塊であり、無意味な存在だった。過去五年間の苦悶はきれいさっぱり雲散霧消した。うっとりするような解放感。両腕をあげて、その場でゆっくりと円を描く。アンダースンがいきなり立ちあがると、飛びかかってきた。わたしは胸をねらって弾が尽きるまで撃ってから、アンダースンの脇にひざまずいた。死んでいる。

銃をジャケットにしまう。銃身は温かかった。玄関のドアをあけるときは、ハンカチを使うのを忘れなかった。外には人だかりができているものと半ば予想していたが、もちろん銃声は漏れていなかったし、アンダースンの脅し文句や罵詈雑言はとりたてて注意を引かなかったらしい。

アンダースンの家を出て一ブロック歩いたとき、パトカーが角を曲がって姿をあらわした。近づくにつれ、停止しているも同然にまで速度を落とす。わたしはまっすぐ前を見たまますれ違った。エンジンがアイドリングするのがきこえた。そしてエンジン音がやんだ。歩きつづけながら、大声で止まれと命じられるのを待ちうけ、心の中では、身体検査をされて銃が見つかったら自白しよう、と思っていた。苦悶する時間を引きのばしても意味はない。

エンジンが再始動し、回転音が高まって、パトカーはけたたましく走り去っていった。

どうやらわたしは、もっとも疑わしい容疑者ナンバーワンではなかったようだ。出所後のアンダースンがどんな悪事に手を出していたかは知らない。おそらくは、もっとまともな理由でアンダースンの死を求める人がほかに何百人といて、そしてたぶん、警察がその連中を調べ終わってから、ようやくわたしの番が来て、犯行当夜の行動をきかれるのだろう。とはいえ、警察がなにもいってこないまま早一カ月もの時間がすぎた。自分に捜査の目がむいていないと考えるのがふつうだろう。

店の入口には、この前と同じティーンエイジャーがたむろしていて、こんどもまたわたしを見ただけで吐き気をもよおしたと見える。こいつらの脳にタトゥーされているファッションや音楽の趣味は一、二年で薄れるように設定されているのだろうか、それとも生涯にわたる忠誠を誓っているのだろうか。いや、そんなことは考えるに値しない。

今回は、店内をぶらついたりはしなかった。わたしはなんの躊躇もなく、店員のいるカウンターにむかった。

今回は、自分の望んでいるものが正確にわかっていた。

わたしが望んでいるのは、あの夜に感じた気分である。エイミーの――ましてやアンダースンの――死はなんら重要なことではなく、それは蠅やアメーバの死だとか、コーヒーカップを壊したり犬を蹴りとばしたりすることと少しも変わりがない、という揺らぐことなき確信。

わたしがひとつ誤っていたのは、インプラントが機能停止すると、それで手にいれた洞察もすっかり消え去ると考えていたことだ。そうはならなかった。疑念や留保で不鮮明になり、わたしのもつ山ほどの馬鹿げた信念だの盲信だのにある程度まで浸食されてはいるけれど、わたしはいまも、それがあたえてくれた安らぎを思いだすことができたし、あのほとばしるような喜びと解放感を思いかえすことができたし、そしてその気分をとり戻したいと望んでいた。三日間ではなく、残りの人生のあいだじゅう。

アンダースンを殺すことは、誠実な行為ではなかった。それは〝自分に忠実〟なことではなかった。自分に忠実であるとは、相いれない衝動のすべてとともに生き、頭の中の数多くの声に悩まされ、混乱と疑念をうけいれることをいうのだろう。そうするには、もはや手遅れだ。揺るぎない確信をもつことの自由さを味わったわたしは、それなしでは生きられなくなっていた。

「ご用件をうけたまわります、お客さま」店員の男は、心の底から笑顔を浮かべた。

いまもわたしの中のある部分は、もちろん、自分のしようとしていることを嫌悪しきっている。

問題ない。そんなものは、もうすぐ消え去る。

真心

FIDELITY

朝食を運んでくるまでリサの目を覚まさないよう、そっとベッドを抜けだしたのに、そのとたん妻が身じろぎして手をのばしてきたので――両目はしっかり閉じたままだったから、ただの寝がえりかもしれなかったが――ぼくはその手を握ってしまった。

リサが目をあけて微笑んだ。唇をかさねる。ふたりとも寝ぼけまなこで、キスはあたたかくてけだるい夢のようだった。気がゆるんだ。夢の中なら、なんだっていえる。

「愛してるよ」ぼくはささやいた。

リサが身をすくめた。ほんのわずかに、けれどたしかに。無言で自分をののしったが、もう遅い。その言葉は本心だったし、むこうもぼくを信じているはずだ。ただ困ったことに、ぼくが口にする愛の言葉は、リサにほかの男たちの言葉を思いださせずにおかない。口にされたときには、同じように真実の響きをもっていた言葉を。

立ちあがって背をむけかけたとき、平板な口調でリサが、

「ほんとうに？　ずっと？」

それに耳をかさず、朝食をしたくしに部屋を出ればよかったのだ。話はそこまでになっただろう。いつもどおりに。なのに、どうにも足が動かなかった。なぜだかぼくの頭には、どんなときでもとことん話しあえばよりよい結果が得られる、という信念が根をおろしていたのだった。

覚悟を決めて、リサとむきあう。

「ぼくの気持ちなら、わかってるじゃないか。いってくれ、きみへの愛がなくなったと思わせるようなことを、いちどでもしたことがあるかい？」またも失言。傷心の夫の抗議、なるものにも裏切りがにおう。

リサはベッドにすわりこみ、腕を組んで、体をかすかに揺らしていた。心が乱れて神経質になっている証拠だ。

「いいえ。ただね、いつまでそういう気持ちでいられるつもりなんだろう、って」

どう答えようとリサが納得しないことは、経験上わかっていた。正解はどこにもない。肩でもすくめて、こう答えればいいのかも——知るか、そんなこと。

「一生だよ。そうありたい」いったとたん、そのひとことは正直だけれど余計だったと後悔したが、心配にはおよばなかった。リサは気にもとめなかったのだ。

「一生ぉ？ それ本気？ うちの親みたいに十年とかじゃなくて？ あなたのご両親は十二年。兄は五年。お義姉さんなんて六ヵ月。わたしたちは特別だとでもいうの？ みんな、自分たちみたいな愛は前例がないと思ってたのよ」リサの先夫ふたりとぼくのふたりの先妻は、引きあいに出すまでもない。黙っていても、ぼくたちは破局する運命だという理由の筆頭には、つねにその四つの名前があった。

ぼくはやさしくいった。

「ほかの人たち以上に努力すればいいんだよ」

真剣な話をするつもりはなくなっていた。それは、このままだと根拠のない悲観論にいい負かされるからでも、リサの悩みにつきあう気をなくしたからでもない。ぼくはリサを愛していたし、そのリサが不安にさいなまれている姿には、それがまるで根拠のない不安に思えても、心が痛んだ。一方でぼくは、どんなに理を尽くそうと、どれだけ愛情をそそごうと、それが相手に届きそうもない状況での話しあいに、倦んでいた。結婚さえすれば、ふたりにはすばらしい未来が待っているという可能性くらいは信じてくれるようになる、とぼくは思っていた。その期待に反して、リサの不安はいっそう大きくなったようで、ぼくにはもはや、自分の言葉が真実だとわからせる手段を思いつけなかった。

「努力なら、みんなやってる」リサは鼻であしらった。「そのあげく、どうなったと思う？」

ぼくはかっとなって声を荒らげた。

「そんなことを気にして、どうなるっていうんだ。現にぼくらはうまくいってるじゃないか。問題が起きたら、解決すればいい。ともかく、解決しようと努力するんだ。ほかにどうしようがある。ぼくらは結婚した、誓いもたてた。いったいほかになにをどうしろっていうんだよ」

自分で思った以上の大声だったらしい。隣の部屋の神経質な住人がなにか重いもので壁を二度なぐりつけ、それにあわせるようにリサがいった。

「〈ロック〉を使うの」

笑いがこみあげたが、いまのは冗談よという合図を待って、こらえた。ジョークとしてなら一級品。ふたりして笑いの発作を起こして、ベッドの上をころげまわり、パロディ広告のコピー作り合戦でもするところだ。

『大切なあの人にときめかなくなった、とお悩みのあなた。これでもう安心です！　ふたりの気持ちはずっと、ずっと、ずうっと……』

ジョークではなかった。

「わたしたちのあいだには大切なものがある」

ぼくは黙ってうなずいた。

「それは守る価値のあるものよね」

「ああ」目まいがして、ぼくはベッドにすわりこんだ。

「ベン？」

ぼくはわれに返った。

「ぼくがまるで信じられないんだな？　ぼくらふたりのことも？　セメント漬けにしなければ、おたがいの気持ちはどこかへいってしまうとでも、思ってるのか？」

リサは平然と、

「前にもあったことだもの」

ぼくは頭をふって、リサを見つめるばかりだった。リサも視線を返してきた。請うように。挑むように。憤りがおさまるにつれ、また別の、もっと心の痛む事実に気づいて打ちのめされた。ぼくはリサの不安を理解しているつもりでいた――とのつまり、ぼく自身も傷つき、幻滅を味わったことがあるのだ――けれど、こうなってみると、妻の懸念の根深さを、ぼくが想像すらしていなかったのは明白だ。結婚してからはまだ三カ月だが、いっしょにすごして二年近くになる――それほど時間があったのに、息づまるほどの苦悩からリサが抜けだすための手助けを、ぼくはなにかしたか？　話をきいて相づちを打った、保護者面をした、決まり文句をさえずった。よくもこんな長いあいだ、リサの苦悩を見のがしていられたものだ。

最悪なことに、それ以上のなにが自分にできるのか、相変わらずわからない。

「ほかの人より努力しなくちゃっていわなかった？　より努力するって、こういうことよ」

「違う。そんなのは努力といわない」

その言葉がリサの怒りに火をつけた。

「あらそう？　でも、楽したらいけない？　わたし、マゾっ気はないから。苦しまなくても、しあわせにはなれるの。苦労もしなくていいの。なにごとも苦労した分、かけがえがなくなるとでもいう気？　価値を増すと？　あのね、そんなたわごとはいやというほどつきあってきたの、もうお呼びじゃないの。だから、愛とは悩み苦しむことだなんて思ってるなら、あなたはどうして――」

壁がまた震え、そしてサラが泣きだした。

サラは、リサと最初の夫の子だ。九歳になるが、先天性梅毒のために精神的には一生赤んぼうのままだ。元夫は自分の病気を知りながら、それを妻に話そうとしなかった。母子ともに治療をうけ、肉体的な感染はとり除けたが、サラのこうむった損傷はとりかえしがつかなかった。

おなじみの激しい怒りが湧きあがる。

（リサが猜疑的になるのも、当然すぎるほど当然だ。もし、だれかに権利が……）

けれどつぎの瞬間には、こうも思わずにいられなかった。

(いまリサはなんていった？　ぼくも最初の夫と大差ないかもしれない？)

もしリサが本気でそんなことを……。

「もう行くよ」ぼくはつぶやいた。身をかがめて、もういちどキスしたとき、自分が震えているのがわかった。

リサの怒りは引いていた。そして、ぼくをどれほど動揺させたか、ようやく気づいたらしい。

「さっきの話、考えてみて。お願いだから」

ちょっと迷ってから、ぼくはうなずいた。馬鹿げた話だとは思ったが、リサの希望のよりどころを一蹴することはできない。

「あなたを失いたくない」

「だいじょうぶだよ」もっと言葉をかけてやりたかった。月並みでも本心から出たなぐさめを、陳腐でも真心のこもった愛の言葉を。

しかし、そんなことをしても意味はない。リサが何度もきいた言葉ばかりだから。

それからの三カ月、〈ロック〉のことは夫婦の話題にのぼらなかったが、ぼくはその間も熟考をかさね、それは勤務中にもおよんだ。

「もう新婚でもあるまいに」端末の前で思いにふけっているのを見つかるたびに、ユーモアのかけらもない口調で上司からそういわれた。ぼくは三十六歳で、化学工学会社の社員として将来性はともかく責任のある仕事をしていたが、右も左もわからない新米の使い走りのような気分になりはじめていた。ぼくの年代の人間は家族の手綱をしっかり握っているものとされているが、二度の結婚生活の破綻では足りなかったにしても、リサの提案はぼくの自己満足を最後のひとかけらまで吹きとばしてしまった。もしかすると、その提案はいいことなのかもしれない。ぼくは、いま自分たちが手にしているものをおろそかにしたくなかった。かといって、目ざめているあいだのべつまくなしに問いかけ、分析し、検討していたくもなかった。

〈ロック〉を使えば、いうまでもなく、二度と問いかけなくてすむ……。

　神経インプラントの大半は、要するに脳を改変して、ほかの手段では不可能な、精神状態や技能、信念などへのユーザーのアクセスを可能にする製品だ。娯楽としての幻覚から、五分で身につく北京（ペキン）標準語まで。信仰心なり性的嗜好なり政治的忠誠から迷いをとりのぞいて確固たるものにすること（あるいはすっぱりと捨てさること）にはじまって、有益な道徳的規範を植えつけたり、不適切な規範を除去することにいたるまで。崇高きわまりなかろうと、平凡のきわみであろうと、神経の働きのうち、インプラントによってユーザーの要求どおりに仕立てなおせないものはない。

　インプラントの需要が途切れることはなかった。大衆は、形成過程に口をはさめなかった自分という存在に、とうてい満足などしていないようだ。ひとたび脳に対する畏敬の念をのりこえるや、裕福な国家の何億という消費者が、このテクノロジーをもろ手をあげて歓迎した。

とはいえ、万人が、ではない。中には、この製品に関するすべてが人間性を喪失させるもの、あるいは冒瀆的だといって嫌悪しぬいている人もあり、そうした人々を改宗させる手立てはインプラントのメーカーにもなかった。これと別に、製品そのものへの抵抗はないが、自分に改変の必要があることを頑として認めない人もいた。メディアは自己改良というあらたな流行を強力にプッシュしたが、それでも世論調査が示すように、資金的問題もないし、根深い倫理的呵責もないけれど、ただ単に変化を望まない少数派が厳として存在した。

俗に、市場は真空をきらう、とか。

一般的なインプラントは、ナノマシンの大群を送りだして、数百万のニューロンをインプラントの光プロセッサとリンクさせる。選ばれたニューロンに埋めこまれた顕微鏡的スケールの電極が、個々の細胞を出入りする電気化学的信号をモニタすると同時に、操作する役を果たすのだ。十二分な数のこうしたリンクと十二分な処理能力をもって、インプラントは脳の任意の部位の作用を無効にし、代役をつとめる。

同じインプラントでも、なにひとつそうしたことをしないのが、〈ロック〉という製品である。それは神経の迂回路などひとつも形成しない——電極はいっさい埋めこまないのだ。そのかわり、〈ロック〉のナノマシンは、目標とするニューロンに（きわめて限定された）損傷をあたえて、通常の細胞がもつ、現存のシナプス接合の度合いを変更したり新しいシナプスを形成するといった能力を破壊する——しかし、作業はきわめて綿密かつ精密におこなわれるので、そのほかのどこをとっても、ニューロンは完璧に無傷だし機能も変わらない。結果的に、〈ロック〉は脳の一部を固定化して、変化できなくさせるのである。

〈ロック〉は幸福の絶頂にある人々むけの製品だ。いまの自分に満足しきっていて、今後自分がどうなるかに不安をいだいている人々むけの。

噂がほんとうなら、十指にあまるベストセラー作家やチャート一位のロックスターがこう証言するだろう、タイミングよく〈ロック〉を使っていなければ、大当たりした自作のイミテーションをこれほど右から左へ量産することはなかった、と。ハリスン・オズワルドは国際ホロヴィジョン出演の際に、ドル箱の《イエロー・サーペント》シリーズの五作中、後半四作の主題が微動だにしていないのは〈ロック〉のおかげだと告白した。インシステント・リズムズは最初のヒットシングルのコピーを六曲も作ったが、その忠実度は韓国製のスタイル剽窃（ひょうせつ）コンピュータでもおよばないほどだった。

けれども、創造性が必要な知的職業にとって、〈ロック〉は災いでしかなかった。若い数学者や理論科学者は、業績をあげられる年齢的な期限を二十代後半という標準よりのばそうとしたはずが、若くして思考が固定化し、能力の限界に達してしまった。創造性の原動力が、減衰に対する抵抗力をつけるかわりに、がちがちで役たたずの塊りになったせいだ。

もちろん、リサとぼくは仕事に関わる変化を起こす気はなかった。リサの弁護士補助員としての能力や、ぼくの技術者の技能をつかさどる脳の部位は、仕事の必要に応じて進歩や変化、あるいは減衰するままにしておくつもりだ。

ここで生じる疑問は、ぼくたち夫婦が固定化させようとしている神経経路を、インプラントは識別できるのかということだ。気は進まないが認めよう、ぼくにはそれが不可能だという理由が見つからない。ぼくは愛が生じる原因について、神秘的な妄想に毒されてはいない。ぼくが愛を感じるとき、それはこの頭蓋骨の内部に存在するのであって、容易に位置を特定できる点ではハリスン・オズワルドのくたびれた詩神と同様だし、保存する価値ははるかに大きい。タブロイド紙によると、一年かそれ以上つづいている有名人の結婚生活は、例外なく〈ロック〉の恩恵によるものだという。その記事全部がほんとうであるはずはない……けれど、いっさいが嘘のわけもない。

たしかに、最初ぼくには不信感があった。たとえ一部分でも、それがリサへの思いに関する部分だろうと、脳を化石化するという発想に対して、当然起こる本能的な嫌悪感に身をよじっているぼくがいた。感情のままに自由に行動を選択できることは重要だが、感情の奴隷になってしまい、そこから逃れようと望むことさえ不可能になるのでは、夫婦間の義務という概念自体が意味をなくしてしまう。自発的にこうむる脳損傷。感情麻痺。愛のパロディ。そんなものは我慢できない。

それと同時に、こんなふうに未来をハイジャックできる――未来のぼくに有無をいわさず感情を押しつける――という可能性にいささかときめいたことも、認めなくてはならない。不死のにおいがしたからだ。いまのぼくは、五年前、十年前、二十年前の自分と同一人物ではない。どんなに悼んだところで、失われた自分たちをよみがえらせることはできないものの（正直いって、その気もない）、いまの自分が追悼されることなら避けられる。〈ロック〉を使えば、ぼくはいまのままでありつづけることができる。

しだいに、最初ぼくのもっていた不信感が、子どもじみた不合理なものに思えはじめてきた。「感情を麻痺させられる」ことはないし、頭の働きがにぶることもないだろう。ぼくたち夫婦は、いまとまったく同じように愛したり反応したりするようになるだけだ――いま以上でも以下でもなしに。「感情の奴隷になる」点は、いまだって同じではなかろうか。じつのところ、ぼくは奴隷でいてしあわせで、そこから逃れたいとは思わず、いまと違う感情をもつことができるとかできないとかいう話は、どうにもぴんとこなかった。ぼくは、〈ロック〉を使わない場合でも、一生リサに対して同じ感情をいだきつづけるだろう。リサを愛するのをやめられるなんてことが、じっさいありうるだろうか。人生はいちどきりだ。「もしなになにだったら」と考えるのは、徒労であるばかりか、まるで意味がない。それに、〈ロック〉の機能が、ぼくが絶対とるはずのない選択肢を排除することだとしたら、そのどこが自由の喪失につながるのだろう。

いや、哲学なんてどうでもいい。リサもぼくも、ふたりのしあわせの基盤を守るために手を打ってきた。健康、財産、仕事。おたがいを思う気持ちがなににも増して重要なのは当然だが、だからこそいっそう、そうした基盤をどんな脅威からも守りたいと思うのだ。

このときもまだ、〈ロック〉を使うにはおよばないと思っていたし、リサにまるで信頼されていないことで傷ついていたのも否定できない。けれど、ぼくは愛ゆえに、そうした気持ちを脇に置いて、リサの立場でものを見ることができた。リサはおびえていた、傷ついていた、何度も裏切られていた。疑念にとりつかれる権利がある。そんな女性はどんな行動に出るだろう——薄笑いを浮かべたおろかな楽観主義者に無理矢理変身させるインプラントを自分で買ってくる？

リサのためなら、誇りを捨てられる。

ぼくは同意する決心をした。

しかしながら、〈ロック〉の件をもちだしたあと、リサは二度とそれに触れなかった。いちど口にしたことで気がすんだのか、それとも、ぼくにショックをあたえて、自分の不安をもっと真剣にうけとめさせようという以上の意図はなかったのだろうか？

そうであることを期待して、ぼくは夫婦関係について話したい気持ちをことごとく我慢した。愛を語って時間を浪費するのではなく、行動で示そうとした。リサの大好物を作った。求められたときに、求められたようにセックスをした。ぼくのビデオシンセサイザーを売った金でベビーシッターを雇い、数ヵ月間、土曜の夜になるとふたりで遊びに出かけた。リサが仕事の話をするのにも耳を傾けたし、そのときはいちどだって退屈そうな顔はしなかった。

アリスンやマリアとの夫婦関係が悪化したときも、たしかに同じようなことをした。だが、それとこれとは話が違う。あのころのぼくは経験不足の若僧で、こっけいなほどうぬぼれていた。かえりみればはっきりわかるが、あのふたりの望んでいたものをあたえてやることは、ぼくでは決してできなかったのだ。アリスンが探していたのは、必要以上に干渉してこない楽しいお友だち、つまり分別のあるジゴロ以上のものではなかった。その後、あの女はそういう相手を見つけたはずだ。マリアのご希望は、自分を一生子ども――みんなに好かれて、才能ある、将来有望な十二歳の少女――としてあつかってくれる相手だった。マリアの目を覚ますことのできる男もどこかにいるのだろうが、ぼくには無理だった。リサは？　リサが求めているのは、永久不変の貞節だ。ぼくがあたえようとしているもの、そのものだ。

リサの妹の結婚式が、引き金になった。新婦の父親と母親も、そのときの交際相手同伴で出席した。リサとぼくは式はあげず、ふたりきりで戸籍役場に行っただけだったが、その理由がこのときわかった。あきれはてたことに、元夫婦の小声の悪口は本格的な罵詈雑言の応酬にまで発展し、花嫁はその日ほとんど泣きどおしだった。

リサは平然として、面白がっているようでもあったが、式の途中で新郎に面とむかって、役立たずの下司野郎、一週間と保つものかといっているのが漏れきこえた。

その夜、ぼくたちはベッドの中で抱きあったまま、気分がふさいでセックスする気にも眠る気にもなれずにいた。ぼくはベッドサイドテーブルにのった結婚記念写真、戸籍役場の前で親切な通行人に撮ってもらったお手軽な平面ポラロイドにたびたび視線を走らせた。ほんの六カ月前のものなのに、それは月明かりのもとで不思議なほど古びて見えた。リサはおだやかな表情をしているが、ぼくはにやけていて間抜けに見える。写真が古ぼけているのは、ぼくの笑いのせいに違いない。

ぼく個人は、リサの両親のふるまいがぼくたちの夫婦生活の運命と関係あるとは、少しも思わなかった。遺伝も育ちも糞喰らえ、ぼくたちの人生はぼくたちが決める。けれど、それまでの数カ月間ぼくのしてきたことは、リサの考えをまるで変えなかったようで、リサの見方は違っていた。いまが幸福なほど、やがて来る不幸も大きくなるだけだ、と。

ぼくはかたちばかりの抵抗をした。

「ぼくらは絶対あんなふうになりはしないさ」ぼくは強い口調でいった。「あんなことは起こらせやしない」

「なにいってるの。うちの親の場合は、ある朝、膝つきあわせて、憎みあおうと決めたとでもいうわけ？」

「違うさ。でも、ぼくらは悪い例を見たんだ。同じあやまちをおかすはずがない」

「うちの祖父母の話をききたい？」

「いや、別に」

結論は出たと思っていたのに、決心が揺らぐのを感じた。しばし、リサを抱きしめたまま、一からよく考えなおしてみようとした。

だれだって愛を客観視などしたくはないけれど、ぼくはそうせざるをえなかった。でなければ、〈ロック〉について理性的な判断はくだせっこない。愛は精神の所産だとか道徳的な力だとかいう端から、それを分子大のロボットで縫いとめてしまうことの是非を論じたのでは、ただの茶番だ。それに、じっさいにインプラントを使おうが使うまいが、そのことを本気で考えた時点で、ぼくたちにとって愛の意味は変わっていたし。

さて。現代のあらゆるイデオロギーは夫婦間の敬意と義務を論じる際に、出産と子育てを支配する原初的な本能から出発する。セックスがすべてという生物もいるが、われわれの種の場合は子どもが独立するまでにかなりの時間を要するので、伴侶に対する感情が性交のはるかあとまでつづくように進化してきた、というわけだ。一般に、夫婦はセックスを通して、また子育てを通じて「愛をたしかめあう」などというが、真実は正反対。愛を抽象化したり合理化することは、個々人が本能を正当化し、動物的衝動を否定し、自らの行動に文明的な人間にふさわしい動機をあたえるための方便にすぎない。

こうした議論は納得がいく。セックス絡みの愛が生殖という生物的特性に由来することを否定するのは、馬鹿げているし、自己欺瞞だ。ぼくは、リサをしあわせにしたいという思いが純粋に聖人的な博愛行為だなどというふりをしたことはない。もし博愛だというなら、いまごろは万人への平等な愛の名のもとに、カルカッタかサンパウロで奉仕活動に従事しているはずで、ぬくぬくと中流階級暮らしをしながら、ぼくたちふたりとサラのことだけを考えているわけがないのだ。そのことを認めたからといって、リサへの愛は少しも減じない——が、その愛をかけがえなく感じることは不合理になる。ぼくたちが愛しあったのは偶然だということになるからだ。定められた運命ではなくて。偶然に生じたものは、偶然に無に還ることもありうる——なにか手を打たないかぎりは。

「〈ロック〉のことをいってただろ、覚えてるかい?」

すぐには返事がなく、ぼくは一瞬、かつがれたんだ、リサは本気じゃなかったんだと思った。

「もちろん」

「いまも同じ気持ちなのか？」

リサの顔は影になっていて、表情は読めなかった。不意に、このままぼくが口をつぐんでいれば、リサはもう〈ロック〉の話をしないのではないか、という思いが浮かんだ。

「ええ」

しばらく口がきけなかった。頭の中で、魂に拘束服を着せ、性器に網をつけ、夫婦のベッドを有刺鉄線の柵でかこみ、とかなんとかいう意味不明のわめき声があがった。結婚記念写真のぼくの笑顔が、口をあけたまま凍りついた死体に見えた。ぼくは反射神経に返事をまかせた。

ようやくのことでぼくはいった。

「なら、ぼくも同意する。こわいけれど、きみがほんとうに望むことなら……」

リサは笑い声をあげた。

「こわいなんて！　こわがる理由なんてないでしょ。結果ならもう正確にわかってるのに」

ぼくも笑った。そのとおりだ。そうに決まってるじゃないか。おまけに、リサがもう長いことなかったほどしあわせなのは明白で、いちばんだいじなのはそのことじゃなかろうか。

リサに長々とキスされて、ぼくは原初の本能に身をまかせた――そうしながらも、ある意味でぼくたちは本能を超越したのだと考えていた。

翌日、ぼくはインプラントを買った。思っていたより安く、ひとつ五百ドルずつだった――ふたり分あわせても、給料四日分より安い。パッケージに描かれているのは、おだやかに微笑む男女どちらにもとれる人物で、その頭骨の内部がハリウッド製の十戒の契約の箱のように宝飾された輝く金庫になっているのが、自ら発する輝きによって皮膚と骨の下に見えていた。絵の上にハリスン・オズワルドの推薦文。

『〈ロック〉以外のインプラントは使う気にならなかった。成功への階段をのぼりつつあるすべての人に〈ロック〉をお薦めする！』

ぼくたちはいっしょに取扱説明書を読んだ。〈ロック〉のプログラム方法はかんたんで、なにを施錠（ロック）したいかを機械がたずねるから、それに答えればいい。インプラントが言葉の解釈を誤る危険はない。そもそも言葉を理解しようとさえしないのだから。インプラントは発声された言語――たとえば、「リサに対するぼくの気持ち」――のパターンを記憶すると、ユーザーの脳を検索して、そのパターンによって誘発される神経経路を特定し、それを保存対象に設定する。そのパターンの意味するところを、インプラントが知る必要はない。ユーザーにとっては、その意味こそが重要なのだが。

ぼくがこわかったのは、ナノマシンがなにかの拍子に暴走して、プログラムそっちのけで脳の中を暴れまわり、ニューロンというニューロンにとんでもない損傷をもたらし、ぼくたちを死よりも悲惨な状態にしてしまうことだった。たとえば、関係する神経組織を変化不能にされて長期記憶が形成できなくなり、永遠の現在にとらわれるというような。その不安は説明書がとりのぞいてくれた。ナノマシンはそれぞれがニューロンをひとつだけ変化させると自壊するし、インプラントに収納されているナノマシンは脳全体に損傷をあたえるには数が不足しているのだ。

ぼくたちは、買ってすぐさま〈ロック〉を使用したのではない。ふたりとも職場から休暇をもらった。借金して、サラを二週間、センターにあずけた。リサは、たとえ一日でも娘を手放すのが耐えがたくて不承不承だったが、気を散らす心配なしに、自分たちのためだけに時間を使うためだと納得した。

リサは、インプラントの使用前に「心の準備」をすることにこだわった。そんなことをしてなんになると思わないでもなかったが、ふたりの気持ちをひとつにするために、賛成した。インプラントを使用する瞬間の心の状態は、じつは重要ではない。〈ロック〉にとって重要なのはニューロンの接合のしかただけであって、それが変化するのには、感情が一瞬の電気化学的な閃光にすぎないのとくらべると、桁違いの時間を要する。けれど、脳内の経路には、非常に多種多様な瞬時の気分に対応できるだけの容量があるし、今後もそのはずだ。ぼくたちが〈ロック〉で固定しようとしているのは、（考えうる選択肢それぞれに対応する）経路まるごとひとそろいだった。

とはいえ、数日の期間があれば、再三の使用によってもっとも望ましい経路を増強し、ほかは一部分だけでも減衰させる、などということが可能かもしれない。

問題は、じっさいにどうやって愛を最適化するかだ。愛しい人の目を見つめて、あまったるいたわごとをささやくか？　セックスをして充足感を味わうか、逆に禁欲して欲求をつのらせるか？　ロマンチックな音楽を聴く？　ロマンチックな映画を観る？　出会ったころの思い出にふける、それとも輝かしい永遠の未来に思いをはせる？

結局ぼくたちはデートすることにした。映画、芝居、展覧会。ぼくたちの出した結論は、ふたりいっしょに楽しくすごすこと、それが愛であって、家の中をうろうろしながら、うまい具合に神がかった至福の一瞬が訪れるのを待つことではない、というものだった。仕事もしなくていいし、サラの心配もしなくていいという二重のぜいたくに、ぼくは禁断の愉悦を感じたが、それでも、いま自分は意図したとおりのシナプスを強化しているだろうか、もしや——誤って、または無意識のうちに、でなければ精神の鍛練不足のせいで——否定的な思考様式を強化してはいまいか、と心配しどおしでなければ、もっと楽しい気分になれただろう。

二週間が終わるころには、リサがしゃべったり、笑ったり、ぼくに触れたりしたのに、愛情で胸が熱くならなかったときには、おのれを無理矢理ねじ曲げて、反応を修正しようとするようになっていた。克服したつもりでいた恐慌の発作と閉所恐怖症がぶりかえしつつあった。リサも神経質なようすだったが、ぼくはあえて延期の提案をしなかった。ぼくが延期したくなかったからだ。のべつ監視しているせいで、自分の感情が機械的に痙攣するだけの一連の精神活動になりかねないままでは、これ以上一日たりとも送れない。選択肢はただふたつ。計画どおりに進むか、いっさいを放棄するか——だが、計画放棄は問題外だ。リサは二度とぼくを信用しないだろう。ぼくはリサを失うだろう。選択の余地はない。

その前夜、ぼくは狸寝いりをしていた。まちがいなく、リサもだ。それで別にかまわない。ぼくたちが望むのは、完全無欠な実直さなどではなかった。それを含めて、あらゆるおとぎ話のような愛を実現するインプラントも売っているが、ぼくたちは現実的な愛で行こうと決めたのだ。

闇の中に横たわり、意識して静かに呼吸しながら、ぼくは二度目の離婚のあと、リサと出会うまでの日々を思いだしていた。自己憐憫と無気力のあいだをさまよう、茫然自失の灰色の三年間。ひとりの部屋で聴くラジオからあふれる、ひと晩じゅう踊りあかしたり、ひと晩じゅうのみあかしたり、ひと晩じゅう突っこみまくったりする歌。ぼくには、ひと晩じゅうすることなどありはしなかった。眠りとおす以外には。

ひとつ、たしかなことがあった。二度とあんな生活はできない。望まれたことをするのはリサを愛しているから、純粋に愛する人のためだという確信はもはやなかったが、それは問題ではなくなってしまっていた。真実は単純で、ぼくにはだれかが必要だし、リサにもだれかが必要なのだ。おたがいに対する気持ちはどうでもいい。ぼくはなにも犠牲にしていない。愛を証明するのが目的ではなかった。ひとことでいえば、ひとりきりより奴隷のほうがまし、ということだ。

目ざめたとき、この索莫(さくばく)とした気分は、少しばかりおさまっていた。朝、リサの姿を目にしただけで気分が高揚しかけ、自然体の愛情——前には努力せずとも感じられた——のなごりが、しばし湧きあがった。朝食のあいだは言葉を交わさなかった。微笑みを浮かべすぎて、顔が痛くなった。

インプラントをとってくるとき、手のひらが汗ですべった。リサと結婚した日、とてもうきうきした気分で、不安もいらだちもまるでなかったのを思いだす。けれど、結婚の誓約はただの言葉だ。こんどのは心中の約束のような気分だった。くだらない。だれを殺すというのだ。ぼくたちは別人になるわけでも、なにかを感じるわけでもない。未来を抹殺するわけだが、それはだれだって一日に何千回とやっていることだ。

「ベン？」

「どうした」

「準備できた？　まちがいない？」

ぼくはにこりと笑った。

（この売女、人をそそのかしやがって）

「もちろんだ。きみは？」

リサはうなずいてから、目をそらせた。ぼくはテーブルごしにその手を握って、極上のやさしい声でいった。

「きみの望みどおりになるんだ。疑問や不安とさよならだ」

インプラントそのものは砂粒サイズだった。それをピンセットでプログラム機にいれて、ナノマシンにぼくたちの愛の位置を特定させるための言葉を告げる。それから挿入棒に移して、これで鼻孔への挿入準備完了。インプラントは鼻孔から脳まで一直線に掘りすすみ、そこで放出されたウイルス大のロボットが、それと気づかぬほどの、けれどこれまでになかったほどの損傷をあたえるわけだ。

ぼくは手を止めて、気分を落ちつけ、疑念を追いやろうとした。ここまできて投げだしてなんになる。なにかいいことがあるか？　ぼくはもう、愛を縛りあげ、そこからすべての背景を剝ぎとり、回復不能なまでに客観化してしまった。これ以上のひどいことがナノマシンにできるだろうか？

リサが挿入棒を鼻に近づけたとき、もうひとりのぼくが弾かれたように立ちあがって、手をのばし、棒を叩きおとすのが見えた。現実のぼくはそんなことはしなかった。ここで迷ったら気後れすると思って、あわててリサのあとにつづいた。

緊張の数瞬がすぎると、リサが安堵のあまりすすり泣きをはじめ、ぼくもそれにくわわった。よろめくように抱きあって、流れる涙もぬぐわずに、がたがた震え、あえいだ。ぼくたちがなにをしたにせよ、それは終わったのだ、けりがついたのだ。いまはそれ以上のことは考えられなかった。

しばしのち、ぼくはリサを寝室までかかえていった。ふたりとも愛のいとなみもできないほど、精も根も尽きはてていた。二十時間ぐっすり眠ると、ちょうどサラを迎えにいく時間だった。


ここまでの話は十五年前のことで、いわずもがなながら、以来これといった変化は起きていない。

もちろん、ぼくはいまもリサを愛している。ときどき口がすべって愛しているよといってしまい、むこうがその言葉を疑わしげにうけとるのも相変わらず。

「いつまでそういう気持ちでいられるつもり?」とリサはきくのだ。

正解はいまだに存在しない。リサもぼく同様に真実を知っているが、だからといって不安が小さくなったためしはない。

サラは二十四歳になった。生理がはじまったころは大変な騒ぎで、手に負えたものではなかった娘も、いまではぼくたちにとって掛け値のない喜びの泉だ。医者たちはサラの精神年齢は一生十八ヵ月のままだと宣告したが、それでもぼくの目には、まちがいなく娘の成長が映っている。赤んぼうに人を思いやったり、同情したり、我慢をしたりできるだろうか？　サラにはできる。いまも言葉はほとんどしゃべれないが、毎日毎日、ぼくたちへの愛を表現する新しい方法を発見しているようだ。ほかの子どものように、見る見る大人になっていく、ということはないだろうが、サラなりのやりかたで、決して前進をやめたことはないのが、いまのぼくにはわかる。

〈ロック〉に関しては、あまり意識にのぼらせないようにしている。リサとぼくはいまも愛しあっているし、いっしょに暮らしている。こんなに長く結婚生活がつづいた友人はいない。きっとこれは、まぎれもない成功のしるしなのだ。まちがいなく……とにかくなにかの証しなのだ。

それでも、早朝、ベッドの脇に立って、眠っているリサをじっと見ていると、過去十五年にわたる同じような瞬間に何千回となく感じてきた、そして死ぬまでにこれからも何千回となく感じるとわかっているのと、まちがいようもなく——隅から隅までといってもいい——ぴったり同じあのやさしい気持ちになる。そして、時間がまるですぎていないという感覚と、それとは正反対に、永遠ともいえるあいだ、こうしてじっと見つめているという感じに同時にとらわれるのだ。

そして、皮肉ではなしに、けれど、自分ではきちんと説明も認識もできない喪失感にしびれた頭で、こう思う。

ぼくたちは幸福の絶頂にいるわけではないだろうが、たしかなことがひとつある。

いま以上を望むことは、絶対に不可能なのだ。

ルミナス

LUMINOUS

眠りからさめたぼくは、失見当識に陥った気分で、しかしその理由がわからなかった。自分がいま、ホテル〈安宿（フレアピット）〉二十二号室の狭くてでこぼこなシングルベッドの上にいるのは、はっきりしている。上海（シャンハイ）に来てすでに一カ月近く、このマットレスの形状はいやになるほど熟知していた。だが、寝ている姿勢がなにか変だ。首と肩の筋肉がこぞって、どんなに寝相が悪くても自然にこんな姿勢になるわけがないと訴えている。

それに、血のにおいがする。

ぼくは目をひらいた。まったく見覚えのない女性が、ぼくの上にかがみこんで、使い捨てメスでぼくの左腕の三頭筋を切開している。ぼくは左右の手首と足首をそれぞれまとめて手錠でベッドの頭と足もとの支柱につながれ、横になって壁とむきあっていた。

逃げだそうと愚かしくも反射的に手足をじたばたさせるより先に、なにかが本能的なパニックの大波を押しとどめた。たぶん、より古くからの反応——危険に直面して起こる緊張病——のほうが、アドレナリンに打ち勝ったのだろう。あるいは、過去何週間もこうした事態を予想してきたのに、いまさらパニックを起こす権利はないとあきらめただけかもしれない。

ぼくは英語でおだやかに、「きみがいま、ぼくの体からほじくりだそうとしているものは、死体(ネクロ)トラップになっているんだ。心臓一拍分でも血液に酸素がいかなかったら、チップはおシャカだ」

引きしまった筋肉質の体と短い黒髪のわがアマチュア外科医は、中国人ではなかった。インドネシア人、だろう。仮に、ぼくの覚醒が予想より早くて驚いていたとしても、女はそんなそぶりは見せなかった。ぼくがハノイで入手した遺伝子処理ずみ肝細胞は、モルヒネからクラーレまで、ほとんどなんでも分解してしまう。その力がこの局部麻酔におよんでいないのは、さいわいだった。

女は作業から目をそらすことなく、「ベッドの脇のテーブルを見てみな」首をななめにねじる。女はビニールチューブ環を血——おそらくぼくの——で満たして、小型ポンプで酸素を送りつつ循環させる仕掛けを作っていた。大きな漏斗の管が環に差しこまれ、結合部はなんらかの弁で制御されている。ポンプからは、ぼくの肘の内側にテープ留めされたセンサに電線がのびて、人工の脈拍をほんものと同期させていた。この女が、ぼくの血管からトラップを剝ぎとり、間髪をいれずにそれをこの替え玉に挿入できるのは疑う余地もなかった。

　ぼくは咳払いをして、唾をのみこんだ。「まだ不じゅうぶんだね。トラップはぼくの血圧の特性も正確に把握している。心拍だけじゃごまかせないよ」

「そんなはったりを」とはいったが女はためらい、メスをぼくから離した。トラップを見つけるのに用いた携帯ＭＲＩスキャナでトラップの基本構造は判明したものの、細部の仕組みはわからず——ソフトウェア面はお手あげだったのだろう。

「嘘なんかついていない」女の目をまっすぐにのぞきこむ。ぼくたちの不自然な位置関係からすると、楽なことではなかったが。「新製品だ、スウェーデン製。事前に四十八時間、血管内に固定しておいて、定められた各種の活動をこなし、トラップにその時々の律動を記憶させる……それから、運ぶ品物をトラップに挿入する。単純、安全、効果的、ってね」血が胸に細いすじを描いて、シーツにしたたる。それにしてもチップをもっと深く埋めなくてほんとうによかった、と不意に思う。

「じゃあ、あんたはどうやって自分でそいつをとりだすんだよ？」

「秘訣があるんだ」

「その秘訣とやらをいま話せば、痛い目にあわないですむぞ」女はいらだたしげに親指と人差し指でメスをもてあそんだ。ぼくの全身に鳥肌が立ち、末梢神経が騒ぎたて、毛細血管が縮みあがって血がじかにベッドにしたたる。

「痛い目、ときいただけで血圧が不自然に上がったよ」

女はぼくを見おろしてかすかに笑みを浮かべ、両者手づまりになったのを認めた——そして、よごれた手術用手袋の片方を脱ぎ捨てると、ノートパッドをとりだし、医療器具業者を呼びだした。事態を打開できそうな装置をいくつか並べあげる——血圧探査針、より高性能のポンプ、コンピュータ化された適切なインターフェイス——女は流暢な北京標準語で激しくまくしたて、スピード配達を確実に約束させた。それからノートパッドを置いて、手袋を脱いだほうの手をぼくの肩にのせる。

「とりあえず楽にしてな。大して待たずにすむから」

ぼくは、怒りまかせに女の手をふり落とそうとするふうを装って身をよじり——女の皮膚に血をつけることに成功した。女はひとことも発しなかったが、たちどころに自分が軽率すぎたと悟ったに違いなく、ベッドからおりて洗面所に飛びこみ、つづいて水の流れる音がきこえた。

それから、女が嘔吐をはじめた。

ぼくは上機嫌に声をかけた。「解毒剤が欲しくなったら、いってくれよ」

女が戻ってくる音がして、ぼくはそちらに顔をむけた。血の気の失せた女の顔は吐き気でゆがみ、目からは涙、鼻からは鼻水があふれている。

「そいつのありかをいえ！」

「手錠を外してくれたら、とってやるよ」

「だめだ！　取引はしない！」

「そうかい。じゃあ、とっとと自分で探したほうがいいぞ」

女はメスを手にして、ぼくの眼前に突きつけた。「チップなんて知ったことか。本気だよっ！」発熱した子どものように身震いし、止まらない鼻水を手の甲でせき止めようと無駄な努力をしている。

ぼくは冷淡に、「もういちどぼくを傷つけてみろ、チップを失うだけじゃすまないぞ」

女は顔をそむけると、戻した。吐物は水っぽく、血が混じった灰色をしていた。毒が女の胃の中の細胞を集団自殺させているのだ。

「手錠を外せ。毒で死ぬぞ。もう時間がない」

女は口をぬぐい、気をたしかにもってしゃべろうとしたが——ふたたび吐いた。女の苦しみのひどさは、ぼくも身をもって知っている。吐かずにいるのは、糞に硫酸を混ぜてのみこむようなもの。戻せば、内臓が口から飛びだすような気分。

「あと三十秒で、おまえは自力で助かる力もなくなる——たとえぼくが解毒剤のありかを教えてもだ。だから、ぼくが動けないままだと……」

女は銃とひと組の鍵をとりだし、ぼくの手錠を外すと、ベッドの足もとに陣どって、ひどく震えながらも銃のねらいをぼくから離さなかった。ぼくは女の脅しにはかまわず、手早く身支度をした。幸いにも清潔な予備の靴下があったので包帯がわりに腕に巻いて、Tシャツとジャケットを着る。女は床に両膝をつき、それでも銃をおおよそぼくのいるほうにむけている——だが両目とも腫れあがって半分ふさがり、黄色い液体でいっぱいだ。銃を奪おうかとも考えたが、危険をおかすまでもないと思えた。

残りの衣類をまとめ、忘れものがないかたしかめるように部屋を見まわす。しかし、ほんとうに重要なものは、いっさいがぼくの血管の中にある。それしか旅をする手段はないと教えてくれたのは、アリスンだ。

ぼくは侵入者のほうをむいて、「解毒剤はないんだ。でも、その毒で死ぬことはない。この先十二時間は死にたい気分だろうけど。それじゃ」

ドアに足を運んでいると、不意にうなじの毛が逆立った。女がいまのぼくの言葉を信じないような気がしたのだ——そして、自分には失うものなどないと信じて、死にぎわに一矢(いっし)報いようと発砲するかも、と。

ドアの取っ手をまわしながら、ふり返ることなく、ぼくはいった。「だけど、あとを追ってきたりしたら——次に会ったときには、殺すからね」

それは出まかせだったが、効果はあったらしい。ドアを閉めると、女が銃を落とし、また嘔吐しはじめたのがきこえた。

階段をおりる途中で、脱出成功から来る異様な高揚感が、もっと暗い現状認識に移行しはじめた。ひとりの不注意な賞金稼ぎがぼくを見つけられたなら、もっと手ぎわのいい同業者たちもすぐそこまで迫っているはずだ。工業代数社（インダストリアル・アルジェブラ）は、ぼくたちを追いつめつつある。アリスンが早急にルミナスへのアクセスを用意できなければ、ぼくたちには写像（マップ）を破棄する以外の選択肢はない。しかもそれですら、時間稼ぎにしかならないだろう。

フロント係に翌朝分まで部屋代を払って、くれぐれも同室の者を起こさないよう念を押し、さらに掃除係が目にするだろう惨状の埋めあわせに心づけを足した。あの毒は空気中で変性し、血痕は数時間もすれば無害になる。フロント係はぼくに不審げな目をむけたが、なにもいわなかった。

外に出ると、晴れわたったおだやかな夏の朝だった。六時になったばかりなのに、控江（コンチアン）路（ルー）は歩行者や自転車やバスでごった返していた——おかかえの運転手がハンドルを握るリムジンが数台、時速十キロほどで往来をかきわけていくのが目を引く。夜勤労働者たちが道路の先にあるインテル社の工場から出てきたところらしく、通りすぎる自転車乗りの大半は社章のついたオレンジ色のオーバーオールを着ていた。

ホテルから二ブロック離れたところで、いきなり足の力がほとんど抜けて動けなくなった。単なるショック——自分がこま切れにされる寸前だったのをようやく認識した結果の遅延反応——のせいではない。侵入者の臨床的暴力というべきものにぞっとさせられたのもしかだが、その暗示するものに、底知れぬ不安が湧いたのだ。

工業代数社(IA)は多額の金を投入し、国際法に違反して、会社全体と関係者個人の未来を大変な危険にさらしている。純粋に抽象的な存在であるはずの数学の〈不備(ディフェクト)〉が、血と塵、重役会議室と暗殺者、権力と実用主義の世界に引きずりこまれようとしていた。

そして、人類の知るもっとも確実なはずのものもまた、流砂にのみこまれる危険に瀕していた。


すべてのはじまりは単なる冗談だった。議論のための議論。アリスンお得意の、人をかっかさせる異端の説。

彼女はこういい放ったのだ。「数学の定理は、物理的系(システム)がそれをテストした場合にのみ真となる。系のふるまいがなんらかのかたちで、その定理が〝真〟か〝偽〟かに左右される場合に」

時は一九九四年の六月。一期コースの数理哲学の最終講義を終えたぼくたちは、あくびをして目をしばたたかせながら冬の日ざしの中に出てきて、舗装された小さな中庭のベンチに腰をおろしたところだった。その講義は、神経をすり減らす専攻分野からの、ちょっとした息抜きだった。友人たちとのランチの待ちあわせまで、十五分ほど時間が空いていた。それは恋愛ごっこすれすれの他愛のない雑談にすぎなかった。どこかの地下聖堂に潜んで、数学的真理の本質について一家言をもち、そのために喜んで命を捧げる学者もいるかもしれない。だが、当時ぼくたちは二十歳で、そんな本質の話など、針の頭にとまれる天使を数えるのと同じ（まったくのたわごと）だと知っていた。

ぼくはいい返した。「物理的系は、数学を生みはしないよ。数学を生みだすものなんてない――数学は永遠のものなんだから。全宇宙にたった一個の電子しかなくても、整数論のすべてはなにひとつ変わらないさ」

アリスンは鼻を鳴らした。「でしょうね、だって一個の電子、プラスそれをいれるための時空にさえ、量子力学や一般相対論のすべてが必要なんだから――それに、そういったものにともなう数学的インフラストラクチャーのすべても。量子論的真空に浮かぶひとつの粒子だって、群論の主要な結果の半数を必要とするし、それは関数解析についてもいえれば、微分幾何学についても――」

「はいはい、もういいって！　いいたいことはわかった。でも、それが正しいなら……ビッグバン後の最初のピコ秒のできごとが、延々とビッグ・クランチにいたるまでの、あらゆる物理的系が必要とする数学的真理をひとつ残らず〝構築した〟ことになる。きみが万物理論（TOE）の根拠となる数学を手にしたら……はいそれまで、ほかになにもいらない。話は一巻の終わり」

「いえ、終わらないわ。万物理論を特定の系で用いるには、やはりその系と関係する数学のすべてが必要になって――その際には、万物理論自体に必要な数学をはるかに超えた結果が必要になりうるから。つまり、ビッグバンから百五十億年経ったいまでも、だれかの手で、たとえば……フェルマーの最終定理が証明されることがあるわけでしょ」当時、プリンストン大学のアンドリュー・ワイルズがその有名な仮説の証明を発表したところだったが、彼の証明は同業者たちが精査している最中で、最終的な結論は下されていなかった。「物理学がその定理を必要としたことは、以前はいちどもなかったのに」

ぼくは反論した。「〝以前は〟ってどういう意味だ？　フェルマーの最終定理は、これまで――そしてこれからも――どんな物理学の分野ともいっさい無関係だぞ」

アリスンは忍び笑いをもらした。「分野レベルでは、たしかに。でもそれは、この定理によってふるまいを左右される物理的系の集合が、ほんとうにとことん限られたものだからよ――ワイルズの証明を検証しようとしている数学者たちの脳みそってこと。

考えてみて。仮に数学が宇宙のほかのどんな物体ともなんの関連性ももたないほど〝純粋〟だとしても、あなたがある定理の証明にとりかかった瞬間に……あなたはその定理にあなた自身との関連性をもたせたことになる。その定理をテストするには、なんらかの物理的プロセスを選択することも必要ね――コンピュータを使うとか、ペンと紙を使うとか、それとも、ただ目を閉じて神経伝達物質をまぜこぜにするとか。物理的なできごとに依存しない証明なんてものはないの。そのできごとがあなたの頭の内側にあろうが外側にあろうが、少しでもリアルでなくなるわけじゃない」

「まあそうかも」ぼくは保留気味に認めた。「でも、だからといって——」

「フェルマーの定理が真か偽かによってふるまいを左右された最初の物理的系は、アンドリュー・ワイルズの脳……と体とメモ用紙が構成するそれかもしれない。だけどわたしは、人間の行動がなにか特別な役割を果たしたとは思わないの。それより、もし百五十億年前に、クォークの一群が同じことを無計画にやったのだとしたら——ある純粋にランダムな相互作用をおこない、それがたまたまなんらかのかたちで仮説をテストする結果になっていたのなら——フェルマーの最終定理を構築したのは、ワイルズのはるか以前のそのクォークの一群かもしれない。人間には知りようのないことだけど」

定理に含まれる無限の数のケースをテストできるクォークの一群なんて、どこにある、といってやろうと口をひらきかけて、寸前で思いとどまった。ぼくのいおうとしたことは正しいが、それはワイルズの障害にはならなかったのだから。それにもともとフェルマー本人の大ざっぱな言明を、群論の公理——そこにはすべての数についての単純な一般法則のいくつかが含まれる——とつなげているのも、有限回数連なった論理的ステップだ。その数学者が有限な数の物理的物体（それが紙に書かれた鉛筆の筆跡でも、その数学者の脳内の神経伝達物質でもいいが）を有限な量の時間にわたって操作することで、そうした論理的ステップをテストできるのなら、原理的に、あらゆる種類の物理的系は、その証明の構造を真似られることになる……自分たちがなにを〝証明〟しているかを少しでも意識しているかどうかは別にして。

ぼくはベンチにもたれかかり、髪をかきむしる真似をした。「ぼくは頑固なイデア主義者じゃなかったけれど、きみのせいでそうなっちゃいそうだ！　フェルマーの最終定理は、だれにも証明される必要なんてない――ランダムなクォークの一群にたまたま出くわす必要もだ。もし定理が真なら、それはつねに真なんだ。所与のひと組の公理が含意するあらゆるものは、時間を超越し、永遠に、その公理と論理的に結びつけられている……たとえそのつながりを、宇宙の寿命が尽きるまでに人間なりクォークなりがたしかめられなくても」

アリスンはこれをまったくうけつけなかった。〝時間を超越した永遠の真理〟の話が出るたびに、アリスンの唇の端にかすかな笑みが浮かぶ。まるで、ぼくがサンタクロースを信じているといい張っているかのように。「じゃあ、だれ、でなければなにが、『ゼロは存在する』だの『すべての x にはその次の数がある』だの、その他もろもろを、はるばるフェルマーの最終定理やその先の帰結まで押し進めたわけ、宇宙がそのどれかでもテストする機会がある前に？」

ぼくは引きさがらなかった。「論理でつながっているものは、とにかく……つながっているんだ。なにかが起こる必要はない。帰結はだれか、またはなにかに〝押し進められて〝存在するようになる必要はないんだ。それともなにか、ビッグバン後の最初のできごとが、クォークとグルーオンからなるプラズマの最初の激しい振動が、ちょっと立ち止まってすべての論理的空白を埋めたとでも思うのか？　クォークが論理的に考えたとでも――『おれたちはすでにAとBとCをしたけど、Dはしちゃダメだぜ、だってDはおれたちがこれまでに〝発明〟したほかの数学と論理的に不整合だからな……その不整合を記述すると五十万ページの証明が必要だけどさ』、みたいに？」

アリスンはそれをきいて考えこんだ。「いいえ。だけど、にもかかわらず事象Dが起きたとしたら？　事象Dの含意する数学が、じっさい、ほかの事象の含意する数学とは論理的に不整合で――けれど、宇宙があまりに若くて、なんらかの不一致が存在するという事実を計算できなかったために、事象Dが進行して、とにもかくにも起こってしまったとしたら」

ぼくは十秒ほども、ぽかんと口をあけたままじっとアリスンを見つめていたに違いない。ぼくたちがそれまでの二年半を費やして学びとってきた正統派の学説からすると、それは突拍子もないどころの騒ぎではない意見だった。

「きみのいっているのは……数学には、無矛盾性の〈不備〉が、宇宙の始源から散らばっているだろう、ということか？　宇宙に宇宙紐が散らばっているだろうように？」

「そのとおり」アリスンはいかにもなにげなさそうに、ぼくに視線を返した。「時空がいたるところでそれ自身となめらかにつながっていないなら……なぜ数学的論理もそんなふうであっていけないの？」

ぼくはかろうじて言葉を発した。「じゃあまず最初に、いま現在の話だよ、ある物理的系が、その〈不備〉を超えて定理をつなげようとしたら、なにが起こる？　もし、熱中しすぎたクォークが定理Dを〝真〟だということにしていたら、ぼくたちがそれを反証するようにコンピュータをプログラムしたときには、どうなるんだ？　ソフトウェアがAとBとCをつなげる論理的ステップ――クォークはそれも真だということにしているわけだ――をすべて実行して、矛盾点、おそるべき〝非D〟に到達したら……その先に進めるだろうか、進めないだろうか？」

アリスンはぼくの問いかけをはぐらかした。「両方ともが真だとしたら、どう――Dも、非Dも。それって数学の終焉みたいにきこえない？　体系全体がたちまち崩壊するって。Dと非Dをいっしょにすれば、なんだって好きなように証明できるんだから。1は0に等しくて、昼は夜に等しくなる。だけどそれは、論理が超光速で伝わり、計算にはまったく時間がかからないっていう、退屈な老いぼれイデア主義者的なものの見かたよ。だって現に人は、ω（オメガ）矛盾体系をうけいれているじゃない？」

ω矛盾数論は、たがいに〝ほとんど〟矛盾する公理に基づくノンスタンダード・バージョンの数論だ。その特質は、〝無限に長い証明〟（それは、物理的に不可能であることをまったく別にしても、形式的に却下される）においてのみ矛盾があらわれること。それはきちんとした現代数学の範疇だが――アリスンは〝無限に長い〟をただ単なる〝長い〟に置き換えようとしているらしい。その違いがじっさいはほとんど問題にならないかのように。

ぼくはいった。「ちょっと確認させてくれ。いまきみがいっているのは、ふつうの数論を使って――直感に反するおかしな公理はいっさい抜きで、十歳の子どもならだれでも真だと知っている事柄だけで――その数論が不整合だと、有限の数のステップで証明できるということ？」

アリスンは楽しげにうなずいた。「有限だけど、大きな数のね。だから、矛盾がなんらかの物理的なかたちであらわれることは、まれなわけ――それは日常の計算や、日常の物理的事象とは〝計算的に隔たっている〟はずだから。つまり……宇宙のどこかにあるひとつの宇宙紐が、宇宙を破壊するなんてことはないでしょ？　それはだれにとっても無害なの」

ぼくはそっけなく笑った。「近づきすぎないかぎりはね。宇宙紐を太陽系に引っぱってきて、惑星を切り刻んでまわらせないかぎりは」

「そのとおり」

ぼくは腕時計に目をやって、「地球に帰還する時間だな。ほら、ジュリアとラミシュとの待ちあわせが――」

アリスンはわざとらしくため息をついた。「はいはい、わかってるって。こんな話は、あの哀れなお馬鹿さんたちには退屈だってこともね――だから、この話はこれでおしまい、約束する」それから意地悪くいい足す。「人文科学の学生って、ほんとに視野が狭いんだから」

ぼくたちは、枯れ葉に埋まった静かなキャンパスを歩いていった。アリスンは約束を守り、ぼくたちは黙って歩いた。上品な友人たちと会う直前まで議論をつづけていたら、そのあとその話題に触れずにいるのはもっとむずかしくなるだろう。

だが、カフェテリアへむかう途中で、ぼくはがまんできなくなった。

「もし、だれかがじっさいに、〈不備〉を超えて一連の推論をつづけるようコンピュータをプログラムしたら……現実になにが起こると、きみは考える？ 単純で信頼できる論理的ステップを延々積み重ねた最終結果が、ついにスクリーンに浮かびあがるとき――戦いに勝つのは、始源のクォークのどのグループだろう？ コンピュータがまるごと消え失せる、なんてご都合主義はやめてくれよ」

アリスンはとうとう、皮肉混じりの笑みを浮かべた。「しっかりして、ブルーノ。なんでわたしに答えが出せるなんて思うの、その結果を予言するのに必要な数学が、まだ存在すらしていないのに？ わたしにいえることはひとつとして、真でも偽でもない――だれかがじっさいに、その実験を実施するまではね」

　ぼくはその日のほとんどを、あの女素人外科医の仲間（または競争相手）がホテルの外で待ち伏せてもいなかったし、あとを追ってきてもいないと確認するのに費やした。現実にいるかどうかもわからない尾行者をまこうとするのは、どこか精神にこたえるカフカ的状況だ。群衆の中に特定の顔を捜せばいいわけではなく、追っ手がいるという抽象的な観念だけがある。いまさら形成外科で漢民族の中国人になりすますことを考えても、手遅れだった――ベトナムにいたころ、アリスンは真剣にそれを提案していた――だが、上海には百万人以上の外国人居住者がいるから、気をつけてさえいれば、英語を話すイタリア系の人間でも姿を隠せるはずだ。

　ぼくにそんなことがこなせるかどうかは別問題だが。

　ぼくは蟻の行進のような観光客になんとか混ざり、もっとも抵抗の少ない流れに乗って、非常識なほどごった返す豫園（ユーユエン）の市（いち）（十セントの腕時計型ＰＣや、使用者の気分に反応するコンタクトレンズ、カラオケ最新曲用移植声帯などを満載した棚が、生きている鴨や鳩のはいった竹製の鳥籠の横に並んでいる）から、かつての孫文の官邸（フェニックスＴＶで放映されるミニシリーズが一万台のバスや、その十倍の数のＴシャツで宣伝されて、孫文の個人崇拝が復活中だ）へと進んでいった。そして、魯迅の墓（『つねに考え、つねに学べ……将軍のもとを訪れた次には、犠牲者を訪ね、目をしっかりひらいて時代の現実を見よ』といった作家で、プライムタイムの番組化される予定はない）から、虹口マクドナルド（買い物をすると、かならず小さなプラスチック製アンディ・ウォーホル人形がついてくるが、理由は見当もつかない）へ。

ぼくはそれら聖地のあいだで暇つぶしのウィンドウショッピングを装ったが、どんなに心細がっている西洋人でも話しかけるのを思いとどまるような、とげとげしい雰囲気を発するのは忘れなかった。この街ではたいていどこでも外国人はめずらしくはないが、外国人どうしでさえ、目を引くことはありうる。ぼくはこれっぽっちもだれかの印象に残ることがないよう、最善を尽くした。

道すがら、ぼくはアリスンからのメッセージがないかチェックしたが、なにもなかった。一方ぼくはバス待合所や公園のベンチなど五カ所にチョークで小さな抽象模様をつけて、こちらからのメッセージを残した。五つとも少しずつ形は違うが、いっていることはみな同じだ――『危機一髪、しかしいまは無事。移動をつづける』

夕方早くには、想定上の尾行者をまくために打てる手はすべて打ったので、アリスンとのあいだで文字には残さずにとり決めたリストにある、次のホテルにむかった。最後にふたりで顔をあわせたのはハノイでのことだったが、アリスンの周到な準備をぼくは茶化したものだ。いまのぼくは、アリスンに懇願してでも、もっと予想もつかない非常事態にも対応できるよう、ふたりの秘密の言葉を増やしておけばよかったと思いはじめていた。たとえば、『致命傷を負った。拷問できみのことを吐いた。現実崩壊中。それ以外は順調』淮海中路（ホワイハイヂョンルー）のホテルは、前の宿よりは格上だが、現金払いお断りの高級ホテルではなかった。フロント係は愛想よく型どおりの言葉を口にし、ぼくはできるかぎりすらすらと、一週間観光してから北京へむかう予定だと嘘を並べた。ベルボーイにかなり多めにチップを渡すと、相手はなれなれしく笑った——そこからどんな意味を読みとればいいのかと、そのあとぼくは部屋のベッドに腰かけて五分間思い悩んだ。

ぼくは必死でバランス感覚をとり戻そうとした。工業代数社は、ぼくたちの足どりをつかむために上海のホテル従業員をひとり残らず買収できるかもしれない——だがそれは、同社にはぼくたちの十二年にもおよぶ〈不備〉の調査を再現することが可能で、わざわざぼくたちを追いまわしたりはしないという理屈と大差がない。ぼくたちの手にあるものを連中がなにがなんでも欲しがっていることに疑問の余地はないが、では現実に連中にできることはなにか？　マーチャントバンク（マフィアか三合会でもいいが）で資金を調達する？　もし問題の品物が紛失したプルトニウム一キロだとか価値ある遺伝子配列だったら、それで万事解決だ。だが、〈不備〉とはなにかを、理論としてだけでも理解できるのは、地球上でほんの数十万人だろう。そんな〈不備〉などというものが実在すると信じるのは、そのまたごく一部で……それを悪用するビジネスに投資できるほど裕福かつ倫理にかまわない人となると、さらにもっと少ないはずだ。

賭け金はたぶん天井知らず――だからといって、プレイヤーが全能になるわけではない。いまのところは。

ぼくは腕の包帯を靴下からハンカチにとりかえたが、切開の跡は思っていたより深く、まだわずかに出血がつづいていた。ホテルを出てちょうど徒歩十分の位置にある二十四時間営業の雑貨店で、目当ての品が見つかった。外科用組織再生クリーム。コラーゲン基の粘着剤と消毒剤、成長因子の調合物だ。そこは薬品関係の小売店舗ですらなかった――明滅しない青白い光を放つ天井パネルの下に、関連性のないありとあらゆる雑貨でぎっしりの通路が何列も並んでいるだけの店。缶詰、ポリ塩化ビニールの配管設備、民間医療薬、ネズミの避妊薬、ビデオROM。そこはなにがあるかわからない宝物殿、多様性の生きた見本のような場所だった。あたかもすべての商品が、たまたま風に運ばれてきた胞子から棚の上で育ったものであるかのように。

ごった返す人波をかきわけ、食べ物のにおいに半ば惹かれつつも半ば気分が悪くなり、ほとんど理解できない言葉で書かれたホログラムやネオンの果てしない列にめまいを感じながら、ホテルに引きかえそうとする。十五分後、喧騒と湿気でふらふらになったぼくは、道に迷ったことに気づいた。

街角で立ち止まって、現在位置を把握しようとする。上海の街はぼくをとりまいて、ごみごみとにぎわい、官能的で無慈悲に広がっていた——破局の縁（ふち）に進むよう自己組織化された進化論経済学のシミュレーション。商業の密林。人口千六百万のこの都市は、地球上の国家の大半よりも多くの、ありとあらゆる種類の産業を、輸出業者と輸入業者を、量販店と小売店を、株式証券業者と転売者と還流者とハゲタカを、億万長者と一文無しをかかえている。

いうまでもなく、より多くの計算能力（コンピューティング・パワー）も。

中国という国家自体は、苛酷な全体主義的共産主義から苛酷な全体主義的資本主義への数十年がかりの移行の先端に到達しつつあった。毛沢東からピノチェト（一九七〇～八〇年代にチリの圧政的軍事政権を率いた）へのゆるやかで途切れのない変容は、貿易相手や国際金融機関の熱狂的賞賛を引きおこした。その変容を達成するのに反革命は不要だった——過去の政策から出発して、私有財産や裕福な中産階級や数兆ドル相当の外国資本などは党の一貫した目標にほかならなかったという驚くほど見えすいた結論へと到達する道を、入念にすじを通したオーウェル流新語法（ニュースピーク）で何重にも敷きつめれば、それでよかった。

本質的に警察国家であることは、従来と変わらない。自由競争によらない賃金などという堕落したブルジョワ的思想をもつ労働組合員、贈賄や縁故採用の摘発といった反革命的信念をいだくジャーナリスト、自由な選挙とかいう政府転覆がねらいの白昼夢を広めようとプロパガンダをおこなう無数の危険な政治活動家、などはひとり残らず取り締まられねばならなかった。

ある意味でルミナスは、この共産主義から非共産主義への、無数の小さなステップを踏んだ奇妙な移行の産物だった。ほかのなにものも、合衆国の国防研究機関でさえ、単独でこれほどの能力をもつマシンを所有してはいない。世界のほかの場所ではとうの昔にネットワーク化の波に屈して、複雑なアーキテクチャと特注のチップをもっていた自分たちの優秀なスーパーコンピュータを、数百台の量産型ワークステーションにとりかえていた。事実、コンピュータによる二十一世紀最大の業績はどれも、数千人の有志がインターネットを通じて各人のマシンの空き時間に実行することで分散処理されたものだった。それは、アリスンとぼくが最初に〈不備〉をマップした手段でもあった。七千人のアマチュア数学者たちが、十二年にわたってその冗談を分かちあったのだ。

だがいま現在、ネットはぼくたちに必要なものの対極にある――その役を担えるのは、ルミナスだけだった。そして、ルミナスに出資できたのは中華人民共和国だけであり、それを建造できたのは人民先進光学技術研究所だけだったが……その使用時間を世界に売れるのは、上海のQIPS（クイップス）（毎秒十の二十四乗回の命令）コーポレーションだけだった。そしてルミナスはいまのところ、水爆の衝撃波や無人ジェット戦闘機や新型対衛星兵器の模擬実験に使われている。

ようやく街路表示を解読して、どこでまちがったかがわかった。雑貨店を出るとき反対方向へ曲がっただけのことだった。

来た道を引きかえすと、まもなく見覚えのある地域に戻ることができた。

ホテルの部屋のドアをあけると、アリスンがベッドに腰かけていた。

ぼくは思わず、「この街にまともな錠はないのか？」

ぼくたちは軽く抱擁を交わした。恋人どうしだったこともある……がそれはとうに終わった話。それ以降の歳月を、ぼくたちは友人としてすごしてきた——ただ、いまでもそれが適切な言葉かどうかは自信がない。現在のぼくたちの関係は、すべてがあくまで目的のためであり、そこからの逸脱は皆無だった。いまではあらゆることが、〈不備〉をめぐって展開している。

アリスンがきいた。「メッセージを見たけど。なにがあったの？」

ぼくはけさのできごとを話した。

「自分がどうすべきだったかは、わかっているでしょ？」

これには気持ちを逆なでされた。「ぼくはこうして無事なんだから、いいじゃないか。チップも守れたし」

「その女を殺すべきだったのよ、ブルーノ」

ぼくは声をあげて笑った。アリスンにおだやかな目で見つめかえされて、顔をそむける。

アリスンのいまの言葉が本気かどうかはわからない――あまり知りたくもなかったが。

アリスンは治療クリームを塗るのを手伝ってくれた。ぼくのもっている毒は、アリスンには無害だ――ぼくたちはともにハノイで、同一の特殊な群体からとられた同じ遺伝子型のまったく同一の共生生物をインストールしていた。それでも、こんなふうにぼくに触れて無事でいられる人が地球上でほかにだれもいないことを思うと、傷ついた皮膚にアリスンの剝きだしの指を感じるのは、奇妙な気分だった。

セックスについても同様なのだが、それについては立ちいりたくない。

上着に腕を通しているぼくに、アリスンが、「さて、あすの午前五時に、わたしたちがなにをしているか、当てられる？」

「かんたんさ。ぼくはヘルシンキ行きの、きみはケープタウン行きの飛行機に乗っている。これで連中も手がかりを失うって寸法だ」

その言葉はかろうじて微笑を呼んだ。「残念でした。わたしたちは研究所でユワン教授と会って――そして三十分間、ルミナスを使っているはずよ」

「さすがだ」ぼくはかがんで、アリスンの額にキスをした。「もちろん、きみならうまくやれるとわかっていたけど」

ぼくは有頂天になっていいはずだった――だがじっさいは、はらわたがよじれそうだった。目ざめたら手錠でベッドにつながれていたときと同様、進退きわまった気分。もしルミナスが手の届かない存在のままだったら（現行の使用料では、ぼくたちにはそれを一マイクロ秒使うこともかなわないのだから、本来はそれが当然なのだ）、全データを破棄して、幸運を期待する以外に選択肢はなかっただろう。工業代数社が、インターネット上でおこなわれたオリジナルの計算の断片を数千もかき集めたのはまちがいない——しかし、連中はぼくたちがなにを見つけたかは正確に知っていても、それをどこで見つけたかはまだまるで見当がついていないことも、あきらかだった。もし連中が〈不備〉のランダムな調査に自ら乗りだささざるをえなくなり、その際に秘密保持のため、社外と接続されていないハードウェアしか使えないとしたら、結果が出るまでには何世紀もかかるだろう。

だがいまでは、すべてを放りだして、あとを運にまかせるのは問題外だ。ぼくたちは自ら〈不備〉とむきあわなくてはならない。

「教授にはどこまで教えたんだ？」

「なにもかも」アリスンは洗面所にはいって肌着を脱ぐと、洗面タオルで首と体の汗をぬぐった。「でもマップは渡さなかった。サーチ・アルゴリズムとその成果、それにルミナスで走らせる必要のある全プログラムを見せたの——具体的なパラメータの値は全部消したけれど、処理手順はきちんと確認できるかたちで。教授はもちろん、〈不備〉が存在するという直接証拠を見たがったけれど、それは拒んだ」

「で、教授はどこまで信じた？」

「判断は保留だって。わたしたちは三十分間、なんの邪魔もなしにアクセスできる――ただし、わたしたちのすることを教授が一から十まで見ていられる、という条件つきで」

ぼくはうなずいたが、ぼくの意見しだいで事態が変わるわけでもなければ、ぼくたちには選択の余地もなかった。ユワン・ティンフォは、一九九〇年代後半に上海の復旦（フーダン）大学に在学していたアリスンが、環論の高度な応用に関する論文で博士号をとったときの指導教官だった。現在では、世界を代表する暗号研究者のひとりであり、軍や安全保障会社、十数の国際企業の顧問を務めている。以前アリスンからきいたところでは、教授がふたつの素数の積を因数分解する多項式時間アルゴリズムを発見したという噂が流れたことがあるそうだ。公式には確認されずじまいだったが……教授の名声がもつ力たるやすさまじく、噂が広まると、旧来のRSA暗号化方式を使う人は世界じゅうでほぼ皆無になってしまった。請求さえすれば教授がいつでもルミナスを使えるのも、当然の話――だからといって、教授がこの二十年間、悪人どもの邪悪な目的のために働かされてこなかった、という保証にはならない。

ぼくはきいた。「それで、教授は信用できるのか？」いまはまだ〈不備〉の存在を信じていないかもしれないけれど、確信をもったとたん――」

「そのとき教授は、わたしたちとまったく同じことを望むでしょうね。確実に」

「わかった。でも、そのとき工業代数社に監視されていないのは確実か？　ぼくたちがこの街にいる理由に気づいたら、連中はだれかを抱きこんで——」

アリスンは気短にぼくをさえぎった。「この街にだって、金で買えないものがいくつかはあるの。ルミナスみたいな軍用マシンをスパイするなんて自殺行為。そんな危険をおかす人はいない」

「軍用マシンで未認可プロジェクトが走っているのをスパイするのは？　もしかすると罪は帳消しで、英雄あつかいされるかも」

アリスンは半裸で、ぼくのタオルで顔を拭きながら近寄ってきた。「そんなことがないよう、祈りましょ」

不意に笑いがこみあげてきた。「ルミナスのなにがいちばん気にいっていると思う？エクソンやマクドネルダグラスに、人民解放軍と同一のマシンをじっさいには使わせないってことさ。だって、電源を落とすたびに、コンピュータがまるごと無に帰しちゃうんだから。そう考えれば、パラドックスなんてなにもないんだ」

アリスンは交替で見張りをするべきだといってゆずらなかった。これが二十四時間前だったら、ぼくはまじめにとりあわなかっただろう。いまのぼくはアリスンのさしだしたリボルバーをしぶしぶながらうけとって、アリスンが一瞬で眠りに落ちたあとも、ネオンに染まった闇の中にすわってドアを見つめていた。

宵の口にはおおむね静かだったホテルが、活気づいてきた。五分ごとに廊下に足音が響き、壁の中ではネズミたちが餌を探しまわったり交尾したり、どうやら出産もしているらしい。遠くでむせぶパトカーのサイレン、下の路上でののしりあうカップル。上海は現在、世界一の殺人都市だとなにかで読んだことがあるが、それは人口ひとりあたりの話だろうか、それとも絶対数だろうか。

一時間がすぎても、神経過敏になっているぼくが自分の足を吹き飛ばしていないのは奇跡だった。銃から弾を抜いて、空っぽの銃身でロシアンルーレットをする。いろいろな目にあったいまもまだ、ぼくは数論の公理を防御するためにだれかの脳に弾丸を撃ちこむ覚悟は、できていなかった。

最初ぼくたちに接触してきたとき、工業代数社（IA）は非の打ちどころなく丁重だった。ＩＡは産業用および軍事用アプリケーション専用の超高性能コンピュータ・ハードウェアを設計する、英国に本社をもつ小規模だが積極果敢な経営方針の会社だった。その会社がぼくたちの調査のことを耳にしていたのは、さほど意外ではなかった――何年ものあいだインターネットで公に議論されてきたし、お堅い数学の学術雑誌でまで冗談の種にされていたのだから――が、接触のあったのが、アリスンがチューリッヒからぼくに、最新の〝有望な〟結果について触れた私信をよこしたほんの数日後だったのは、奇妙な偶然に思えた。

ぼくたちはすでに、いずれもバグやグリッチによる半ダースのまちがい警報を鳴らしたあげく、発見があるたびに未確認の段階でいちいち公表するのを、広く世間一般に対してはもちろん、実行時間を提供してくれている人々に対してもやめていた。あといちどでも虚報を流したら、協力者の半数が立腹のあまりに手を引きかねないと思ったからだ。

IAはぼくたちに、社内のプライベートネットワークの多大なコンピューティング・パワーを惜しみなく提供するといってきた――従来の提供者のだれと比べても、数桁多いことになる。どうしてそんなことを？　答えはくるくると変わった。純粋数学をきわめて重視しているから……人生を純真な心で楽しく生きようとしているから……SETIが優良安定企業への確実な投資に思えるほどワイルドでヒップで成功の見こみ薄のプロジェクトを、支援していると思われたいから。あげくに、先方がとうとう〝打ちあけた〟理由は、いくつかの悪名高い国家が同社の本来は有益なスマート爆弾でおかしている行為に対する長年の批判的報道が作りあげた、企業イメージをやわらげるための破れかぶれの賭けだというものだった。

ぼくたちは丁重に申し出を辞退した。するとむこうは、高給のコンサルタントの職をもちだしてきた。わけがわからず、ぼくたちはネット上での計算をすべて中止し、アリスンがユワン教授に教わった単純にして非常に有効なアルゴリズムで自分たちのメールを暗号化するようにした。

アリスンはチューリッッヒの当時の自宅にある私有のワークステーションで調査結果の照合を進め、ぼくはシドニーで雑用を引きうけた。おそらくIAはあらたにはいってくるデータを盗聴していただろうが、自力でマップを作るのに必要な情報を入手するには、あまりに出遅れたのはあきらかだった。計算結果の個々の断片は、単独ではほとんど意味をもたない。しかし、アリスンのワークステーションが盗難にあうにおよんで（ファイルはすべて暗号化されていたから、連中はそこからなにも引きだせなかっただろうが）、ついにぼくたちはこう自問せざるをえなくなった。『もし〈不備〉がほんとうに存在するなら、冗談が冗談でなかったとしたら……賭けの対象になっているのはいったいなんだろう？　どれくらいの金額が？　どれほどの権力が？』

二〇〇六年六月七日、アリスンとぼくはハノイの混雑する蒸し暑い広場で落ちあった。アリスンは時間を無駄にしなかった。盗まれたワークステーションのデータのバックアップを、ノートパッドにいれてきたのだ。そして、このときアリスンは、〈不備〉は実在するとおごそかに宣言した。

ネット上で実行されてきた、数論の言説（ステートメント）が作る空間の長くランダムな総ざらいを、ノートパッドのちっぽけなプロセッサで再現したら、何世紀もかかってしまう。だが、問題となる計算にじかに導いてやれば、ノートパッドでもものの数分で〈不備〉の存在を立証できるはずだ。

処理は言説Sからはじまった。言説Sは、任意のとてつもなく大きな数に関する言明だった——だがそれは、数学的に難解なものでも、議論の余地のあるものでもなかった。そこには無限集合に関する主張も、〝あらゆる整数〟に関わる命題もなかった。それは単に、ある（非常に大きな）自然数についておこなわれた、ある（複雑な）計算が、ある結果を導いたと述べているにすぎない——本質において、それはたとえば〝5＋3＝4×2〟となんら変わらなかった。言説Sを筆算でたしかめていたら十年はかかるだろうが、小学校レベルの算数ととてつもない根気さえあれば、その作業は完遂できる。この種の言説は決定不可能ではありえない。それは真であるか、さもなくば偽であるかだ。

ノートパッドは言説Sが真だと結論を下した。

次にノートパッドは言説Sをとりあげると……それを用いて、四百二十三の単純でまちがいのない論理的ステップ後に、非Sを証明した。

ぼくは自分のノートパッドでも、別のソフトウェア一式でその計算をやってみた。結果はまったく同じだった。ぼくはまじまじと画面を見つめ、ふたつの別のプログラムを走らせたふたつの別のマシンがまったく同一のミスをおかしたことについて、納得のいく理由をひねり出そうとした。過去にはたしかに、コンピュータのマニュアル本に載っていたアルゴリズムのたった一個の誤植のせいで、何千もの不良プログラムが生まれたこともあっただろう。しかし、いま実行した計算はあまりに単純で、あまりに基本的なものだった。

すると残された可能性はただふたつ。従来の数論は本質的に欠陥があり、自然数に関するプラトン的イデアのすべてはつまるところ自己矛盾していたか……あるいは、アリスンが正しくて、百数十億年前に〝計算的に隔たった(オルタナティヴ)〟領域をもうひとつの数論が支配するようになっていたかだ。

ひどく動揺はしたが、ぼくはまず、この結果のもつ意味を軽く見ようとした。「ここであつかわれた数は、立方プランク長で計測した観測可能な宇宙の体積を超えている。もしIAがこれを外国為替取引に悪用する気なら、規模をちょっぴりまちがえていると思うね」

そういいながらも、これがそんな単純な問題でないのはわかっていた。あつかった数が超天文学的だったにせよ、じっさいに、物理的に誤作動したのは、ノートパッドのわずか一〇二四ビットのバイナリ表示なのだ。数学におけるあらゆる真理は、無数の異なるかたちで記号化され、反映される。だから、もしこのようなパラドックスが――ちょっと見には、もっとも雄大な宇宙論的議論にさえ適用しようのないほど大きな数に関する問題に思えるが――五グラムのシリコンチップに影響をおよぼせるとすると、地球上にはまったく同じ欠陥に影響される危険をもつシステムが、ほかにも軽く十億はあることになる。

しかし、これは序の口だった。

ぼくたちはいま、ふたつの両立しない、つまりどちらもそれぞれの版図(はんと)において物理的、に真であるような数学の系の、境界線の一部分をつきとめた。演繹の過程が〈不備〉のどちらか一方の側にのみとどまるかぎり——従来の数論が適用される〝此方側(ニアサイド)〟でも、オルタナティヴ数論が支配する〝彼方側(ファーサイド)〟でも——矛盾は生じない。だが、演繹が過程のどこかで境界を超えたなら、不合理を引きおこし……Sから非Sが導かれる。

したがって、膨大な数の一連の推論を検討して、あるものは自己矛盾しているとわかり、あるものはそうでないとなれば、言説という言説を一方の系か他方かに割りあてることで、〈不備〉の周囲のエリアを正確にマップすることが可能なはずだ。

アリスンは、ネットでの計算結果から作りあげた最初のマップを表示した。そこに描かれているのは非常にいりくんだ鋸歯(きょし)状のフラクタルな境界で、顕微鏡で見たふたつの氷の結晶の境界線にかなり似ていた。まるでふたつの系が、異なる起点からランダムに拡散していって、やがて衝突し、たがいの前進を邪魔しあっているかのようだ。そのときのぼくは、自分が事実、数学誕生の瞬間のスナップショットを見ているのだと信じこみかけていた——それは真理と虚偽の違いを規定しようとした始源の試みの化石だと。

そこでアリスンが、いまのと同じ一群の言説による別のマップを表示し、ふたつを重ねあわせた。〈不備〉は、その境界は、変化していた——ある場所では前進し、別の場所では後退している。

血が凍る思いだった。「こんなのは、ソフトウェアのバグに決まっているだろ」

「いいえ」

ぼくは深呼吸して、広場を見まわした。観光客や呼び売り商人、買い物客や管理職からなる無関心な群衆が、単なる数論と違って融通の利く、なにかごくあたりまえの〝人間的な〟真理をあたえてくれるかのように。だが、頭に浮かぶのはオーウェルの『一九八四年』のことばかりだった。主人公ウィンストン・スミスは物語の結末で服従を余儀なくされ、理性のあらゆる試金石を捨て去って、〝二足す二が五になる〟と認めるのだ。

ぼくは口をひらいた。「わかった。つづけて」

「初期の宇宙では、なんらかの物理的系(システム)が数学をテストしていたのだけれど、数学はそれぞれ孤立していて、すでに出ているテストの結果から遮断されていたから、系は結論をランダムに決めることができた。これが〈不備〉の生じた経緯。だけどいまでは、わたしたちの領域の数学はすべてテストされおわり、空白はすべて埋められた。物理的系がひとつの定理を此方側(ニアサイド)でテストするときには、それは何十億回もテストずみなだけでなく、その周囲の論理的に隣接するすべての言説も結論が決まっていて、ゆえに正しい結果がただいちどのステップで出る」

「それは……近隣から仲間圧力が働くということか？　不整合はいっさい許されず、一致するほかはないと？　もし$x-1=y-1$で、$x+1=y+1$ならば、xにはyと等しいという以外の選択肢は残されない……なぜなら別の結果を支持するものが、〝近くには〟

なにもないからだ、と？」

「そのとおり。真理は場所によって決定されるの。そしてそれは、彼方側（ファーサイド）の奥深くでもいえること。そこはオルタナティヴ数学が支配し、テストというテストは、たがいを、そして〝正しい〟——ノンスタンダードの——結果を強化するような、確立ずみの定理にとり囲まれておこなわれる」

「けれど、境界では——」

「境界では、テストされる定理という定理が、矛盾する助言をうける。一方の近隣からはx－1＝y－1といわれ……なのに他方からはx＋1＝y＋2といわれる。そして境界の地勢学はきわめて複雑だから、此方側の定理の近隣に、此方側より彼方側の定理が多いこともありうるし——逆もまた真というわけ。

　だから、境界での真理は、いまでさえ固定されていない。どちらの領域も、まだ前進することも後退することもありうる——すべては定理がどういう順番でテストされるかしだい。まぎれもない此方側の定理が先にテストされて、それがもっと頼りない近隣の定理に支持をあたえてやれば、どちらの定理も此方側にとどまることが確実になる」アリスンはそのようすを例示する短い動画を走らせた。「でも、もし順番が逆だったら、根拠の弱い定理は彼方側に陥落するでしょう」

　ぼくはめまいを感じながら画面を注視した。あいまいな、だが永遠不変だったはずの真理が、チェスの駒のようにひっくり返っていく。「それで……いまこの瞬間も、その物理的プロセスが進行中で——分子レベルの偶然のできごとが、境界沿いの異なる理論のテストと再テストを他意なくつづけていて、此方側にも彼方側にも、領地を獲得したり喪失したりさせている、と？」

「そのとおり」

「すると、ランダムな潮……のようなものが、過去百数十億年間、二種類の数学のあいだを寄せては返ししてきた？」ぼくは落ちつきなく笑い、大ざっぱな暗算をしてみた。「酔(すい)歩(ほ)の期待値はNの平方根だ。なにも心配するようなことはないと思うな。その潮が日常で使われているような数論にふりかかることは、宇宙の寿命が尽きるまでにはありはしないよ」

アリスンは殺伐とした笑みを浮かべ、ふたたびノートパッドを掲げた。「潮？　それは心配不要ね。でも、各領域に水路を掘るのは、なんの苦労もなくできる。そしてランダムな流れに影響をあたえるの」といって、彼方側の系を小さな前線のむこうに後退せざるをえなくさせるような、一連のテストの動画を走らせる。たまたま作られた〝橋頭堡(きょうとうほ)〟を利用して、一連の定理の土台を崩すところまでもっていくというものだ。「だけど、わたしの考えでは、工業(IA)代数社はこの逆のことに関心があるんだと思う。従来の数論の領土深くにまで達する、ノンスタンダード数学の細い水路のネットワークを完成させること——それからそれを、実用的な結果の基礎をなしている定理を崩せるように配置する」

ぼくは無言で、矛盾する数論が日常的な世界の中に触手をのばすのを想像しようとした。IAが外科手術並みの正確さをめざすのはまちがいない。ある金融取引の基礎をなす特定の数学を崩壊させることで、数十億ドルを自らにもたらすのがねらいだからだ。だが、その副産物が予測可能だとは——そして制御可能だとも——思えなかった。連中にその影響を空間的に限定する手段はない。特定の数学的真理を標的にすることはできても、変化をどこかひとつの場所にとどめておくのは無理だ。数十億ドル、数十億のニューロン、数十億の星々……数十億の人々。ひとたび計算の基本的な規則が崩れたら、もっとも密で独立した物体でも、霧の渦のように不安定なものになってしまうだろう。そんなことのできる力は、たとえマザー・テレサとカール・フリードリッヒ・ガウスをあわせたような人物にでも、ゆだねる気にはなれない。

「じゃあ、ぼくたちはどうしたらいい？　マップを消去して——IAが自力で〈不備〉を発見したりしないよう、願うほかないのか？」

「いいえ」アリスンは驚くほど平静だった。だが考えてみればアリスンにとっては、自分がいいだして長く育んできた原理が粉微塵に粉砕されたのではなく、逆に立証されたところであり、またチューリッヒからのフライトのあいだ、現実数学策（レアルマテマティーク）について熟考する時間があったのだ。「連中に絶対これを悪用できなくする、確実な方法はひとつだけ。わたしたちが先手を打つの。ともかく、〈不備〉全体をマップできるだけのコンピューティング・パワーを手にいれる必要がある。それから、境界を平らに均して、動けないようにしてしまう、というのがひとつの手——挟んだり、挟まれたりしている部分をなくせば、挟み撃ちはできなくなるわけ。もうひとつの手は、リソースさえ手にはいれば理想としてはこっちなんだけど、境界を全方位から内側に押しこんで、彼方側の系を収縮させて消し去るというもの」

ぼくは躊躇した。「ぼくたちがこれまでにマップできたのは、〈不備〉のほんの小さなかけらにすぎない。彼方側の大きさがどれくらいかもわからないんだ。ただ、小さいはずはない——でなければ、とっくにランダムな変動にのみこまれていただろうからね。いや、彼方側は永遠につづいているかもしれない。無限に大きいとしても、ぼくたちには知りようがないよ」

アリスンは不思議そうな顔でぼくを見た。「まだわかってないのね、ブルーノ？　相変わらずイデア主義者の考えかたをしている。宇宙は誕生してからたったの百五十億年だから、無限を生みだす暇はなかった。彼方側が永遠につづいているなんてことも、ありえないの。だって、〈不備〉を超えたどこかには、どの系にも属していない定理がいくつもあるんだから。その定理は、いちどもなにかに触れられたことも、いちどもテストされたことも、いちども真か偽かを判定されたこともない。

そして、もしこの宇宙に現存する数学の先に手をのばして、彼方側を包囲する必要があるのなら……わたしたちはそれをするの。それが可能じゃない理由はどこにもない——わたしたちが先になし遂げさえすれば」

午前一時にアリスンと見張りを交替したときには、眠れるわけがないと思っていた。三時間後にアリスンに揺り起こされたときも、一睡もしていないままの気分だった。

ぼくはノートパッドで、ぼくたちの血管に埋めこまれたデータキャッシュに点火コードを送り、それからぼくたちは隣りあわせに、左肩と右肩をくっつけて立った。ふたつのチップはたがいの電磁気的シグネチャーを認識して、たがいに確認の応答信号電波を出し、つづいて低出力マイクロ波を発信しはじめた。アリスンのノートパッドがそれを傍受し、ふたつの相補的なデータ流をマージする。その結果はやはり、厳重に暗号化されていたが——これまでじつにさまざまな予防措置をとってきたいま、マップを一台のハンドヘルド・コンピュータに移すのは、安全性でいえば、それを額に刺青するようなものに感じられた。

ホテルの外にタクシーを呼んでおいた。人民先進光学技術研究所は、市の中心部から南約三十キロに広がる閔行（ミンハン）というテクノロジー・パークにあった。ぼくたちは無言で夜明け前の灰色の光の中を走り抜け、新千年紀の支配者たちが競うように建てた巨大で醜悪な高層ビルが林立する地区をすぎるあいだ、死体トラップとそれが運んでいたチップが血中に溶けだして体が熱っぽくなったのを、なんとかこらえた。

タクシーがバイオテクや航空宇宙産業の会社が並ぶ通りにはいると、アリスンが口をひらいた。「もしなにかきかれたら、自分たちはユワン教授のもとで博士号論文を書いている学生で、代数的位相幾何学の仮説をテストしにきたのだといって」

「ちょっといいかな。その仮説って、具体的に考えてはいないんだろ？　くわしい説明を求められたらどうするんだ？」

「代数的位相幾何学について？　朝の五時に？」

研究所の建物は目立たないものだった——不規則に広がる黒いセラミック製の三階建て——が、高さ五メートルの通電フェンスに囲まれ、ふたりの武装兵士が入口のゲートを守っていた。タクシーの運転手に料金を払って、徒歩でゲートにむかう。ユワン教授がぼくたちに、写真と指紋つきのビジター用入所許可証を作ってくれていた。氏名欄にはぼくたちの本名。不要な嘘に凝っても意味はない。むしろ万一捕まったときには、偽名は事態を悪くするだけだ。

兵士は許可証をチェックしてから、ぼくたちをMRIスキャナにかけた。ぼくは結果を待ちながら、呼吸を乱すまいと必死だった。理論上、スキャナはぼくたちの体内にいる共生生物の異質な蛋白質や、残留している死体トラップの分解生成物、ほか一ダースもの不審な微量の化学物質を検知したはずだ。だがすべては、相手がなにを探しているかしだい。カタログには何十億もの分子の磁気共鳴スペクトルが載っていても、そのすべてをいっぺんにチェックできる機械は存在しない。

兵士のひとりがぼくを脇につれだして、上着を脱ぐようにいった。ぼくはパニックの波を押し鎮め——こんどは逆方向に過剰反応しないよう懸命になった。仮になにも隠していなくても、不安は感じるのが当然だ。兵士はぼくの上腕の包帯をつついた。まわりの皮膚は、まだ赤くて熱っぽい。

「これはなんだ？」

「膿瘍ができたんです。それでさっき、医者に切ってもらいました」

兵士は疑わしげにぼくを見ると、手袋をはめていない手で、べとつく包帯をほどいた。ぼくはそちらに目をやることができなかった。治療クリームはもうすっかり傷をふさいでいるはずだ——最悪でも、時間が経って渇いた血がついている程度だろう——が、切開の跡の上にはかすかな液体の温みを感じる。

兵士はぼくが歯を食いしばっているのを見て笑い、不快げな表情になると手をふってぼくを追い払った。ぼくがなにを隠していると相手が考えたかはわからない——ただ、包帯を巻き直すとき、新しい赤いしずくが皮膚の上で数珠になっているのが見えた。

ユワン・ティンフゥ教授がロビーでぼくたちを待っていた。教授はやせ形の、いかにも六十代後半という見かけの男性で、カジュアルなデニムの服を着ている。ぼくはアリスンにいっさいの会話をまかせた。アリスンはぼくたちが時間にルーズだったといって詫び（じっさいには遅刻していないのだが）、つまらない調査を実行する貴重な機会をあたえてくれたことについて大げさに礼をいった。ぼくはそのうしろで、調子をあわせて丁重さを装っていた。兵士が四人、無表情にこちらを見ていたが、ぼくたちのへつらうような態度を度がすぎているとは思っていないようだ。たしかに、ぼくが事実、平凡な論題のためにここのマシンの使用を許可された学生だとしたら、畏れおおくて目をまわしていただろう。

ぼくたちは、次のチェックポイントとスキャナを堂々と通り抜ける教授のあとについてゆき（こんどはだれもぼくたちを止めなかった）、床がやわらかい灰色のビニールでできた長い廊下を進んだ。白衣を着た技術者と数人すれ違ったが、むこうがこちらを一瞥する以上のことはなかった。一見して外国人とわかるぼくたちふたり組は、軍事基地をうろつくのと同じくらいにここでも注意を引くだろうと予想していたのだが、それは見当違いもはなはだしかった。ルミナスの実行時間の半分は外国企業に売られているが、マシンがまったくいっさい、いかなる通信ネットワークとも接続されていない以上、民間ユーザーはじかにここへ来るほかはないのだ。いったいユワン教授が自分の学生のために（その国籍はさておくとしても）、どれくらいの頻度で空き時間をひねり出しているかは知らないが、教授がそれをぼくたちにとっていちばんいい隠れみのだと考えたなら、ぼくには反対する気はない。ただ、研究所側がぼくたちのことを少しでもくわしく調べようとしたときに備えて、教授が大学の記録その他にそれとわからないかたちで裏づけとなる操作を加えておいたことは、期待したい。

ぼくたちはオペレーションルームに立ち寄り、教授は技術者たちと雑談をした。壁のひとつをフラットスクリーンの列が覆いつくし、ステータス・ヒストグラムとエンジニアリング回路図を表示している。そこは小さな粒子加速器の管理センターを思わせた——事実もそれとかけ離れていないのだが。

ルミナスは、文字どおり、光でできたコンピュータだ。それは、五メートル立方の真空チェンバーが、三列の巨大な高出力レーザーの作りだす複雑な定常波で満たされたときに出現する。その状態のチェンバーにコヒーレントな電子ビームが送りこまれると——精密に仕上げられた固体の回折格子が一条の光線を回折させるのとまったく同様、じゅうぶんな秩序をもつ（そしてじゅうぶんに強烈な）光のコンフィギュレーションが物質のビームを回折させる。

電子は光の立方体の層から層へ方向を変えられて、各段階で再結合や干渉を起こし、その際のありとあらゆる位相や強度の変化が、割りあてられたひとつずつの計算を実行する——そしてシステム全体がナノ秒ごとに再配置されて、その時々の計算用に最適化された新しい複雑な〝ハードウェア〟になる。レーザーの列を制御する補助スーパーコンピュータが、いかなるプログラムについても特定の各段階を実行するための完璧な光のマシンを設計し、そして瞬時に作りだす。

それはもちろん、人知の限界に近い複雑なテクノロジーであり、とてつもなく高価であつかいがむずかしい。テトリスで遊んでいる会計士のデスクトップにいずれそれを搭載できる可能性はゼロだから、西洋ではだれもこのテクノロジーにとり組みはしなかった。

しかし、この厄介で、不便で、非現実的でさえあるマシンは、インターネットにぶらさがっているすべてのシリコンのかけらをあわせたよりも、速く走るのだ。

ぼくたちはプログラミングルームへ進んだ。ちょっと見には、そこは小さな小学校のコンピュータ室で、白い化粧合板テーブルに、どこから見てもごくありふれた半ダースのワークステーションが載っている。だがそれこそが、じつはルミナスにつながれた世界でただ六台のマシンなのである。

いまアリスンとぼくは、ユワン教授と三人きりになった。アリスンは礼儀をとりつくろうのをやめ、ちらりと教授のほうを見ただけで許可を得ると、手早く自分のノートパッドをワークステーションの一台に接続して、暗号化されたマップをアップロードした。ぼくは、もしゲートを守っていた兵士が例の毒で死んでいたらどうなるか、ひとりであれこれ思い描いていたのだが、アリスンがファイルをデコードする命令をタイプしているあいだに、そんなことはまったくささいな問題に思えてきた。これからぼくたちは、〈不備〉を駆逐するのに三十分かけられる——しかし、それがどこまで広がっているかはまだ見当もつかない。

ユワン教授がぼくのほうをむいた。その顔に浮かぶ緊張の表情は内心の不安を物語っていたが、教授は思慮深い声で、「もしわれわれの数論が、きみたちのテストした大きな数にあてはまらないように見えるとしたら、それは数学が、イデアがじっさいに欠陥をもち、無常なものだということだろうか——それとも、つねに物質のふるまいはイデアにおよばないということにすぎないのだろうか？」

ぼくは答えた。「もし、ありとあらゆる部類の物理的物体が、それが巨岩でも電子でも算盤(そろばん)の珠(たま)でも、まったく同じかたちで〝イデアにおよばない〟としたら……では、その〝およんでいない〟ふるまいは、なにに従い、なにを規定しているのでしょうか——数学ではないわけですが？」

教授は不思議そうに微笑んだ。「アリスンはきみをイデア主義者だと思っているようだが」

「堕落したイデア主義者です。それとも……挫折した、かな。標準の整数論がこうした言説について、漠然としたイデア主義的な意味でやはり真であるという話をすることに、いったいどんな意味があるのか、わからないんです——もし現実の物体が、その真理をまったく反映しえないのなら」

「それでも、われわれはその真理を想像することはできる。抽象概念について考察することはできる。なにをどうしようと、物理的に実証できないというだけで。超限数論を考えてごらん。カントルの無限の性質は、物理的にはだれにもテストできない、だろう？ われわれにできるのは、それを遠くから論じることだけだ」

ぼくは返事をしなかった。ハノイでの衝撃的な体験以来、ぼくは自分が一枚の紙にアラビア数字で書きつけられないようななにごとについても、自分にそれを〝遠くから論じる〟力があるとはほとんど信じられなくなっていた。もしかするとぼくたちに望めるのは、アリスンのいった〝場所によって決まる真理〟がせいぜいなのかもしれない。それ以上に大胆なものはみな、コミックブック流の〝物理学〟——長さ百億キロメートルの堅い鉄骨を頭のまわりでふりまわせば先端は光速を超える、といいだすたぐいの——に思えてきていた。

ワークステーションの画面に、ひとつの画像が広がった。それは最初、見慣れた〈不備〉のマップだったが、ルミナスは早くもそれを、驚異的なペースで拡張していた。数十億の推論の輪（ループ）が〈不備〉の縁の周囲で紡がれている。輪の中には、自らの前提を立証し、それによって唯一にして無矛盾の数学が支配する領域の輪郭を形作るものもあれば……自己矛盾に落ちこんで、境界の反対側につくものもある。そうしたメビウスの輪、つまり真偽が逆転してしまった演繹的論理を頭の中でたどるのはどんな感じか、想像してみる。そこには難解な概念はなにも絡んでこないが、言説の規模のために想像は不可能だった。だが想像が可能だったら、ぼくは矛盾のせいで気がふれて、たわごとを口にするようになるのだろうか。それとも、論理のステップのひとつひとつが完全に合理的で、結論は疑いなく不可避だと思い——そして平然と、進んで認めるようになるのだろうか、〝二足す二が五になる〟と。

マップが拡大をつづけるあいだ——画面におさまるよう、間断なく縮尺を変えているせいで、自分たちが異種の数学から最高速で遠ざかりつづけていて、それでものみこまれずにいるのがやっと、という不安な印象をうける——アリスンは全体像があらわれるのを、身をのりだして待ちわびていた。マップは言説のネットワークを錯綜した三次元の格子として表示していた（不満の残る伝統的表示方法だが、これがいちばんマシだ）。これまでのところ、領域どうしの境界が総体的に見て異常に湾曲しているようすはなく、双方向にさまざまな規模のランダムな侵入があるにとどまる。ぼくたちには知りようもないが、彼方側（ファーサイド）の数学が此方側（ニアサイド）を完全に包囲していて、かつてぼくたちが無限の遠方までおよんでいると信じていた数学が、じつはそれとは矛盾する真理の海に浮かんだちっぽけな孤島でしかないということもありえた。

ちらりとユワン教授に目をやると、ありありと苦悩の表情を浮かべて画面を見つめていした。「きみの書いたソフトウェアを見たとき、こう思った——なるほど、これはきちんとしているようだが、じつはきみのマシンの不調が原因なのだろう。ルミナスを使えば、すぐに誤りがわかる、と」

そこにアリスンの歓声が割りこんだ。「見て、形が変わっていく！」

そのとおり。縮尺が小さくなっていくにつれ、境界のランダムでフラクタルな屈曲は、ついに全体として凸状を形成しはじめた——出っぱっているのは、彼方側だ。まるで、巨大な棘をもつウニを後退しながら見ているよう。数分もするとマップは、ありとあらゆる規模の複雑な水晶様の突起がついた、いびつな半球状になっていた。原始数学の残骸を見ているという気分を、これまでになく強く感じる。じっさいこの奇怪な定理の集団は、おそらくビッグバン後の十億分の一秒で、中心となる前提から所属不定の真理が作る真空地帯へと爆発的に広がり、そして、ぼくたちの側の数学と遭遇して拡大を阻止されてしまったもののように見えた。

半分だった球はゆっくりと四分の三までが姿を見せ……やがて棘の生えた全体像になった。彼方側は有界で、有限なのだ。ぼくたちの此方側ではなく、彼方側が島だった。

アリスンが落ちつかなげに笑った。「わたしたちがこの作業にとりかかる前から、これは真実だったんでしょうか——それとも、わたしたちがいま真実にしたところなんでしょうか？」

いいかえれば――此方側は過去百数十億年間、彼方側を包囲していたのだろうか、それとも、ルミナスが新天地を開拓した、つまりじっさいに此方側を、これまでいかなる物理的系（システム）によってもテストされたことのまったくなかった数学的領地に拡張したのだろうか？

知るすべはない。ぼくたちの設計したソフトウェアは、前線沿いにマッピングを進め、所属不定の言説をみな即座に此方側へ徴収する。もしも、無の奥深くへ闇雲に手をのばしていたら、孤立した言説をテストする際に不注意からまた別のオルタナティヴ数学まるごとを生みだしてしまい、その相手もするハメになっていたかもしれない。

アリスンがいった。「ＯＫ――ここで決断する必要があります。境界の封鎖を試みるか、それとも、彼方側全体を相手にするか？」ソフトウェアはいま、そのふたつの選択肢の難易度をせっせと比較評価しているはずだ。

ユワン教授は間髪をいれずに答えた。「境界を封鎖して、それ以上はなにもしてはいけない。これを破壊することは許されない」助けを求めるように、ぼくのほうをむく。「きみはアウストラロピテクスの化石を叩き壊したりするか？　宇宙背景放射を空からぬぐいとったりするか？　目の前のこれは、わたしの全信念を根底から揺るがすかもしれない――だが、ここにはわれわれの歴史の真実が暗号化されている。それを跡かたもなく消し去る権利などわれわれにはない、それでは野蛮人と同じだ」

アリスンが不安げにぼくを見た。これはつまり——多数決だとでもいうのか？　この場でなんらかの決定権があるのは、ユワン教授ただひとりだ。教授は一瞬にして電源を落とすことができる。しかしながら、その口ぶりからあきらかなように、教授は合意を求めていた。決定をくだすにあたっては、つねにぼくたちの精神的な支持が欲しいのだ。

ぼくは慎重に口をひらいた。「もしぼくたちが境界を均したら、工業代数社(IA)が〈不備〉を悪用するのは文字どおり不可能になるわけですよね？」

アリスンはかぶりをふった。「それはわからない。自然発生的な〈不備〉の量子論的成分があるかもしれないから。完全に安定していると思われる言説にさえ」

教授が反論する。「だとしたら、自然発生的〈不備〉はどこにでも存在しうることになる——境界のどこからも離れたところにでも。彼方側全体を消去しても、なにが確実になるわけでもない」

「IAがそれを見つけられなくなるのは、確実です！　もしかすると、極小の〈不備〉はつねに生じているのかもしれない——けれど、次にそれがテストされたときには、かならずもとに戻るんでしょう。極小の〈不備〉は系統だった矛盾に包囲されているから、足場を築ける可能性はまったくない。そんなつかのまの異常なんて、この……反数学の兵器庫とは比較にもなりません！」

〈不備〉は巨大な鉄びしのように画面を埋めていた。アリスンと教授はふたりとも、期待するようにぼくを見た。ぼくが口をひらいたそのとき、ワークステーションがチャイムを鳴らした。ソフトウェアが選択肢の詳細な検討を終えたのだ。それによると、ルミナスが彼方側をすっかり破壊するのに要する時間は、二十三分十七秒——ぼくたちがここを出る一分前だ。境界を封鎖するほうだと、一時間以上。

ぼくはいった。「これは変だ」

アリスンがうめいた。「これで正しいんだってば！　境界では常時、あっちの系からのランダムな干渉がおこなわれている。だからそこでなにか手のかかることをするには、そのノイズに対処し、戦わなくてはならない。でも、突撃して境界を内側に押しこむのは、話が別。ノイズを利用して、前進を速められるから。だからこれは、表面だけを相手にするか、中身全体を相手にするか、という問題じゃないの。むしろ……波が絶え間なく浜にぶつかってくるなかで、ひとつの島の形を完全無欠な円にしようとするか——ブルドーザーで島をまるごとつぶして海に沈めるか、みたいなもの」

決断までに残された時間は三十秒——あるいは、きょうはどちらもしないという手もあるかも。その場合、アリスンとぼくがルミナスでの次のセッションを一カ月かそれ以上待つあいだ、ユワン教授はどこかのリソースでマップをＩＡから隠しておけるだろう。いや、ぼくはその種の不確実さに耐えていく気にはなれない。

「全部まるごと消し去りましょう。そこまでやらなければ、危険が大きすぎます。そうしても未来の数学者たちはマップを研究できるんだし――その結果、〈不備〉がかつてほんとうに実在したとだれひとり信じないなら、残念ですがしかたないです。ＩＡはすぐそこまで迫っています。危険はおかせません」

アリスンは片手をキーボードの上で待機させた。ユワン教授のほうをむくと、苦悶の表情で床を見つめていた。ぼくたちに意見を述べさせてはくれたが――最終的に決断するのは、この人だ。

教授は顔をあげると、悲しげに、しかしきっぱりといった。

「よろしい。やりなさい」

アリスンが、三秒ほど間を置いてから、キーを押した。安堵のあまりめまいを感じながら、ぼくは椅子に倒れこんだ。

ぼくたちは彼方側（ファーサイド）が収縮していくのを見守っていた。そのプロセスは、島をブ、ル、ド、ー、ザ、ー、で、つ、ぶすような荒っぽいものには見えなかった。むしろ、棘の多い美しい水晶を酸で溶かしているようだ。危険が目の前で小さくなっているいま、ぼくの心は後悔でかすかに痛みはじめていた。ぼくたちの数学は、この奇妙な矛盾と百五十億年間も共存してきたというのに、発見してから数カ月で、それを破壊するほかに選択肢がないところまで自分たちを追いこんでしまったのが、恥ずかしく思えた。

ユワン教授はこの進行状況に釘づけらしい。「いまわれわれは物理法則を破っているのだろうか——それとも補強しているのだろうか」

アリスンが答えて、「どちらでもありません。ただ単に、法則が意味するものを変えているんです」

教授は静かに笑った。「〝ただ単に〟、か。ある未知の複雑な系の一群に対して、われわれは高次なレベルでそのふるまいの規則を書き換えている。その系群に人間の脳まで含まれていないと、いいのだがね」

皮膚が粟立った。「それがありえなくは……ないと？」

「冗談さ」教授は口ごもってから、重々しくつけ加えた。「たぶん人間には無関係だろう——だが、これに依拠している何者かは、どこかに存在しうる。われわれはかれらの存在基盤全体を破壊しているのかもしれない。われわれにとっての九九のように、かれらにとって根底的な確実性を」

アリスンはあからさまに馬鹿馬鹿しいと思っているようすで、「こんなのはジャンク数学ですよ——無意味な偶然の残骸です。単純な形態から複雑なものへ進化したあらゆる種類の生物には、なんの用もない。わたしたちの数学はさまざまなものに有効です……岩にも、種子にも、家畜の群れにも、集団の構成員にも。でも、これがあてはまるのは、宇宙の粒子の数を超えた——」

「あるいは、その数を表現するもっと小さな系にもあてはまる」ぼくは指摘した。

「それで、いまどこかに存在する生物が、生きのびるためにノンスタンダードの超天文学的計算をおこなう必要に迫られている、っていうわけ？　本気なの？」

ぼくたちは黙りこんだ。罪悪感と安堵感の決着ならあとでつけられるのだが、プログラムを停止させようとはだれもいいださなかった。結局いちばん重要な問題は、〈不備〉が兵器として悪用されたときに引きおこす大災厄なのだ。それにぼくは、いずれ工業代数社御中で長いメッセージをしたためて、連中の野心の焦点だったものをぼくたちがどうしたか、微にいり細をうがって教えてやるのが楽しみになっていた。

アリスンが画面の一角を指さした。「あれはなに？」

収縮中の言説の集団から、一本の細くて黒い棘が突きだしていた。最初、ぼくはそれを、此方側(ニアサイド)の襲撃をたまたま逃れている言説群だと思った――が、違った。それはゆっくりと、着実に、長くなっている。

「マッピング・アルゴリズムのバグだろ」ぼくはキーボードに手をのばして、その棘を拡大した。クローズアップで見ると、それは数千言説相当の幅があった。その境界でアリスンのプログラムが活動しているのがわかる。此方側の触手をより内部深くへ侵攻させるという設計どおりに、言説をテスト中だ。矛盾する数学に囲まれたこの細長い突出部は、数分の一秒で侵食されつくさなければおかしい。だが、襲撃に激しく対抗しているなにかがあった——損傷が広がる前に、そのあらゆる痕跡を修復している。

「この部屋にIAの隠しカメラがあったら——」ぼくはユワン教授にむきなおって、「連中はルミナスを直接は攻められないから、彼方側全体が収縮するのは止められません。しかし、こういう小さな構造なら……どう思われますか？　連中はそれを安定させられるでしょうか？」

「たぶんな」と教授は認めた。「最高速のワークステーションが四、五百台あれば可能だろう」

アリスンは自分のノートパッドを猛烈なスピードで叩きながら、「いま、体系的な干渉をつきとめて、わたしたちの全リソースをそこから回避させるパッチを書いているから」目にかかる髪を払いのける。「肩ごしに見ていてくれる、ブルーノ？　わたしが書く端からチェックして」

「了解」ぼくはアリスンがそれまでに書いた部分に目を通した。「順調だよ。あせらなくていい」アリスンの両手は小刻みに震えていた。

棘は着々と成長しつづけている。パッチの準備ができるまでのあいだ、マップは棘が画面におさまるよう、間断なく縮尺を変えていた。

アリスンがパッチを起動させた。金属的な青い色が棘の縁にかぶさって、コンピューティング・パワーの集中している場所を示し——そして棘は唐突に動きを止めた。

ぼくは固唾をのんで、ＩＡがこちらのしたことに気づくのを待ちうけた。連中はほかのどこかにリソースを切り替えるだろうか？　たとえそうしても、別の棘が出現することはないだろう。連中には絶対そんなことまでできっこない。それでも画面上の青いマーカーは、連中がそれを実現しようと再結集する地点に移動するはずだ。

しかし、青い輝きは現存する棘から動かなかった。そして棘は、ルミナスが全能力を投入しても、消滅しなかった。

それどころか、棘はふたたび、ゆっくりと成長しはじめた。

ユワン教授は気分が悪そうだった。「これは工業代数社の仕業ではない。地球上のコンピュータには――」

アリスンはそれを嘲笑した。「こんどはなにをいいだすんです？　彼方側を必要とするエイリアンが、防御しているとでも？　エイリアンていったいどこの？　わたしたちのやったことなんてひとつも……木星にまで届く時間もなかったのに」アリスンの声はヒステリー寸前だった。

「きみはこの変化が伝わる速度を測定したのか？　それが光速を超えることはないと、確実にいえるか――彼方側の数学が相対性原理の論理を根底から崩しつつあっても？」

ぼくは口をはさんだ。「相手が何者だろうと、かれらは自分たちの境界全体を防御しているんじゃありません。手にはいるあらゆるものを、この棘に投入しているんです」

「かれらはなにかをねらっている。特定の標的を」教授はアリスンの肩ごしにキーボードに手をのばした。「作業を中止する。いますぐに」

アリスンは抵抗して、その手をさえぎろうとした。「正気ですか？　もう少しでかれらを阻止できるのに！　プログラムをリライトして細部を直し、もっと切れ味鋭く——」

「だめだ！　かれらに脅威をあたえるのをやめて、反応を見るんだ。われわれは自分たちがどんな害をなしたかも知らず——」

教授はもういちどキーボードに手をのばした。

アリスンは肘で教授の喉を強く突いた。教授は息をつまらせてよろめき下がり、椅子もろとも床に倒れこんで、その下敷きになった。アリスンはぼくを威嚇するように、「なにぐずぐずしてるの——押さえつけて！」

どちらに従うか気持ちが揺れて、ぼくはためらった。教授のいったことは非の打ちどころなくまともに思える。だが、もし声をあげて護衛を呼ばれたら——

ぼくはかがみこんで、椅子を脇にのけ、教授の口を手で覆うと、下顎に力をかけて顔をのけぞらせた。縛りあげるべきかもしれない——そして、教授の付き添いなしで平然と建物を歩いて出るのだ。だが、二、三分で教授は発見されるだろう。たとえゲートを通過できても、ぼくたちは進退きわまる。

ユワン教授があえいで、もがきはじめた。ぼくは不格好に教授の両腕を左右の膝で押さえつけた。アリスンが休みなくキーを打つ音が耳障りに響く。ワークステーションの画面をひと目見ようとしたが、教授に体重をかけたままではそこまで体をひねれない。

ぼくはいった。「もしかすると教授が正しいんじゃないか──手を引いて、ようすを見るべきなのかもしれない」もし改変が超光速で伝わるとしたら……どれくらいの数の遠隔地の文明が、ぼくたちがここでやったことの影響をすでに感じているだろう？　地球外生命体との人類のファーストコンタクトは、相手の数学（それは相手にとっての……貴重な資源？　聖なる遺物？　かれらの世界観全体の要となる要素？）をこの世から消し去る企てというかたちになってしまうのかもしれない。

キーを打つ音が不意に止んだ。「ブルーノ？　いま感じなかった──？」

「なにを？」

沈黙。

「い、いや、なにをだ？」

ユワン教授は抵抗をあきらめたらしい。ぼくは思いきってふりむいてみた。

アリスンは両手に顔をうずめて、前のめりに体を丸めていた。画面では、棘が揺るぎない成長を止め──しかしかわりに、複雑な樹枝状の構造が棘の先端に開花している。ちらりとユワン教授を見おろすと、茫然として、ぼくが上に乗っているのも意識にないようだ。

ぼくは警戒しつつ、教授の口から手を離した。教授はそこに静かに横たわったまま、かすかに笑みを浮かべ、ぼくには見えないなにかに視線を走らせていた。

　ぼくは立ちあがった。アリスンの両肩をつかんで、そっと揺する。アリスンは、顔をいっそう強く両手に押しつける以外の反応を見せなかった。棘に咲いた奇妙な花は、成長しつづけていた――だがそれは新しい領地に広がってはいない。細い分枝を自分自身にむけて送りかえし、同じ領域を何度も何度も縦横に動いて、そのたびにもっとこまかい構造を作りだしていく。

　網を編んでいるのか？　なにかを捜しているのか？

　そのとき、子どものころ以来感じたことのない非常に明晰な理解が、ぼくの心を打ちすえた。数という概念全体がはじめて腑に落ちた瞬間を追体験しているような気分――ただし、そこから広がるあらゆるもの、それが示唆するあらゆるものに関する大人の理解力をもって。それは稲妻のような啓示だった。だがそこに、神秘的あいまいさなどという不純物はみじんもない。アヘン剤のもうろうとした多幸症とも、偽りの性的興奮とも無縁だ。もっとも単純な概念から道すじの明確な論理をたどって、ぼくは世界のなりたちをきっちりと見てとり、理解した――

　――それが完全なまちがいで、完全な偽物で、完全にありえないことを除いて。

　現実が流砂にのみこまれている。

　激しいめまいに襲われながら、ぼくは必死で部屋をぐるりと見まわして、狂ったように数えた。六台のワークステーション。ふたりの人間。六脚の椅子。ワークステーションをグループわけする。二台の組が三つ、三台の組がふたつ。一台と五台、二台と四台――四台と二台、五台と一台。

ぼくはクロスチェックの方法を一ダースも考えて、その整合性を――自分の正気を――たしかめた……しかし、すべての計算があっていた。

かれらは、ぼくたちの数論を奪ってはいなかった。ただ、新しいそれをぼくの頭の中に、そのてっぺんにぶちこんだのだ。

ルミナスによる襲撃に対抗している何者かは、棘をのばして、神経レベルでぼくたちのメタ数学――数論に関するぼくたち自身の論証の基礎となる数論――を書き換えていた。ぼくたちが、自分たちの破壊しようとしていたものを、かすかに理解できるようになる程度に。

アリスンはまだ口がきける状態ではないが、呼吸はゆっくりして規則的だった。ユワン教授はしあわせな夢想にふけっていて、具合もよさそうだ。ぼくはほんの少し緊張をといて、洪水のように脳を駆け抜けた彼方側（ファーサイド）の数論を理解しようとした。

ぼくがいま見たその公理は、かれらにとって……自明であり、明白なものだった。それが此方側（ニアサイド）では超天文学的な整数に関する複雑な言説に対応することはわかったが、正確な翻訳はぼくの手にあまるし、その公理が述べている実体を、此方側の対応する言説が表現している巨大な整数のかたちで考えることは、〝π〟や〝二の平方根〟を小数点以下一万桁までの数字で考えるのと、ちょっと似ていた。核心から完璧にズレてしまうのだ。そうしたエイリアンの〝数字〟――オルタナティヴ数論の基本要素――は単純かつ洗練されたかたちで整数の中に自らを埋めこみ、たがいを関連づける手段を見つけていた。彼方側から此方側への翻訳の際に生じたでたらめな命題が、整数が従うはずの規則と矛盾した場合には……さいわい、ささやかな真理のうちで影響の少ないごく一部分が覆(くつがえ)っただけですんでいた。

だれかが肩に触れた。ぼくはぎょっとしたが、さっきの口論も暴力も忘れたユワン教授が、愛想よく微笑んでいた。

教授がいった。「光速は破られていないよ。光速に関わる論理は、なにも変わっていない」

その言葉を信じるほかなかった。証明しようとしたら、ぼくには何時間もかかってしまう。もしかするとエイリアンによる教授の〝書き換え〟が、ぼくの場合よりうまくいったのかもしれない。あるいは、教授がどちらの系でも傑出した数学者だというだけかもしれないが。

「なら……かれらはどこにいるんです？」たとえ光速で伝わったとしても、彼方側へのぼくたちの攻撃は火星以遠では感知できなかったはずだし、棘による侵食を食い止めるのに使った戦略が数秒程度のタイムラグで結果を出せたはずがない。

「大気中かな？」

「それは――地球の、ということですか？」

「ほかにどこがある？　ひょっとして海中かもしれない」

ぼくはどさりと椅子にすわりこんだ。それは考えうるかぎりの代案と比べて、とくに異様ではないだろうが、それでもぼくは、その示唆するものにたじろいだ。

教授がいう。「われわれの目にかれらの構造は、とても〝構造〟とは映るまい。彼方側のもっとも単純な構成単位（ユニット）は、数千個の原子の集団ひとつ――それは此方側の超天文学的な数に対応する――からなるだろう。その原子は既知のいかなるかたちでも結合さえしていないかもしれず、むしろ通常の物理法則の因果関係を破り、それとは別の、オルタナティヴ数学から生じる高次レベルの規則の一群に従う。人間はしばしば、遠くの巨大ガス惑星の長期間つづく渦に知性がコードされる可能性を考えてきた……しかし、いま話している生物がいるのは、ハリケーンやトルネードの中ではないだろう。かれらはまったく無害なそよ風に漂っているはずだ。ニュートリノのように不可視で」

「だとすると、かれらは不安定で――」

「それはわれわれの数学によればの話だ。かれらにはあてはまらない」

いきなり、激したアリスンが割りこんできた。「たとえ仮にそのすべてが真実だとして

──それがわたしたちになんの関係があるっていうの？　〈不備〉が不可視の生態系をまるごと支えていようがいまいが、ＩＡはそれを見つけて悪用するでしょうよ、どっちでもおかまいなしに」

しばし、ぼくはものもいえなかった。ぼくたちがいま直面しているのは、人類がこの星を未知の文明と共有しているという可能性だ──なのにアリスンには、ＩＡのくだらない策謀のことしか考えられないのか？

だが、アリスンのいうことは完全に正しかった。いずれこの途方もないおとぎ話が少しでも証明なり否定なりされたとしても、そのときにはＩＡはとっくに、口ではいえないような害をなしているだろう。

ぼくはいった。「マッピング・ソフトウェアは走らせつづけておこう──ただし、収縮ソフトは終了させるんだ」

アリスンは画面に目をやって、「終了させても無意味。かれらはもう収縮ソフトに打ち勝った──か、その土台の数学を崩してしまった」彼方側は最初の大きさに戻っていた。

「なら、失うものはなにもないわけだ。終了させて」

アリスンはそのとおりにした。もはや攻撃にさらされなくなって、棘は成長の過程を逆にたどりはじめた。突然、わずかながらも理解していた彼方側の数学が心から消え失せて、ぼくは喪失の痛みを味わった。手放すまいとはしたのだが、それは空気を握っていようとするのと同じだった。

棘が完全に後退したところで、ぼくはいった。「こんどは、工業代数社（IA）ごっこに挑戦する。〈不備〉を近くに引き寄せるんだ」

時間切れは目前だが、それは楽勝だった——ぼくたちは三十秒で、収縮アルゴリズムを正反対に働くようリライトした。

アリスンはファンクションキーのひとつに、アルゴリズムのオリジナルバージョンに回帰するコマンドをプログラムした。もし作戦が裏目に出たとき、キーのひと押しでふたたびルミナスの全能力を此方側の防御に投入できるように。

ユワン教授とぼくは神経質にたがいを盗み見た。ぼくはいった。「もしかして、これはそんなにいい方法ではないかもしれません」

アリスンの意見は違った。「わたしたちは、かれらがこれにどう反応するか知る必要がある。それをＩＡの手にゆだねるより、いま知ったほうがマシでしょ」

アリスンはプログラムを走らせはじめた。

ウニはゆっくりと膨らみはじめた。汗がどっと吹きだす。彼方側人（ファーサイダー）はこれまでのところ、ぼくたちに害をなしていない——しかしこれは、押しひらかれるところを心底絶対に見たくないと思っている扉を、強く引っぱっているような気分だった。

女性技術者が部屋にひょいと顔を出すと、陽気に告げた。「二分後にメンテナンスのため電源を落とします！」

教授が答えた。「すまないが、いまそんな必要は――」

彼方側全体が金属的な青に変わった。アリスンのオリジナルのパッチが、体系的な干渉を探知したのだ。

画面を拡大する。ルミナスは此方側の脆弱な言説を順にねらい撃ちして彼方側に変えているのだが――別のなにかが、その成果をもとに戻していた。

ぼくは絞殺されているような大声をあげたが、それは歓声だったと思う。アリスンは晴れ晴れとした笑顔で、「満足できる結果ね。これでＩＡにはもう手が出せない」

ユワン教授が考えをめぐらせながらいう。「おそらく、かれらには現状を維持しようとする理由があるのだろう――かれらの存在は彼方側ばかりでなく、境界そのものにも依拠しているのではなかろうか」

アリスンが逆収縮ソフトを終了させた。青い輝きが消え去ったあとも、此方側、彼方側、ともに〈不備〉をそのままにしていた。そして、ぼくたちみんなが答えを求めている、千もの質問があった――しかし、技術者たちがマスタースイッチを切ると、ルミナスそのものが存在を終えた。

タクシーで市街地に戻るあいだ、ビルの輪郭ごしに太陽がたびたび顔を見せた。ホテルの外に車が止まると、アリスンはわななきながら泣きじゃくりはじめた。ぼくは隣の席からアリスンの手をきつく握りしめた。あの最初の日からずっと、アリスンは起こりうる事態の重大さを、ぼくよりもはるかに深刻にうけとめてきたのだ。

ぼくは運転手に料金を払い、そのあとアリスンとぼくはしばらく通りに立って、自転車の往来を黙って見守りながら、もしこの新しい矛盾をうけいれたときには世界がどんなふうに変わるかを、想像しようとした。新奇なものとありふれたもの、実用主義とイデア主義、そして目に見える世界と見えない世界のあいだの矛盾を。

決断者

MISTER VOLITION

「眼帯(パッチ)をよこせ」

銃を突きつけられているのに、男はいうことをきくまでに、銃がほんものだと確認できるだけの時間をかけた。男の服は安っぽいが、身づくろいには金がかかっている。マニキュアを塗り、脱毛して、赤んぼうのように肌がすべすべの金持ちの中年男。サイフの中のカードはきっと匿名だが暗号化されたpキャッシュだけで、男本人の生命徴候をもつ指紋なしでは使用不能だろう。貴金属類は身につけていないし、ウォッチフォンはプラスチック製で、奪うに値するのはパッチだけだった。よくできた模造品は十五セントだが、ほんものの高級品は一万五千ドルする――だが男は、おしゃれとして模造品を身につける歳でも身分でもない。

男がそっと引っぱると、パッチは男の皮膚から自然に外れた。粘着性のパッチの縁はわずかな腫れも残さなければ、一本の眉毛も抜かなかった。男は剝きだしになったばかりの目を、まばたきもすがめもしていない——だが、じつはまだよく見えていないのだ。抑制されていた知覚経路が再覚醒するには数時間かかる。

男はおれにパッチを手渡した。それが手のひらに突き刺さるかと半ば予期していたのだが、そんなことはなかった。パッチの表側は陽極処理した黒い金属で、片隅には銀灰色のドラゴンのロゴ——刻みをいれて折り重ねられた自分の体から〝抜けだして〟、自分の尻尾をのみこんでいる。〈再帰的ヴィジョン〉という製品名は、エッシャーにちなんだものだ。おれは男の腹に銃を押しつける手に力をこめて、その存在を意識させておいてから、視線を下げて、パッチを裏返した。最初、裏側の表面はビロードを貼ったように黒く見えた——だが少しむきを変えると、街灯が量子ドット・レーザー群の作る虹色の回折光のように反射しているのが目にとまった。プラスチックの模造品の中にも類似の現象を起こすくぼみのついたものがあるが、この像の鮮明さは——色ごとにわかれていて、まったくにじみがない——これまで目にしたことがないものだった。

おれが顔をあげると、男は用心深く視線をあわせた。男がどんな気分かはわかる——腹の中が氷水状態——が、目には恐怖のほかにもなにかが浮かんでいる。この状況の異常さすべてをのみこもうとする混乱のあまり、好奇心が湧いたかのような。腹に銃を突きつけられて午前三時にこんな場所で突っ立ち。いちばん高価なおもちゃを奪いとられ。ほかになにを失うことになるのかと考えているという状況。

おれは悲しい笑みを浮かべ――頭をすっぽり覆う毛糸のバラクラヴァ帽ごしにそれがどんなふうに見えるかに気づいた。

「キングス・クロスあたりにいればよかったものを。こんなところまで来てなんの用だ？ファックの相手探しか？　麻薬か？　ナイトクラブをうろついていれば、どれもむこうから寄ってきたのに」

男の返事はない――が、目をそらせもしなかった。男は理解しようと必死のようだ。恐怖を、銃を、この瞬間を。おれを。津波にのみこまれた海洋学者のように、そのすべてをうけいれ、意味をとろうとしている。そんな男の態度に感心すればいいのか、正直にいらだてばいいのか、おれは決めかねた。

「なにを探していた？　未知の体験か？　おれが未知の体験をさせてやるよ」

風にまかれたなにかがおれの背後の地面を舞う音がした。包装用のビニールか、小枝のかたまりか。この通りはオフィス用に転じたテラスハウスが並び、通行止めにされて人けがなく、家屋侵入者対策はされていたが、警備はそれだけだった。

おれはパッチをポケットにしまい、銃口を腹から上に引きあげた。そして男にはっきりした声でいいきかせる。「あんたを殺すときには、心臓に弾を撃ちこんでやるよ。きれいにすばやく殺すと約束する。はらわたをはみださせてここに倒れたまま血を流している、なんて目にはあわせない」

男は口をひらきかけたようだが、気を変えた。覆面に隠れたおれの顔を見つめたまま、固まっている。冷たいが嘘のように静かな風が、また吹きすぎる。おれの腕時計が短い連続音を鳴らしたのは、男のパーソナル防犯インプラントが発した信号の妨害に成功した合図だ。おれたちは小さな電波的死角の中に孤立した。同期は無効化され、力は微妙なところで均衡している。

（おれはこいつを見逃してやれる……し、そうしないこともできる）――と思ったとたん洞察力が研ぎすまされて、覆いは切り裂かれ、霧は左右にわかれた。（すべてはいまおれの思うがままだ）おれは顔をあげなかった――が、その必要はなかった。おれを中心に星々がまわっているのが感じとれる。

おれはささやいた。「おれにはできる、あんたを殺すことが」おれたちはまだたがいを見据えあっていたが――いまのおれの視線は男を素通りしていた。おれはサディストではなく、男がもがき苦しむのを見たいわけではない。男の恐怖はおれの外部のものであり、問題になるのは内部だ。（おれの自由、それをうけいれる勇気、自分という存在のすべてにひるむことなく直面できる力）

手がしびれてきた。指を引き金の上にすべらせて、神経の先端を刺激する。汗が前腕で冷えていくのを、凍りついた笑みに顎の筋肉が引きつっているのを感じた。全身に力がみなぎり、張りつめ、うずうずしながらも従順に、おれの命令を待ちうけているのを感じた。

おれは銃をふりかざすと男に殴りかかり、グリップで男のこめかみを強打した。悲鳴をあげて膝をついた男の片目に血が流れこむ。おれはうしろにさがって、男を注意深く眺めまわした。男は両手をついて顔を地面にぶつけずにすんでいたが、茫然として血を流しうめきながら、その場で膝をついているのが精いっぱいだった。

おれはうしろをむいて走りだし、だんだんスピードをあげながらバラクラヴァ帽をむしるように脱いで、銃をポケットにしまった。

男のインプラントは、ものの数秒でパトカーと連絡をつけるだろう。おれは裏通りや人けのない脇道を縫うように走り、この逃走に刺激されて内臓が分泌する純粋な化学物質に酔い――しかし自分を失うことなく、よどみなく本能に従っていた。サイレンの音はきこえないが、パトカーがそれを鳴らさないようにしている確率は高いので、おれはエンジン音が近づくたびに身を隠せる場所へ飛びこんだ。このへんの通りの地図は、木の一本一本、壁のひとつひとつ、錆びた放置車両の一台一台にいたるまで頭の中に焼きつけてある。どんな物陰からも数秒以上身をさらすことは決してない。

ようやく姿の見えたわが家は蜃気楼のようだったが、それは現実の存在で、おれは心臓をばくばくいわせながら、街灯に照らされた最後の路面を横切り、興奮のあまり喚声をあげないように注意しながら、鍵をあけて中にはいると、ドアをばたんと閉めた。

汗びっしょり。服を脱ぎ、家の中を歩きまわって気を鎮めてからシャワーの下に立ち、天井を見あげながら換気扇の奏でる音楽に耳を傾けた。（おれはあの男を殺すこともできた）そう思うと、勝利感が波のように血管を駆けめぐる。（すべてはおれの選択しだい。おれを止めるものはなにもなかった）

おれは体を拭き、のぞきこんだ鏡から湯気の曇りが消えていくのをじっと見ていた。自分には引き金を引くことができたとわかっていればじゅうぶんだ。おれはその可能性とむきあっていた。ほかに証明の必要なものはなにもない。重要なのは行為ではない――じっさいにどちらを選択したにせよ。問題になるのは、自由への道に立ちふさがるあらゆるものに打ち勝つことだ。

（だが、次の機会には？）

次の機会には、おれはやるだろう。

おれには、それができるのだから。

おれはパッチをトランのところへもっていった。レッドファーンにあるトランのおんぼろのテラスハウスは、実力相応に無名なベルギーのチェーンソー楽団のポスターだらけだ。パッチを見たトランは、「〈再帰的ヴィジョン内省〉３０００型。小売値で三万五千」

「知っている。調べてみた」

「アレックス！　ぼくは役立たずってことか」トランが笑うと、酸で腐食した歯が剝きだしになった。食べたものを無理に戻してばかりいるせいだ。おまえはいまでもじゅうぶんやせているのと、だれかがいってやらなくては。

「で、いくらになる？」

「一万八千か二万てとこかな。ただ、買い手が見つかるまで数ヵ月かかると思う。いますぐ手放したいなら、一万二千払うけど」

「待つよ」

「お好きなように」だが、おれがパッチを返してもらおうと手をのばすと、トランは手を引っこめて、「そんな急ぐなって！」そしてパッチの縁の小さなソケットに光ファイバーのジャックを差しこんで、まにあわせのテスト用作業台のまん中にあるラップトップをタイプしはじめた。

「壊そうものなら、殺してやるからな」

トランは不満げに、「はいはい、ぼくの使う大きくて不器用な光子は、この中の繊細で小さなゼンマイをぶっ壊しちゃうかもね」

「いいたいことはわかるだろ。暗証ロックを作動させるかもしれないってことだ」

「六カ月も手もとに置いとくかもなんだから、このパッチがどんなソフトウェアを走らせてるか知りたくない？」

おれは笑いを押し殺しながら、「おれがそいつを使うと思っているのか？　きっと重役用ストレス・モニターでも走らせるんだろう。〈憂鬱な月曜日（ブルー・マンデー）〉みたいな――『気分表示パネルの色をその横の参照用色調見本と一致させて、最高の生産性と心身の健康を保ちましょう』」

「試しもしないで、バイオフィードバックを馬鹿にしちゃいけないよ。これがきみの探してる早漏治療法だってこともあるのに」

　トランの骨張った首すじを殴りつけてから、肩ごしにラップトップの画面をのぞきこむと、十六進法の呪文が目にも止まらぬ早さでスクロールしていた。「で、これはいったいなにをしているところだ？」

「どのメーカーも、リモコンが偶然にまちがった装置を作動させないように、ISOのコード一式を使わずに残してる。でも、その同じコードを、有線の製品には使ってるんだ。だから、〈再帰的ヴィジョン〉のコードを試してみれば――」

　灰色がかった大理石模様の格調高いインターフェイス・ウィンドウが画面にあらわれた。タイトルに〈百鬼夜行（パンデモニアム）〉とある。『リセット』と書かれたボタンが唯一のオプションだ。

　マウスを握ったままでこちらをふりむいて、トランがいった。「〈百鬼夜行〉なんてソフトはきいたこともない。サイケデリックなクズのたぐいの予感がする。だが、もしこいつがその男の頭の中を読んでいて、その結果がこの……」トランは肩をすくめて、「売る前に使ってみる必要がある。となったら、いますぐのほうがいいと思う」

「そうしてくれ」

トランがボタンを押すと、質問文があらわれた。『保存されたマップを削除し、新規装着者用に準備をしますか?』トランは『はい』をクリックした。

そして、「パッチをつけて楽しみな。お代はいらない」

「おまえは聖人君子だよ」おれはパッチを手にとった。「だが、こいつがなにをするのかわからないうちは、つける気はない」

トランは別のデータベースを呼びだして、『*PAN**』とタイプした。「あれ。カタログ未記載。てことは――ブラック・マーケットの製品だ……未認可の!」トランはおれを見て、青虫を食べてみろよと友だちにけしかける小学生のように、にやりとした。「でも、最悪でなにが起こるっていうの?」

「さあな。おれを洗脳するとか?」

「それはないいんじゃない。パッチは自然描写の映像を見せられない。高度に具象的な映像も――テキストも全然だめ。メーカーはミュージック・ビデオや株価や語学レッスンの実験をしたけど……被験者はものにぶつかってばかりで、まともに歩けなかった。いまのパッチが表示できるのは、抽象画像だけ。そんなんで人を洗脳できる?」

おれは試しにパッチを左目の前までもちあげた――が、所定の位置にしっかりはまるまでは光りもしないのは知っている。

トランが、「そのパッチがなにをするにしても……情報理論からすれば、あらかじめきみの頭の中にないものを見せることはできない」

「だから？　退屈のあまり、おれは死んでしまうかもな」

それでも、せっかくの機会をふいにするのは冗談としか思えなかった。これほど高価な機械の持ち主は、ソフトウェアにもちょっとした大金をつぎこんだだろう――そしてそのソフトウェアが違法になるほど突飛なものなら、興奮を呼ぶ代物である可能性が高い。

トランは興味をなくしたようすで、「好きにすれば」

「するさ」

おれは左目を覆う所定の位置にパッチを固定すると、パッチの縁が皮膚とゆっくり融合するのを待った。

ミラの声が、「アレックス？　話してくれる気はないの？」

「なに？」おれは眠い目をすがめた。ミラは笑みを浮かべてはいるが、少し気を悪くしているようだ。

「それがあなたになにを見せたか知りたいの！」ミラはおれの顔を上からのぞきこむようにして、指先でおれの頬骨の線をたどりはじめた――パッチそのものに触りたいのだが、どうしてもそうする踏ん切りがつかずにいるかのように。「なにを見たの？　光のトンネル？　一瞬で炎につつまれる古代都市？　脳の中でファックする銀の天使たち？」

おれはミラの手をどかした。「なにも見なかった」

「信じらんない」

といわれても、ほんとうのことなのだ。宇宙規模の花火も見なかった。なにか見たとすれば、セックスに没頭するにつれてなにかのパターンがぼんやりしていくところだ。その細部はとらえどころがない——そのパターンを心に描こうと意識的に努力しないかぎり、つねにそんな状態だった。

おれは説明してみようとした。「ほとんどの時間はなにも見ていない。おまえ、自分の鼻やまつげを〝見て〟いるか？　パッチもそれと同じだ。最初の数時間がすぎると、映像は単に……消えてしまう。実在するようには見えないし、頭をふっても動かない——だから脳は、それが外界とはまったく無関係なものだと気づいて、視野にあっても無視するようになる」

おれにだまされているとでもいうように、ミラは憤然として、「それが見せているものを、見ることもできないってこと？　じゃあ……なんの意味があるの？」

「映像が目の前に浮かんでいるのを見るわけじゃない——だが、それがそこにあるのはわかっている。ちょうど……神経学的に盲視と呼ばれる現象がある。完全に視覚を失っている人が——それでも情報ははいりつづけているから、ほんとうにその気になれば、目の前になにがあるか推測できるという——」

「まるで透視してるみたいに。それはわかった」ミラは首にかけたチェーンのアンク十字を指でいじった。

「そう、気味の悪い話だ。目の中で青い光が輝いていて……不思議な魔法の力で、おれにはそれが青だとわかる、みたいな」

ミラはうめいて、ベッドにばたんとあおむけになった。車が外を通りすぎ、カーテンごしに射しこんだヘッドライトが本棚の彫像を照らす。ジャッカルの頭をもつ女性が、結跏(けっか)趺坐(ふざ)して、片方の胸の下に聖なる心臓が剝きだしになっている。とてもヒップで異文化混合的。以前ミラはまじめな顔をして、こういっていた。「これは化身から化身へとうけ継がれていく、あたしの魂なの。かつてはモーツァルトのもので——その前はクレオパトラだった」彫刻の台座の銘には、『ブダペスト、二〇〇五年』とある。だがなにより奇妙なのは、それがロシアの入れ子人形(マトリョーシカ)のような造りになっていることだ。ミラの魂の内側には別の魂があって、その内側にはまた別の魂が、さらにもうひとつ。それを見て、おれはいったものだ。「この最後のやつは、ただの死んだ木片だ。その内側にはなにもない。これって不安にならないか？」

おれは意識を集中させて、ふたたび映像を呼びだそうとした。パッチは絶えず瞳孔の拡張と、それが覆っている側の眼球の水晶体の焦点距離——そのどちらもが覆われていない側の目と自然に同期している——を測定し、その結果にあわせて合成ホログラムを調節する。だから映像は絶対にぼやけも、明るくなりすぎも、暗くなりすぎもしない——覆われていない側の目がなにを見ているときでも。ほんものの物体がそんなふうにふるまうことはありえないから、脳がデータをやすやすと脇にのけてしまうのも不思議はない。パッチをつけてからの最初の数時間、なにもしなくてもあらゆるものの上にパターンが重なって見えていたときでさえ、パターンはなんらかの光のいたずらというよりは、心が見せる鮮明な映像という感じだった。いまは、自分がホログラム〝のほうに目をむけ〟ると、自動的に〝それを見てとる〟ことができるなどと考えるのは、馬鹿げたことに思える。じっさいには、闇の中である物体を手探りして、その形を心に描こうとするのに近い。

おれが心に描いているのは——複雑に分岐した色つきの細い糸が、毛細血管に注入された蛍光染料が脈打つように、薄暗い部屋の中でぴかぴか光っているところ。映像は明るかったが、目はくらまない。いまでもベッドの周囲の暗がりは見てとれる。数百のそうした分岐したパターンが、いっせいに光っていた——だが大半の光は弱々しくて、つかの間で消えてしまう。ある一瞬にほかを圧倒しているのは、たぶんつねに十個か十二個——毎回半秒間ずつ強烈に輝き、やがて弱まっていって、ほかの光がとってかわる。ときどき、そうした〝強い〟パターンのひとつがその力を隣接するパターンに直接引き渡して、闇から引っぱりだしているように見えることがあった——そのふたつがもつれた端を絡みあわせて、ひとつになって輝くこともあった。かと思うと、なにもなかったところから力や光があらわれるように見えることもあった——ただ、ときおり二、三のほのかな光の列が背景に目にとまり、その各々はあまりにかすかで、あまりに瞬時のことであとを追えないが、やがて集まってひとつのパターンを作り、明るい閃光を持続して放つようになる。

パッチに内蔵された超伝導回路のウェハーは、おれの脳全体を複写している。だから、おれが見ているパターンは個々のニューロンかもしれない——だが、そんな顕微鏡レベルの映像になんの意味がある？　パターンがもっと大きなシステム——数万のニューロンのネットワーク——をあらわしていて、全体がなんらかの機能マップになっている可能性のほうが高い。各ネットワークの接点は反映しているが、理解しやすいように距離関係を変えたマップ。解剖学的なじっさいの位置関係を気にするのは、神経外科医くらいだろう。

だが——おれが見せられているのは、いったいどのシステムなのだろう？　そして、おれはこれを見せられて、どう反応すればいいのか？

パッチ型製品(ウエア)の大半はバイオフィードバック式だ。パッチはストレスや憂鬱、興奮、精神集中、などなどの測定値を、画像の色や形でコード化して表示するが、パッチの見せる映像は視野から〝消えてしまう〟ので、気を散らされることはない——それでも、情報はアクセス可能なままそこにある。そして、自然の状態ではたがいに〝知りあう〟よう結線されることのない脳の各部位が接触させられ、たがいをあらたなかたちに変化させられるようになる。少なくとも宣伝文句によれば。ただし、バイオフィードバック・パッチウェアは目標とする状態を明確に示さなければならないから、固定されたテンプレートがリアルタイム表示の脇に浮かんで、めざす結果を示している。それに対して、このパッチがおれに見せているものといえば……まさに百鬼夜行というべき混沌だけだ。

ミラがおれにむかって、「もう帰ったほうがいいよ」

マンガ映画の吹き出しが弾けて割れるように、パッチの映像が消えかけた――が、おれは努力して、なんとか見失わずにすんだ。

「アレックス？　帰ったらどう」

うなじの毛が逆立った。おれはいま……なにを見たんだ？　ミラが同じ単語を口にしたとき、同じパターンが見えなかったか？　おれは必死で一連の場面を記憶から再生しようとしたが、いま目の前にあるパターン――これは、思いだそうと必死になっていること、に対するパターンなのか？――のせいで無理だった。その映像を薄れさせたときには手遅れで、自分がなにを見たのかはもうわからない。

ミラがおれの肩に手をかけて、「帰ってちょうだい」

皮膚が粟立った。目の前の映像がなくても、さっきと同じパターンが発火しているのがわかる。『帰ったらどう』『帰ってちょうだい』――おれは自分の脳内にコード化された音を見ているのではない。おれは意味を見ていた。

そしていまでも、その意味について考えるだけで――一連の場面がぼんやりと再生されるのがわかる。

ミラに怒りをこめて揺さぶられて、おれはようやくミラのほうをむくと、「どうしたっていうんだ？　パッチをファックしたいのに、おれが邪魔しているのか？」

「面白い冗談だこと。いいから出てって」

おれはミラへのいやがらせにゆっくりと服を着た。そしてベッドの横に立ち、シーツの下で丸まっているミラの細い体を見ながら考える。（おれは望むなら、こいつを手ひどく痛めつけられる。かんたんなことだ）

ミラは不安げにおれを見つめている。恥ずかしさがこみあげてきた。本心では、ミラをおびえさせたくすらない。だが、もうおびえさせてしまった。

お別れのキスはさせてくれたが、ミラは不信感に全身をこわばらせていた。腹がよじれる気分。（おれはどうしたというんだ？　おれはどうなったんだ？）

だが外に出て、冷たい夜気を浴びると、洞察力がおれをしっかりととらえた。愛、共感、思いやり……自由の障害になるそんなすべてのものは、のりこえられるべきなのだ。暴力を選択する必要はない――だが、社会的道徳観（モーレス）や感傷、偽善や自己欺瞞に邪魔されたものだったら、おれの選択は無意味だ。

ニーチェはそれを理解していた。サルトルやカミュも理解していた。

おれは心静かに思った。（おれを止めるものはなにもなかった。おれにはどんなことでもできた。ミラの首をへし折ることも）だが、おれはそうしないことを選択した。おれが選択したのだ。では、それはどのようにしてそうなったのか？　どのようにして――そして、どこで？　おれがパッチの持ち主を見逃してやったとき……おれがミラに手を出さないと選択したとき……最終的に一方の行為をし、他方の行為をしなかったのはおれの体だが、そのすべての起点はどこにあったのだろう？

仮に、パッチがおれの脳内で起きていることすべてを――あるいは、思考や、意味や、もっとも高度なレベルの抽象作用といった重要なことすべてを――表示しているとしたら、もしそうしたパターンの読みかたを知っていれば、おれはすべてのプロセスをたどることができるのだろうか？　プロセスを遡って第一原因に行きつくことが？

おれは足を踏みだした姿勢で立ち止まった。その発想にはめまいがしたし……心が躍った。脳の奥深くのどこかには、まちがいなく〝おれ〟がいる。すべての行為の源泉、決定をくだす自己。文化や育ちや遺伝子に影響されることなく――完全に自律的で、それ自身にのみ責任を負う、人間の自由の根源。おれはこれまでもずっとそのことを知っていて――長年のあいだ、それをもっと明確にしようと必死になっていた。

もしパッチが、おれの魂を映しだす鏡になれるなら――引き金を引くときに、おれという存在の中心からおれ自身の意志が手をのばしているのを見ることができるなら――。
その瞬間、完璧な誠実さが、完璧な理解がもたらされるだろう。
そして完璧な自由が。

帰宅したおれは明かりをつけずに寝ころがって、映像を呼び戻し、実験してみた。もし川を上流にむけてたどろうとするなら、下流のできるかぎり広い領域の地図を作っておいたほうがいい。それはたやすいことではなかった。自分の思考を監視し、パターンを監視し、そのつながりを見つけだそうとする。おれが自分に自由連想をさせようとしていると き見ているのは、そうさせようという発想そのものに対応するパターンなのだろうか？それともそのパターンはむしろ、映像そのものと、その映像が反映する――少なくともおれがそう望む――思考とのあいだでおれが演じている、意識の綱渡りの全体像なのだろうか？

おれはラジオのスイッチをいれて、トークショウをやっている局にあわせると――パッチの映像を意識したままで、話される単語に注意をむけようとした。二、三の単語によって発火するパターンは――少なくとも、その単語が使われたときにあらわれるすべての光の列に共通するパターンは――なんとか見わけられたが、そうした単語が五つか六つに増えるころには、おれは最初の単語のパターンを見失っていた。

おれは明かりをつけて、紙を数枚手にとると、辞書を書き写してみた。だが、そこにも望みはなかった。光の列のあらわれかたが速すぎるし——ひとつのパターンを把握しよう、ある一瞬を固定しようとするおれのあらゆる努力が、干渉となってその瞬間を消し去ってしまう。

夜明けが間近い。おれはあきらめて眠ろうとした。もうじき家賃を払わねばならず、金を作るために手を打つ必要がある——トランの言い値でパッチを売るのでなければ。マットレスの下を手探りして、銃がまだそこにあるのを確認する。

おれはここ数年のことを思いかえした。役立たずの学位がひとつ。職なしの三年間。日中は家で無為にすごし、そして夜は。幻想の皮を一枚ずつ剝がしていく日々。愛、希望、倫理観……それはすべてのりこえられるべきものだった。いまやそれをやめることはできない。

そしておれは、それがどのように終わりを迎えるべきか、わかっている。

朝日が部屋に射しこみはじめるころ、おれは突然、変化を感じた……なにが変わった？　気分か？　知覚か？　おれは天井のぼろぼろの漆喰に日の光が描く細い帯を見あげた——なにも違っているようには見えず、なにも変わっていない。なじみがなさすぎて即座には認識できないような種類の痛みを感じているのではないかと、心の目で体を調べまわす——だがその結果わかったのは、おれが疑念と混乱から不安を感じていることだけだった。

奇妙な感覚は強まっていき——おれは無意識のうちに叫んでいた。皮膚が破裂して、その下の液状になった肉から一万匹のウジ虫が這いだしてきたような気分——ただし、じっさいにはこの気分の説明になるものはなにもなかった。傷や昆虫の幻覚が見えるわけでもなく——痛みもまったくない。かゆみもなく、熱もなく、冷や汗も流れず……なにもないのだ。それは禁断症状の見せるホラー・ストーリー、アルコール依存症から脱しようとしている患者を襲う振顫譫妄の悪夢のようであり——だが、恐怖それ自体以外のあらゆる症状がそこにはない。

おれは両脚をふりおろしてベッドの端に腰かけ、腹を鷲づかみにした——吐き気も感じていないのに、無意味な動作だ。でんぐり返っているのは、はらわたではない。

おれはすわったまま、混乱がすぎ去るのを待った。

そのときは来なかった。

おれはパッチをむしりとりかけた——（こいつはほかになにができるというんだ?）——が、思いなおした。とりあえず試したいことがある。おれはラジオのスイッチをいれた。

『——サイクロン警報がノース・ウェスト・コーストに——』

一万匹のウジ虫が流れだし、のたくった。それを単語が消防用ホースの放水のように打ちすえる。おれは飛びつくようにラジオのスイッチを切り、異変はおさまった——が、つづいて、単語がおれの脳内でこだました。

(『――サイクロン――』)

光の列がその概念の周囲で輪を描き、音そのものに対するパターンを発火させた。文字で書かれたその単語のかすかな幻影。人工衛星の気象写真数百枚を抽象化した映像。風にたわむヤシの木のニュース画像――そして、さらに、もっと多くの、把握しきれないほどたくさんのもの。

(『――サイクロン警報――』)

文脈から確実に予測できたので、〝警報〟のパターンの大半はすでに発火していた。嵐のピークのニュース画像をあらわすパターンが強まり、嵐の一夜が明けて、被害にあったわが家を前にした人々の画像をあらわすほかのパターンの引き金となる。

(『――ノース・ウェスト・コースト――』)

人工衛星の気象写真のパターンが引きしまって、記憶にあったものか、あるいは作りだされたものか、雲の渦が該当する位置にあるひとつの映像にエネルギーを集中させる。半ダースのノース・ウェスト・コーストの都市の名前や、いくつかの観光地の映像のパターンが発火し……やがて光の列は、質実な田舎の純朴さに漠然と関係性をもつ方向へ移ろっていった。

そしておれは、なにが起きているかを理解した。「理解のパターンがいくつも発火し、パターンのパターンがいくつも発火し、混乱、圧倒、狂気のパターンがいくつも発火し…

……」

発火プロセスの勢いがわずかばかり弱まった［ここに含まれる概念すべてのパターンが発火する］。（おれはこの状況を冷静に把握できる、おれはそれをやりこなせる）［パターンが発火］。おれはすわったまま頭を膝につけて［パターンが発火］思考を集中させ、じっさいには見えていない左目を通してパッチがおれに見せつづけている共鳴と関係性［パターンが発火］のすべてに対処しようとした。

不可能なことをする必要などまったくなかったのだ。机にむかって紙に辞書を書き写すだとか。過去十日間、数々のパターンは、それ自身の辞書をおれの脳に刻みこんでいた。だから、どのパターンがどの思考に対応するかを、意識して観察し記憶する必要はない。おれは目ざめている瞬間のすべてを、まさにそうした関係性にさらされてすごしてきた――そしてその関係性は、ただ反復されることで自らをおれのシナプスに焼きつけていた。

いま、それは実を結んだ。おれは、単に自分がなにを考えていると自分にいいきかせればいいかを、パッチに教えてもらう必要はなくなった――そして、いまパッチはそれ以外のすべてを見せてくれている。あまりにかすかで、あまりにつかの間で、単なる内省ではとらえられない細部のすべてを。単一で自明の意識の流れ――どの瞬間にももっとも強力なパターンによって定義される一連の流れ――だけではなく、その下にひしめくすべての細流や渦を。

思考という混沌としたプロセスの全体を。
すなわち百鬼夜行を。

言葉を発するのは悪夢だった。おれはラジオにひとりごとを返すというかたちで練習した。言葉が出なくなったり、話の道すじをそれたりしなくなるまでは、あぶなっかしくて電話をかけるのすら無謀にすぎたから。

おれは、口をひらくときはほぼつねに、それぞれの時と場合に応じた一ダースの単語や語句のパターンが、言葉として発せられる機会を求めて争うのを感じた。そして、ひとつの選択をしたら数分の一秒で無に還るはずの光の列――以前はまちがいなくそうなっていたはずで、さもなくばこのプロセス全体がまったく機能していなかっただろう――が、ほかでもない、おれが別の選択肢のすべてをはっきり意識するようになったがために、いつまでもそのへんをうろついていた。やがておれは、このフィードバックの抑制のしかたを覚えた――最低限、麻痺状態に陥らなくてすむ程度には。それでもまだ、とても妙な気分だったが。

おれはラジオのスイッチをいれた。電話してきた聴取者が、「税金を犯罪者の更生に浪費するのは、やつらを必要なだけの期間、閉じこめていなかったと認めているにすぎん」

何列ものパターンが、各単語単独の意味に幾多の関係性や接点を肉づけしていく……だがそのパターンにはすでに、ありうる返答を組みたてている光の列が絡みついて、その返答自体の関係性を生みだしている。

おれはできるかぎり早口で答えた。「更生させるほうが安あがりだ。それに、あんたの提案はなんだ——老衰して二度と罪をおかせなくなるまで、牢に閉じこめておけとでも?」おれがしゃべるのにあわせて、選択された単語のパターンが誇らしげにきらめいた——一方そのとき、それ以外の二十か三十の単語や語句のパターンが、即座に消えていった……おれがじっさいに口にした言葉をきくことが、言葉として発せられる機会を失ったと確信できる唯一の手段であるかのように。

おれは何十回も実験を繰りかえして、返答パターンの選択肢すべてをはっきりと〝見る〟ことができるようになった。おれはそのパターンのすべてが、選択されることを期待して、精妙な意味の網をつむぎ、おれの心に張りめぐらすのを見つめた。

だが……その選択はどこで、どのようになされるのか?

その答えはまだわかっていない。もし、答えを見つけようとしてこのプロセスのスピードを落としたら、おれの思考は完全に停止するだろう——一方、返答を口にしようとする気なら、パターンの動きを追える見こみはまったくなくなる。一、二秒後であれば、まだ可能だが返答を口にするまでに引き金を引かれた単語や関係性の大半を〝見る〟ことは、……最終的に口にされた言葉の決定プロセスをその源泉まで——おれの自己まで——たどり返そうとするのは、千台の玉突き衝突の責任がどの車にあるかを、事故のすべてをタイム露出で撮っていた一枚のぼやけた写真から特定しようとするようなものだ。

　おれは一、二時間休憩することに決めた——どうやったのかはともかく、決めた。自分がのたくるウジ虫の集団に分解していく感じは弱まっていたが——百鬼夜行を認識するのを完全にやめることはできなかった。パッチを剝がしてみることもできたが——それを装着しなおしたときに体験する、長くのろのろした再順応のプロセスに見あうほどの価値はなさそうだ。

　浴室にはいって髭を剃りながら、おれは左目の中の自分を見るのを中断した。（おれはこんなことを行きつくところまでつづけたいのか？　赤の他人を殺すとき、自分の心を鏡に映して見ていたいか？　そうすることでなにが変わる？　なにが証明できる？）

　そうすることで、おれの内側には、ほかのだれにも触れることができず、ほかのだれにも自分のものだと主張できない自由の輝きがあるのが、証明されるだろう。おれがついに、自分のあらゆる行為に責任をもつようになったことが証明されるだろう。

　おれは百鬼夜行の中になにかがあらわれるのを感じた。なにかが深いところから浮かびあがってくる。両目を閉じ、洗面台に寄りかかって体を支え——そして目をひらいて、ふたたび両方の鏡をのぞきこむ。

　そしてついにおれは見た、鏡に映ったおれの顔の上に重ねあわされているそれを。海底の発光生物のような、いりくんだ星形のパターンが、繊細な操り糸を送りだして一万の単語やシンボルに触れていて——思考の全機構を意のままに動かしている。その存在に気づいたおれは、既視感を感じて驚いた。おれはこのパターンを過去数日間〝見ていた〟。自分自身を思考の対象として、行為者として考えるたびに。意志の力について考えるたびに。もう少しで銃の引き金を引くところだった、あの瞬間を思いかえすたびに……。

　これが探していたものであることに、おれは疑いをもたなかった。選択する自己。自由である自己。

　自分の目に視線を戻すと、そのパターンは光とともに流れるように動いた——単におれの顔の上だけでなく、見つめ、自分が見つめているのを知っていて、そしていつでも自分が顔をそむけられるのを知っている、自分自身の上を。

　おれは突っ立ったまま、この驚くべき代物を凝視していた。（これをなんと呼ぼう？）〝おれ〟？　〝アレックス〟？　どちらもどうもしっくりこない。そうした単語のもつ意味はすり切れていた。おれは最強の反応を引きだす単語を、映像を探し求めた。鏡に映った自分の顔、外側から見た顔を目にしても、ほとんど輝きは生じない——だが、名もないまま頭蓋の暗い洞窟の中にすわって、両目ごしに外をのぞき、体を支配している……決定をくだし、操り糸を引いている……自分自身を感じると、パターンはその認識に燃えるように輝いた。

おれはささやき声で、「決断者。それがおれだ」

頭がずきずきしはじめた。おれはパッチの映像を視野から消した。

髭剃りを終えると、おれはここ数日ではじめて、外側からパッチを点検した。自身のうつろな肖像画から飛びだして内実を得ようとしている——少なくともそういう図柄の——ドラゴン。おれは自分がこれを奪いとった男のことを考え、あの男はおれほど深く百鬼夜行の実態を見抜けたのだろうかと思った。

いや、できなかったはずだ——そうでなければ、おれにパッチを渡したりは、絶対しなかっただろう。いま、真実を把握したおれには、このようなかたちでものを見る力を死ぬまで守りとおすだろうとわかっているのだから。

真夜中あたりに家を出て、なじみの界隈を見てまわり、その熱気を身に浴びた。毎夜、微妙に異なる活気の流れが、クラブやバー、売春宿、賭博場、内輪のパーティのあいだにできる。だが、人でにぎわう場所は眼中にない。おれは、だれも足をむける理由のない場所を探していた。

結局、人けのないオフィスビルにはさまれた建設用地に決めた。道路脇に大きな金属製容器があって、黒々とした三角形の影を投げかけ、地面の一角をいちばん近くのふたつの街灯の死角にしている。おれは銃とバラクラヴァ帽を上着のすぐにとりだせるところにいれたまま、夜露に湿った砂——とセメントの粉末——の上に腰をおろした。

おれは心穏やかに待った。経験から忍耐を学んでいたし——収穫ゼロで夜明けを迎えたことも何度かある。だがたいていの夜は、だれかが近道をする。たいていの夜は、だれかが道に迷う。

おれは足音に聞き耳を立てながら、心をさまよわせた。百鬼夜行をもっと詳細に把握しようと試みる。なにかほかのことを考えながら、一連の映像を受動的に吸収し——あとで記憶を再生して、自分の思考を映画のように見ることはできないだろうか。

おれは拳を握って、ひらいた。拳を握って……ひらかなかった。その動作の最中に、気まぐれという力を働かせている決断者の姿をとらえようとする。自分が〝見た〟と思うものを再現すると、千の操り糸をもつパターンがたしかに明るくきらめいた——が、記憶が妙ないたずらをする。順序を正しく再現できないのだ。頭の中で映画を上映するたびに、おれはその動作に含まれる決断者以外のパターンの大半が最初にきらめくのを——光の列を送りだして、それが決断者に集中し、そして決断者を発火させるのを——見た。おれが知っている真実とは正反対に。おれが自分は選択をしたと感じた瞬間に、決断者は光を放っている……なら、精神的空電を別にして、なにがその決定的瞬間に先んじて生じられるというのだろう？

おれは一時間以上も試してみたが、錯覚は去らなかった。これは時間認識のゆがみなのか？　それともパッチの副作用？

足音が近づいいいいてきた。相手はひといいいとりだ。

おれはバラクラヴァ帽をするっとかぶって、数秒間待った。それからゆっくりと腰をあげて、しゃがんだまま金属製容器の端からそっと顔を出す。男は容器の前を通りすぎていて、ふり返らなかった。

おれはあとをつけた。男は両手を上着のポケットにいれて、きびきびと歩いている。男とのあいだを三メートル――ほとんどの人が逃げる気をなくす距離――までつめてから、おれはそっと声をかけた。「止まれ」

男はまず肩ごしに視線を投げてから、こちらにむきなおった。十八か十九の若い男で、おれより上背があり、力も強そうだ。男が虚勢を張っておろかな挙に出ないか、用心する必要がある。男はじっさいに目をこすりはしなかったが、バラクラヴァ帽を目にした相手は、決まって信じられないという表情になる。もうひとつ共通しているのは、落ちついた態度だ。おれが両腕をふりまわしてハリウッド流の下品なセリフをわめかないものだから、どうしてもこれが現実だと認めることのできない相手もいる。

おれは距離をつめた。男は片方の耳にダイヤモンドのスタッドピアスをしていた。小さいが、収穫ゼロよりはいい。おれがそれを指さし、男が手渡す。男の顔は険しかったが、馬鹿な真似をしそうにはない。

「サイフを出して、中身を見せろ」

男はその言葉に従い、調べやすいように中身をトランプのように扇形に広げた。おれはeキャッシュを選んだ。eは〝改竄が楽（easily hacked）〟の頭文字。残高は読みとれなかったが、おれはそれをポケットにしまい、あとは男に戻した。

「こんどは靴を脱げ」

男はためらい、純粋な怒りがその目にひらめいた。だが、恐怖が勝って口答えはしない。男はいわれたとおりにしたが動作はのろく、順に片足立ちになって靴を脱いでいる。おれは文句はつけなかった。男がしゃがんだほうが、おれは危険を感じただろう。じっさいにはなんの違いもないにしても。

おれが片手でベルトのうしろに靴紐を結んで男の靴をぶらさげているあいだ、男は、さしだせるものはそれで全部だとおれがわかっているかどうかを——おれががっかりして怒りだしはしないかどうかを見きわめているかのように、おれを見ていた。おれは視線を返したが、怒りはまったくなく、ただ男の顔を記憶にとどめようとした。

しばし、おれは百鬼夜行を視覚化しようとしてみたが——そんな必要はなかった。いまやおれはパターンを、完全にパターン独自の方法で読んでいる——見てとるだけで、神経生物学的視覚からパッチが自力で切り拓いた新しい知覚のチャンネルを通して、すべてを理解できるのだ。

いまおれは、決断者が発火しているのがわかる。

おれは見知らぬ男の心臓の位置に銃をもちあげ、安全装置を外した。男の落ちつきは消え去り、顔がゆがむ。男は震えはじめ、涙をにじませたが、目はつむらなかった。おれはあわれみが高まるのを感じた――さらにそれを〝見た〟――が、それは決断者の外部のことであり、選択できるのは決断者だけだ。

見知らぬ男はただひとこと、泣き声でたずねた。「なぜ？」

「おれにはできるからだ」

男は目を閉じ、歯をがちがち鳴らし、片方の鼻の穴から鼻水がひとすじたれてきた。おれは洞察が訪れる瞬間を、完璧な理解の瞬間を、世界の流れの外に足を踏みだし、ひとりで責任を引きうける瞬間を、待った。

だが、ひらかれたのは別の覆いだった――そして百鬼夜行が自分に自分を、ありとあらゆる細部にいたるまで見せた。

自由、自覚、勇気、誠実、責任といった概念をあらわすパターンが、すべて明るく発火していた。そのパターンはいくつもの光の列――数百パターンの長さをもつ巨大なもつれあった光の流れ――をつむいでいるが、いまついに、すべての接点が、すべての因果関係が、この上なく明瞭になった。

そして、行為の源泉だの、根本的な自律的自己だのから流れだしているものなど、なにもなかった。決断者は発火しているが——それは数千のパターンの中のひとつ、数千の複雑な歯車の中のひとつにすぎなかった。決断者は周囲の光の列を一ダースの触手で軽く叩き、早口で騒々しく、「おれおれおれ」といって、あらゆることの責任を負っていると主張している——だがじっさいは、ほかのパターンとなんら変わりがない。

おれの喉が吐くような音を出し、膝は力が抜けかけていた。（こんなのは知るにはあまりに酷な、とうていうけいれがたいことだ）それでも銃はしっかりかまえたまま、おれはバラクラヴァ帽の中に手をいれて、パッチをむしりとった。

なんの変化も起きなかった。ショウの上演はつづいていた。脳はすべての関係性やすべての接点の内在化を終えていて——意味は容赦なく広がり深まりつづける。

そこには第一原因などというものはなかった。決定の起点となる場所などどこにもなかった。羽つきタービンをもつ巨大な機械が、そこを通過する因果関係の流れによって駆動されているにすぎない——言葉に作られた体、映像に作られた体、発想に作られた体でできた機械が。

そこにはほかのなにもない。パターンと、それをつなぐ接点があるだけだ。〝選択〟はいたるところで起こっていた——ありとあらゆる関係性の中で、ありとあらゆる発想どうしのつながりの中で。この構造全体が、この機械全体が、〝決定している〟のだ。

では、決断者は？　決断者は、独立したひとつの発想以外のなにものでもない。百鬼夜行はどんなものでも想像できる。サンタクロースだろうが、神だろうが……人間の魂だろうが。それはあらゆる発想にシンボルを作りあげ、ほかの千のシンボルと結線することができる——だが、だからといって、シンボルの表現しているものが実在しうるわけではない。

おれは目の前で震えている男を、おそれと、あわれみと、羞恥心を感じながら見つめた。（おれはこの男を、だれに生贄として捧げようとしていたのか？）ミラにはこういってやればよかったのだ。『小さな魂の人形は、ひとつでも多すぎる』と。なら、自分にも同じことをいってやれるはずだ。自己の内側にもうひとつの自己などない。自分の中には、操り糸を引いたり、選択をおこなったりしている人形使いなどいない。存在するのは巨大な機械だけ。

そしてよくよく見てみると、さっきまで調子よくまわっていた歯車は、力を失っていた。百鬼夜行が自分の姿を完全に見ることができるようになったいま、決断者などというものはなんの意味もなさなかった。

そこにはなにも存在しなかった。人を殺して捧げる相手も、死ぬまで守りとおすべき心の中の皇帝も。そして、自由への障壁としてのりこえられるべきものもなかった——愛、希望、倫理観……そうした美しい機械をすべて分解すると、そこに残るのはランダムに痙攣するいくつかの神経細胞だけ——光り輝く純粋な無敵の超人など、どこにもいはしない。

唯一、自由になるのは、ほかの機械ではなく、この機械になることだけだった。

だからこの機械は銃をおろし、手をあげて悔恨の気持ちをぎこちなく手ぶりで伝えると、うしろをむいて、夜の闇に走り去った。立ち止まって息をつくこともなく——これまで同様、あとを追われる危険を警戒し——しかし、走りながらずっと、解放感に涙を流して叫びながら。

ふたりの距離

CLOSER

ひとりきりで永遠を生きたいとは、だれも思わない。「唯我論の唯一の治療法だ」

（「性交は」とふたりで交わったあと、シーアンにいったことがある。「唯我論の唯一の治療法だ」

シーアンは笑いながら答えた。「大言壮語は控えて、マイクル。それでも自慰をやめられない人が、現時点でここにいるから」）

だがわたしの悩みの種は、唯我論の本質ではなかった。この問題について考えはじめたそもそもの最初から、外界の実在を証明する術はないことをうけいれていたし、他人の心ともなればなおさらだ——だが、その両者の実在を無条件にうけいれることが、日々の生活をつつがなく送るための唯一の実際的な方策であることも、うけいれていた。

強迫観念になっていた問題とは、次のようなものだ。ほかの人々が存在するのならば、その存在をどのように感じているのだろう？　存在するというそのことをどんなふうに体験しているのだろう？　ほかの人にとって意識がどんなものかを、わたしはほんとうに理解できるのだろうか——類人猿や、猫や、昆虫のそれを理解できる以上に？

できないとすれば、わたしはひとりきりだということになる。

だから、ほかの人々はなんらかのかたちで理解できるものだと信じずにはいられなかったのだが、それが当然だと思うところまではいけなかった。疑う余地なく証明できないのはわかっていたが、強制されてでも確信をもちたかった。

小説や、詩や、戯曲の中には、内心どんなに共鳴したものでも、まちがいなく作者の魂をかいま見られたと確信させてくれるものはなかった。言語が進化したのは、物質界を征服する際の共同作業を容易にするためであり、主観的現実を記述するためではない。愛、怒り、嫉妬、恨み、悲嘆、そのすべては外部の状況と観察可能な行動というかたちで定義される。イメージやメタファーがほんものらしく感じられたときにも、それであきらかになるのは、一連の定義や、文化的に拘束された語連想のリストを、自分が作者と共有しているということにすぎない。結局のところ、多くの出版社がコンピュータ・プログラム——高度に専門化されているが、複雑なものではなく、自己認識をもつ可能性など夢のまた夢のアルゴリズム——を使って、人間の手になるものと見わけのつかない文学と文学批評の両方を、機械的に生産しているのだ。型にはまったクズ作品ばかりではない。ある作品に深く感動したのちに、それが思考力のないソフトウェアの製品だと知ったことが、何度もある。だからといって、人間の生んだ文学作品が作家の内面をなんら伝えていないということにはならないが、疑問の余地がじゅうぶんにあることは、これで明白だった。

友人たちの多くとは違い、十八歳になったとき、わたしはなんの不安もいだかずに〈スイッチ〉の時を迎えた。わたしの有機脳は除去されて処分され、体の制御が〈宝石〉に引きわたされた。宝石、正式にはエンドーリ装置というそのニューロコンピュータは、生後すぐに移植されて、以降、個々のニューロン・レベルにいたるまでわたしの脳の模造品になることを学んでいた。不安をいだかなかったのは、宝石と脳がまったく等しいかたちで意識を体験していると完全に納得していたからではなく、幼いころから、自分自身を宝石として認知していたからだ。脳はブートストラップ装置以上のものではないと思っていたから、それが失われたことを悲しむのは、自分が発生した際に胎児期の神経発生の最初期段階が終わったのを悲しむのと同じくらいに馬鹿げたことだった。スイッチは、遺伝子ではなく文化によってもたらされたものではあっても、いまや人生を送る過程の一部として定着した、人間の行為のひとつにすぎない。

おたがいの死を看とったり、体がしだいに衰えていくのを見守ったりすることは、前エンドーリ時代の人間にとって、自分たちがふつうの人間であることを確認するのに役立ったのだろう。たしかに当時の文学には、万人に等しく訪れる死についての無数の言及が見られる。たぶん、自分がいなくても世界は動きつづけるという結論は、当時の人々に絶望感と卑小感を共有させ、それを自分たちの特徴となる属性だと思いこませたのだろう。いまでは、今後数十億年のどこかの時点で、かつてとは逆に世界が消えても自分たちは存在しつづける方法が物理学者によって発見されるだろうこと、精神的平等への道がかつて疑わしいながらももっていたあやしげな論理性が失われたことは、はっきりとした信念になっていた。

シーアンは通信エンジニアで、わたしはホロヴィジョン・ニュースの編集者。出会いは、金星へのテラフォーミング・ナノマシン播種（はしゅ）の生中継。現時点ではまだ居住不能なこの惑星の地表は大部分が売却ずみで、この事業は一般大衆の大きな関心を集めていた。放送中、致命的になりかねない技術的問題がいくつも発生したが、シーアンとわたしはなんとか切りぬけ、映像のつながらないところをごまかしさえした。それはなんら特別なことではなく、ふたりとも自分の仕事をこなしただけの話だが、放送終了後にわたしはタガが外れて有頂天になってしまった。二十四時間後には、自分が恋におちたのだと気がついて（あるいは決めつけて）いた。

しかしながら、翌日シーアンにいい寄ったときには、あなたのことはなんとも思っていないとはっきりいわれた。〃ふたりのあいだに〃起きたと思っていた化学反応は、わたしの頭の中だけのできごとだったのだ。これには落胆したが、驚きはしなかった。その後、仕事でいっしょになることはなかったが、折にふれて連絡をとった結果、六週間後にその粘りは報われた。『ゴドーを待ちながら』の知能強化オウム版の上演にシーアンをつれていって、わたしはたいへんに楽しんだのだが、その後一ヵ月以上、シーアンと会うことはなかった。

希望を失いかけていたある夜、シーアンが前ぶれもなくうちの玄関にあらわれ、双方向コンピュータ制御による即興〃コンサート〃に引っぱっていかれた。その〃聴衆〃は、二〇五〇年代のベルリンのナイトクラブの実物大セットを思わせる場所につめこまれた。本来は映画音楽の作曲用に作られたコンピュータ・プログラムに、セット内を徘徊するホバーカメラの映像が入力される。人々は歌い踊り叫び騒ぐさまを演じ、カメラの注意を引いて音楽を形作ろうとする。最初わたしはすくんでしりごみしていたが、シーアンは身を投じる以外の選択肢をあたえてくれなかった。

それは無秩序で、常軌を逸していて、ときにはおそろしくさえあった。隣のテーブルでひとりの女性が別の客を〃刺殺〃しているのを見たときには、不快な（そして高価な）道楽だと思ったが、しまいに暴動状態になって、人々がわざと壊れやすく作られた調度品をばらばらにしはじめると、わたしもシーアンのあとにくっついて、歓声をあげながら乱闘に突入していた。

音楽——このイベント全体の口実——はクズだったが、そんなことは屁でもない。ふたりで痣と痛みをかかえ、笑いながら足を引きずって夜の街に出たときには、少なくとも自分たちが、より近づきあったと感じさせるなにかを分かちあったのだとわかった。シーアンの家につれていかれ、ふたりでいっしょにベッドにはいったものの、痛みと疲れがひどくてまずは眠るほかになく、けれど朝になって愛を交わしたときには、シーアンといるとてもくつろげたので、このときがはじめてだとは信じられないほどだった。

すぐにふたりは切っても切れなくなった。たがいの好む娯楽はずいぶん違っていたけれど、シーアンお気にいりの〝芸術形式〟の大部分を、程度の差はあれわたしは無傷で乗りきった。わたしの部屋に越してこないかという提案にシーアンは従い、これまでわたしが注意深く守ってきた自宅での生活の秩序正しいリズムを、一顧だにせずぶち壊してくれた。

シーアンの過去のあれこれは、無造作に発せられた言葉から組みあげるほかなかった。腰をおろしてまとまった話をきかせるのは退屈すぎると、シーアンはいうのだ。シーアンの人生は、わたしのと同様、とりたてていうべきことのないものだった。郊外の中流階級の家庭に育ち、専門教育をうけて職を見つけた。ほとんどの人と同じく、十八歳でスイッチ。強い政治的信条はなし。仕事においては優秀だが、その十倍のエネルギーを社会生活（ソーシャルライフ）

にそそいでいる。頭はいいが、なにによらずこれ見よがしに知的なものは大きらい。短気で、攻撃的で、情愛は激しい。

そして、シーアンの頭の中がどんなふうか、わたしには一瞬たりとも想像できなかった。最初のうちわたしには、シーアンがなにを考えているかは――この質問をされて思考が中断される直前の瞬間になにを考えていたかいってみてくれ、と藪から棒にいわれたときにどう返事をするか予想できる、という意味では――ほとんど見当もつかなかった。もっと長い時間でのことについていえば、シーアンの動機、自己イメージ、自分が何者で、なにをなぜしているかという認識なども、まるでわからない。作家がキャラクターの〝説明〟と称するような、話にならないほど大ざっぱな意味でも、シーアンを説明するのは無理だった。

だが、仮にシーアンが精神状態を実況放送してくれた上に、各行動の理由を毎週、最新の精神力学用語で評定してくれたとしても、それはすべて無益な言葉の山と化すだけだっただろう。もし自分がシーアンと同じ身の上だったらと心に思い描き、シーアンと同じ信念やこだわりをもっているという気になり、シーアンのしゃべるあらゆる言葉やシーアンのあらゆる決断を予想可能なまでに感情移入できるようになったとしても、それでもやはり、シーアンがいつ目を閉じ、いつ過去を忘れ、いつなにも望まず、そしていつ単にシーアンでいるか、わたしには一瞬たりとも理解できなかっただろう。

もちろん、大半の時間は、そんなことばかり気にしていたわけではない。赤の他人どうしであろうとなかろうと、わたしたちはいっしょにいてとてもしあわせだった――わたしの〝しあわせ〟とシーアンの〝しあわせ〟が、あらゆる意味において、同じであろうとなかろうと。

数年が経つうちに、シーアンは内に秘める部分が減って、心をよりひらくようになった。分かちあうべき大きな暗い秘密も、物語るべきトラウマになるような子ども時代のつらい体験も、シーアンにはなかったが、ちょっと不安になったり、軽いノイローゼになったりしたときには打ちあけてくれた。わたしも同じことをして、さらには、風変わりな強迫観念までたどたどしく説明した。それをきいても、シーアンは気分を害さなかった。きょとんとしていただけで。

「でも、じっさいにはそれはどういうことを指すわけ？　他人であることがどういう感じか知る、っていうのは？　相手の記憶、人となり、体――なにもかもをもつ必要があるでしょ。でもそうしたら、それはあなた自身じゃなく、その人になったということであって、あなたにはなにもわからない。馬鹿げているわ」

わたしは肩をすくめた。「かならずしもそうじゃない。もちろん、相手のことを完全に知るのは不可能だが、もっと近づくことならできる。ふたりでもっといろんなことをいっしょにして、もっとたくさんの体験を共有したら、わたしたちはもっと近づけると思わないか？」

シーアンは顔をしかめた。「思うけれど、それはあなたが五秒前にいっていたこととは違うじゃない。二年分でも二千年分でも、〝共有した体験〟を別々の目で見ていたのでは、無意味でしかない。ふたりの人間がどれだけいっしょの時間をすごしても、その〝いっしょに〟体験したことを同じように感じた瞬間がほんの一瞬でもあったなんて、どうやったらわかる？」

「それはそうなんだが、でも……」

「自分の求めていることが不可能だと認めるなら、そのことで思い悩むのもやめるはずよね」

これには笑った。「わたしがそんなに理性的だなんて、いったいどうして思うんだ？」

そのテクノロジーが実用化されたとき、流行の身体置換を全種類試してみようといいだしたのは、わたしではなく、シーアンだった。シーアンはつねに目新しいものを体験したくてたまらない口だ。「もしほんとうに永遠に生きることになるのなら」とシーアンはいう。「正気を保つには、好奇心旺盛でいたほうがいいのよ」

わたしは気後れがして、反対理由をいろいろあげたが、どれも偽善的に感じられた。このお遊びが、自分の望んでいるような（そして決して得られないだろうとわかっている）完全な知識をもたらすものでないのはあきらかだったが、不じゅうぶんながらも正しい方向への一歩かもしれない可能性も、否定できなかった。

まず最初に、わたしたちは体を交換した。乳房と膣をもつのがどんな感じか、はじめてわかった――シーアンにとってどんな感じだったか、ではなく、わたしにとってどんな感じかが、だが。ショックはもちろん、新奇さすら消え去るほどのあいだ、体を交換したままでいたのはたしかだが、もって生まれた体についてシーアンが、どんな経験をしてきたか、大した洞察が得られたとは、まったく感じられなかった。わたしの宝石には、このシーアンの体というなじみのない機械の制御に必要な変更しか加えていなくて、それは別の男性の体を動かすとき必要になるだろう変更と、大して違わなかった。月経周期は何十年も前に捨て去られていたとはいえ、必要なホルモンを摂取すれば、わたしにも生理を経験したり、それどころか妊娠できるようにさえなれたけれど（もっとも、生殖に対する金銭的障壁は近年劇的に高くなっていたが）、そんなことをしても、そのどちらも経験していないシーアンについて、まったくなにがわかるわけでもない。

性行為に関していえば、交わることの喜びは、ほとんど同じままだった――わたしの宝石内で膣とクリトリスの神経は、ペニスから来ているのと同じように結線されていただけなので、これはなにも不思議ではない。挿入されるということさえも、予想していたのより異質感がなかった。行為の際にことさら努力して各々の位置関係を意識するようにしていなければ、だれがなにをだれにしているのかを気にかけるのはむずかしかった。オルガスムが思っていたよりよかったことは、認めるほかないけれど。

職場にシーアンの姿であらわれても、だれも驚きの目で見なかったのは、同僚の多くがすでに同じことを体験していたからだ。個人認証の法的定義は、従来の標準遺伝子標識一式と体のDNA指紋の一致から、最近、宝石のシリアルナンバーに変わっていた。法律でさえ現実を追認している状況では、とてつもなく過激だったり深刻だったりすることはなにもできはしない。

三ヵ月経って、シーアンは飽きがきた。「あなたがこんなに不器用だなんて、全然知らなかった」そして、「射精があんなにつまらないことも」

次にシーアンは自分のクローンを作らせ、わたしたち両方が女性になるようにした。脳損傷を負わせた代替用の体、いわゆるエキストラは、その昔、事実上通常の速度で育てられ、かつ使用に適した健康を保つために常時活動状態にあることが必要だったころには、とてつもなく高価だった。けれども、時間経過や運動がおよぼす生理学的影響に、魔法は関与していない。とても深いレベルで生化学的信号が常時発せられているだけであって、それはつきつめれば模造可能だ。頑丈な骨格と完全な筋肉を備えたエキストラの成人は、いまでは一年で——懐胎に四ヵ月、残り八ヵ月は昏睡状態——ゼロから作ることができ、それによって以前より徹底した脳死状態が実現した。そのことは、活動状態にあった昔のエキストラの頭の中ではいったいどれだけの活動がおこなわれているのか、と疑問を感じつづけていた人々の倫理的懸念を鎮めた。

最初の身体交換実験でいちばんつらかったのは、鏡を見るとシーアンが映っていることではなく、シーアンの姿を見ると、つねにそこに自分が見てとれることだった。自分自身でいることよりも、はるかにシーアンが恋しかった。今回は、自分の体抜きなのがずいぶんうれしい（体は保管庫の中で、エキストラの最小限の脳を模倣した宝石によって生かされている）。シーアンの双子であるという対称性は、心に訴えるものがあった。いまわたしたちはまちがいなく、以前より近づいていた。前回は、単に身体的差異を交換しただけだった。今回は、それを破棄したのだ。

だが、対称性は幻影だった。わたしはジェンダーを変えたけれど、シーアンは変えていない。わたしは自分の愛している女性といっしょにいるが、シーアンがいっしょに暮らしているのは、自分自身の動くパロディだ。

ある朝、シーアンから痣になるほど強く胸を殴られて、目がさめた。目をひらき、手をあげて身を守っていると、シーアンがわたしに目を凝らして、疑わしげに、「あなたはこの中にいるの？　マイクル？　気が狂いそう。戻ってきて」

三種類目の身体置換に同意したのは、異様なできごとのすべてを忘れ、永遠に終止符を打つためだった――そして、いまシーアンが体験したばかりのことを、自分で知るためでもあったと思う。こんどは一年待つ必要はなかった。シーアンのといっしょに、わたしのエキストラも生育させておいたからだ。

なぜかはわからないが、シーアンの体に偽装せずに〝自分自身〟と対面するのは、はるかにまごつかされることだった。自分の表情が読めない。わたしたち両方が相手の姿になったときには気にならなかったことなのに、今回はすじの通った理由もなく気分がささくれ立って、ときには被害妄想ぎりぎりまでいった。

性行為には慣れが必要だったが、わたしはしだいに、あいまいで漠然とした意味で、ナルシスティックな快感を覚えるようになった。ふたりともが女性として愛しあったときにわたしの感じた魅惑的な平等感は、たがいのペニスをしゃぶりあっているときには、決して戻ってこなかった――だがそれをいえば、ふたりともが女性だったときには、シーアンはいちどもそんな平等感を感じたなどとはいわなかった。すべてはわたしが勝手に思っていただけで。

もともとの姿に戻った翌日（いや、ほぼもともとの姿に、だ――じっさいには、わたしたちは二十六年間使い古した体をしまいこんで、もっと健康なエキストラの住人になったのだ）、わたしたちのまだ試していない選択肢に激しい怒りの矛先がむけられているというう、ヨーロッパからのニュースを目にした。両性具有の一卵性双生児。わたしたちは、ふたりの特徴を等分にもった、ふたりの生物学的な子ども（確実に両性具有になるために必要な遺伝子操作を加えてはいるが）として、それぞれの新しい体を作ることができるのだ。ふたりともがジェンダーを変え、ふたりともが相手を失う。わたしたちはあらゆる意味で等しくなるだろう。

ニュースのファイルをもちかえって、シーアンに見せた。考えこみながらそれを見てから、シーアンは、「ナメクジは両性具有なんでしょ？　二匹が糸状の細い粘液で宙吊りになるの。シェイクスピアにも、交尾中のナメクジの壮観さを述べたくだりがあったはず。想像してみて――あなたとわたしがナメクジみたいに愛しあっているところを」

わたしは床の上で笑いころげてしまった。

が、ぴたりと笑いを止めて、「シェイクスピアのどこにそんなことが出てきた？　きみはシェイクスピアを読んだことさえないと思うな」

やがて、年月がすぎゆくごとに、わたしはシーアンを前より少し知っていると確信がもてるようになった――伝統的な意味で、たいていのカップルがそれでじゅうぶんだと思っているらしいような意味でだ。自分がシーアンからなにを期待されているかがわかったし、どうすればシーアンを傷つけなくてすむかもわかった。口論はしたし、つかみあいの喧嘩もしたが、それがある種の安定した基盤の上でのことだったのもたしかで、その証拠に、そのあといつも、わたしたちはいっしょにいることを選ぶのだった。シーアンのしあわせはわたしにとってとても重大な問題であり、いまではときどき、シーアンの主観的体験は自分にとって根本的に異質なものだ、などということがありうるとかつては思っていたのがほとんど信じられなくなる。あらゆる脳が、したがってあらゆる宝石もまた、唯一無二だというのは真実だ――けれども、同じ基本ハードウェアと、同じ基本原理で配置されたニューロンが関わっているというのに、意識の本質が個々人で根本から異なっていると考えるのは、少々無理があるというものだ。

それでもなお。夜中に目ざめたとき、わたしはシーアンのほうをむいて、きこえないように、衝動的に、ささやくことがあるかもしれない。「きみのことがわからない。きみがだれで、どんな人間か、まるでわからない」と。そして横になったまま、荷造りして部屋を出ていくことを考えるだろう。わたしは完全にひとりきりで、そうでないというふりをするゲームをつづけるのは、馬鹿げていた。

しかしまた、夜中に目ざめたわたしは、自分が死にかけているだとか、それと同じくらい不合理なことを、すっかり確信していることがある。忘れかけた夢に動揺しているときには、どんなふうに意識が混乱しても不思議はない。そこにはまったくなんの意味もないのだし、朝までには、わたしは自分をとり戻しているのだが。

クレイグ・ベントリーの商売──本人は〝研究〟と称していたが、〝志願者〟たちはベントリーの実験に参加するという特権に対して代価を支払っていた──についてのニュースを目にしたときには、それを速報番組にいれる気になれなかったが、プロとしての自分の判断は、これこそ視聴者が三十秒のテクノ・ショック情報として求めているものだと告げていた。奇怪で、若干当惑させられるが、あまり苦労せずに要点を理解できる。

ベントリーはサイバー神経学者だ。神経学者がかつて脳を研究していたようなかたちで、エンドーリ装置を研究している。ニューロコンピュータで脳を模倣するのに、ニューロコンピュータの高次レベルの構造を掘りさげて理解する必要はない。そのような構造の研究は、あらたなかたちをとってつづけられているが。宝石は、脳と比べた場合、当然ながら観察しやすくもあり、操作もしやすかった。

最新のプロジェクトでベントリーがカップルに売りこんでいるのは、ナメクジの性生活に対する洞察よりも、やや高級市場むけのものだった。八時間のあいだ、ふたりが同一の心をもてるというのだ。

わたしは、光ファイバーで送られてきた十分間のオリジナル映像のコピーを作ると、編集コンソールに放送用のいちばん刺激的といえる三十秒分を選択させた。わたしの作業から学習していたコンソールは、いい仕事をした。

シーアンに嘘はつけなかった。ニュースを隠しておくことも、興味のないふりをすることもできなかった。唯一の誠実な対応は、シーアンにファイルを見せ、自分の気持ちを正直に話して、それからシーアンの望みをきくことだ。

わたしはそのとおりのことをした。ホロヴィジョン映像が消えると、シーアンはこちらをむいて、肩をすくめ、ふつうの声で、「いいわ。面白そうじゃない。やってみましょう」

ベントリーは、九つのCG肖像画を三段×三列でプリントしたTシャツを着ていた。上段左列がエルヴィス・プレスリー。下段右列がマリリン・モンロー。残りは両者の中間のさまざまな段階になっている。

「この絵が、このプロジェクトの仕組みです。移行には二十分かかり、その間におふたりは体から分離されます。最初の十分間で、おたがいの記憶への同一アクセスを確立。次の十分間で、おふたりともが漸次（ぜんじ）、中間人格へと移されていきます。

それが完了した時点で、おふたりのエンドーリ装置は完全に同一になります——両方ともが、まったく同じ重み係数をもつまったく同じ神経接続をしているという意味で——が、別々の場所にあることに違いはありません。その点を調整するため、おふたりには意識喪失していただかなくてはなりません。そして、お目ざめになったときには——」

目ざめるのは何者だろう？

「――まったく同じ電気機械の体の中にいるわけです。クローン二体をじゅうぶんに似せて作ることはできませんから。

その後の八時間はそれぞれおひとりで、細部までそっくりの部屋ですごすことになります。ホテルのスイートルームのようなところですよ。ホロヴィが備えつけてありますから、退屈でしたらそれでお楽しみいただけます。もちろん、部屋にビデオフォンはありません。おふたりが同時に同じ番号にかけたら、どちらも話し中の信号音をきくだけだとお考えになるかもしれませんが、じっさいには、そういう場合は交換機が任意の一方だけを着信させますので、結果としておふたりの環境は異なるものになってしまいますから」

シーアンがたずねる。「なぜふたりは映話しあえないの？　それよりもっといいのは、ふたりで会うことだけれど？　もしわたしたちがまったく同じになるなら、いうこともまったく同じだし、することもまったく同じになるはず――ふたりが会っても、たがいの環境に同一の要素がひとつ加わるのと同じなんじゃない？」

ベントリーは唇をすぼめて、頭をふった。「たぶん将来的には、そういう要素を実験に導入するでしょうが、現段階ではそれは……トラウマになる可能性が大きすぎるとしか思えません」

シーアンがこちらを横目でちらりと見たのは、〝こいつ、シラケる男ね〟という意味だ。

「実験終了の手順は開始時と同じようなものですが、順序が逆になります。まず、おふたりの人格をもとに戻します。次に、おたがいの記憶へのアクセスを失う。もちろん、実験そのものについての記憶には、手をつけません。わたしは手をつけない、ということです。分離されてもとに戻ったあなたがたの人格がどのようにふるまうか、わたしには予言できません――実験中の記憶にフィルターをかける、抑制する、再解釈する。数分もすると、自分が体験したことについて、おふたりそれぞれがまったく異なる見かたをするようになるでしょう。わたしに保証できるのは、次のことだけです。問題の八時間のあいだ、あなたがたおふたりは同一になるであろう、と」

　シーアンとわたしはこの件を話しあった。シーアンが大いに乗り気なのは、いつものとおり。それがどんなものかにシーアンはあまり興味がなく、ほんとうに重要なのは、またひとつ目新しい体験をつけ加えることだった。

「なにが起こっても、最後には自分自身に戻るのよ」とシーアンはいう。「なにをおそれることがあるの？　古いエンドーリ・ジョークを知っている？」

「古いエンドーリ・ジョークってなんだ？」

「なにごとも耐えられる――有限であるかぎりは」

　わたしは気持ちを決められなかった。記憶を共有したところで、結局わたしたちが知ることのできるのは、おたがいではなく、かりそめの人工的な第三の人物でしかない。それでも、わたしたちは人生ではじめて、まったく同じ体験を、まったく同じ視点からすることになるのだ。たとえその体験が、別々の部屋に閉じこめられて八時間をすごすだけのことであり、その視点が、自己同一性の危機状態(アイデンティティ・クライシス)のジェンダーレスなロボットのものであっても。

それは妥協案だった——だが、使いものになる改善案も思いつかなかった。

わたしはベントリーに連絡して、予約をいれた。

完全な感覚遮断状態にあるわたしの思考は、半分もまとまらないうちに、まわりの闇の中に散っていくように思えた。しかしこの孤立状態は、長くはつづかなかった。短期記憶が融合されるにつれて、わたしたちは一種のテレパシーを獲得した。一方がメッセージを考えると、もう一方はそれを考えたことを〝思いだし〟、同じ方法で返事をする。

——くだらないこまごました秘密を、全部暴いてやるから。

——それだと失望すると思うね。これまでに話していないことがあるなら、それは抑圧してあるせいだろうから。

——へえ、でも、〝抑圧〟は〝消去〟とは違う。なにがひょっこり出てくるか、知れたものじゃないわ。

——その答えはもうすぐわかるよ、わたしたちには。

わたしは自分が長年にわたっておかしたであろう罪の数々を、また、恥ずべき、身勝手な、意味のない考えの数々を思いだそうとしたが、頭に浮かぶのは漠然としたホワイトノイズのような罪悪感だけだった。もういちどやってみると、出てきたのは、こともあろうに、子どものころのシーアンの姿だった。幼い少年が彼女の脚のあいだを手でこすっていたかと思うと、ぞっとしたように悲鳴をあげて、手を引っこめた。だがシーアンは、ずっと前にその一件をわたしに話していた。では、これはシーアンの記憶なのか、それとも、わたしがその話から再構成したものなのか？

——わたしの記憶よ。それはわたしの考えたこと。あるいは、わたしが再構成したのかも。わたしたちが出会う前のことを話したうちの半分は、記憶そのものより、その話をしたときの記憶のほうが、いまでは鮮明になっている。置き換わっているとさえいえるかも。

——それはわたしも同じだ。

——そうするとある意味で、わたしたちの記憶はもう何年にもわたって、対称なかたちにむかっていたことになる。わたしたちはふたりとも、話されたことを、ふたりともが第三者からきいたかのようなかたちで記憶している。

同意。沈黙。一瞬の混乱。そして、

——ベントリーは〝記憶〟と〝人格〟をきれいに区別している。でも、それがほんとうにそれほどはっきりしているかは疑問がある。宝石はニューロコンピュータで、〝データ〟と〝プログラム〟はいかなる意味でも厳密に区別して考えることはできない。

――一般的には、たしかにね。ベントリーの分類は、ある程度恣意的ではある。で、それがどうしたと？

――それは重大な点であると。もしベントリーが〝人格〟はもとに戻したけれど、〝記憶〟は残していたら、誤判別によってわたしたちは……。

――わたしたちは？

――だからそれは問題だという話。極端な可能性としては、〝もとに戻す〟ときにやりすぎて、以前とまったく変わらない状態になってしまい、この体験全体がなかったのと同じことになってしまうかも。別の極端な可能性として……。

――永遠に……

――……近づいていく。

――重要なのはそこなのでは？

――わたしにはもうわからない。

沈黙。ためらい。

そして気がつくと、次に返事をするのがわたしの番なのかどうか、わからなくなっていた。

目ざめると、ベッドに寝ていて、思考停止状態がすぎ去るのを待っているような、軽い混乱があった。体には若干なじめないところがあったが、他人のエキストラの中で目ざめたときほどではない。胴と脚を一瞥して、それが青白いなめらかなプラスチック製であることを見てとってから、顔の前で片手をひらひらさせる。ショーウィンドウに並ぶユニセックスのマネキンのような外見だ——とはいえ、ベントリーは前もってロボットボディを見せてくれていたので、大したショックではなかった。ゆっくりと体を起こし、立ちあがって二、三歩歩く。少しだけ麻痺して、体が空っぽな感じがあったが、運動感覚や固有受容は良好だった。自分が両目のあいだに位置している感じがしたし、この体が自分のものだと感じていた。現在おこなわれているあらゆる移植の際と同様、わたしの宝石には変化に適応するよう外部操作が加えられたので、数カ月間の物理療法は必要がない。

部屋に目を走らせる。家具はほとんどない。ベッド一、テーブル一、椅子一、時計一、ホロヴィ一。壁には額にはいったエッシャーのリトグラフ、『婚姻の絆』——画家と、おそらくはその妻の肖像画だが、ふたりの顔はレモンのように剝かれて螺旋状の皮になり、それがつながれて一本の帯を作っていた。皮の外側の表面を最初から最後までたどってみたが、予想と違ってメビウスの帯のようなひねりがなかったのは、がっかりだった。

窓はなく、取っ手のないドアがひとつ。ベッド脇の壁にはめこまれているのは、全身を映せる鏡だった。しばらく突っ立ったままで、自分の滑稽な姿に見いってしまう。不意に思いついたのだが、対称性のゲームを心から愛するベントリーのことだから、ひとつの部屋をもう一方の鏡像として作り、ホロヴィの映像もそれにあわせて調整して、宝石のひとつ、わたしのコピーのひとつの左右をいれ換えたのではなかろうか。だとすると、鏡のように見えるものは、ふたつの部屋のあいだの窓にほかならないことになる。わたしはプラスチックの顔でぎこちなくにやりとした。反射像はそれを見て、それなりに恥ずかしげな顔をしている。部屋がたがいに鏡像だという考えは、まずありそうにないことではあったが、魅力的に感じられた。核物理学レベルの実験でもしなければ、違いはあきらかにできないだろう。いや、そんなことはない。フーコーの振り子のように自由に摂動できる振り子があれば、どちらの部屋でも同じように回転して、ゲームに決着をつけてしまうだろう。鏡の前に行って、殴りつける。鏡は少しもへこんだようすはなかったが、それは裏に煉瓦の壁があるからとでも、裏側から同じ強さで反対むきに殴ったからとでも、説明はつけられる。

肩をすくめて、鏡に背をむける。ベントリーがなにをしていたとしても不思議はない——可能性としては、この場の設定まるごとがコンピュータ・シミュレーションだということもありうる。この体に意味はない。この部屋に意味はない。重要なのは……。

ベッドに腰かける。自分の素性について悩んだとしたらわたしがパニックに陥るかどうか、と考えていたある人物——おそらくはマイクル——のことを思いだしたが、わたしにはそうなる理由が見あたらなかった。もし最近の記憶をもたずにこの部屋で目ざめ、自分の過去（じつは複数）から自分が何者かを判断しようとしたら、疑いなく発狂していただろうが、わたしは自分が何者かも、ふたつの長い期待の道すじをたどって現在の状態にいたったことも、しっかりとわかっている。いずれシーアンかマイクルに戻されることを考えても、まったく気にならなかった。独立した個々のアイデンティティをとり戻したいというふたりの望みは、わたしの中でも強く保たれていたし、ひとりの人間として完全な状態でありたいと願う気持ちは、ふたりがもとに戻ったときにわたし自身が消失するという恐怖感としてではなく、その願いを考えたときの安堵感としてあらわれていた。いずれにせよ、わたしの記憶は抹消はされないし、ふたりのどちらも追いもとめないだろうゴールをめざす気もない。わたしには自分が、なんらかの相乗的ハイパーマインドというよりは、ふたりの最小公分母のように感じられた。わたしは、自分の部分の総和よりも、多いのではなく、少ないのだ。わたしの目的はきっちり決められている。わたしがここにいる理由は、シーアンのために不思議さを満喫し、マイクルのために問いに答えるためであり、時間が来たときには、ふたつにわかれることを、そしていま記憶の中にあって大切に感じるふたつの人生を再開することを、うれしく思うだろう。

　では、わたしはどのように意識を体験しているのか？　マイクルと同じかたちで？　シーアンと同じかたちで？　いまいえるのは、根本的な変化はなにもこうむっていないということだ。だがその結論に到達しながらも、自分はそれを判断できる立場にいるものかどうかと疑問に思いはじめていた。マイクルであったという記憶と、シーアンであったという記憶は、ふたりが言葉にして口頭で交わせる以上の内容を含んでいるのだろうか？　わたしはほんとうにふたりの本質についてなにかを知っているといえるのか、それともこの頭はまたぎきした話——個人的なものであり詳細だが、つまるところ言語並みに不明瞭——でいっぱいなだけなのか？　もしわたしの心が根底からふたりのものと異なっているのだとしたら、その差異はわたしが認識できるようなものなのだろうか、それとも、その場合もわたしの記憶はすべて、思いだすという行為を通して、よく知っていると感じられるかたちに作りかえられるのだろうか？

過去というのは、結局、外界と同程度にしか知りえないものだ。それがほんとうに存在することと自体、そうと信じるほかはない。さらに、その存在を認めたとしても、それはまだ人をあざむく可能性がある。

わたしは打ちのめされた気分で、頭をかかえこんだ。わたしはふたりの手にはいる最上のものに近いのに、その結果どんな収穫があったというのか？　マイクルの望みは、以前とわずかも変わることなく、すじが通っていて、そして未確認のままだった。

しばらくすると、わたしの気分は明るくなりはじめた。少なくともマイクルの探求は、たとえ失敗という結果であったにせよ、終わりを迎えた。これでマイクルも、その結果をうけいれて、先へ進むほかに道はないはずだ。

　わたしはホロヴィをぱちぱちとつけたり消したりしながら、しばらく部屋を歩きまわった。ほんとうに退屈しはじめたが、すわって昼メロを見ることで八時間と数千ドルを浪費するわけにはいかない。

　わたしのふたつのコピーの同期を乱すことはできないか、じっと考える。ベントリーがふたつの部屋と体の誤差を、エンジニアの名に値する人間が非対称な部分を見破る方法を見つけられないほどのわずかなものにできたとは、とても信じられない。コインを弾くだけでもそれは見破れるだろうが、ここにはコインはない。紙飛行機を飛ばしてみるか？　空気の流れに非常に影響されやすいその方法は、うまくいきそうに思えたが、部屋の中にある紙はエッシャーの絵だけで、それを傷つける気にはなれなかった。鏡を割って、破片の形や大きさを調べるという手もあり、その方法にはこれまでおこなってきた推論が立証あるいは否定されるというおまけもついてきたはずだが、椅子を頭上にふりあげたところで、わたしは急に気が変わった。ふたつの相いれない短期記憶群には、数分間の感覚遮断中に経験しただけでも、じゅうぶん混乱させられたのだ。この先数時間、物質的な環境と関わるあいだには、そのせいで心身に深刻な変調が起きることもありうる。気晴らしがしたくてたまらなくなるまで、これは待ったほうがいい。

　わたしはベッドに横になって、たぶんベントリーの顧客がほとんどみんな、最後にしたであろうことをした。

融合されるときにシーアンとマイクルはふたりとも、私的な秘密が守られるかどうかを不安に思っていた——しかし、隠さなくてはならないものが自分たちのあいだにあると相手に思ってほしくないふたりは、弁解がましくとはいわないが、そんな不安をいだいたことを詫びるように、相手に率直であることを精神的に宣言した。ふたりの好奇心にも両義的なところがあって、ふたりは相手を理解したがっていたが、当然、詮索されることは望んでいなかった。

そうした矛盾のすべては——天井を見つめ、少なくともあと三十秒はまた時計を見ないようにしようとしている——わたしの中にも引きつがれているが、決断をくだす必要はまったくなかった。なにが自然かといって、わたしが心をさまよわせて、これまでのふたりの関係をふたり両方の視点からたどりなおすのほど自然なことはない。

その回想はとても奇妙なものだった。ほとんどあらゆることが、どこか意外であると同時にとてもなじみ深く思える——延々と襲ってくるデジャヴュのように。これは、ふたりがたびたび重大なことを相手にごまかそうとしてきたということではなく、相違点を超えてふたりを結びつけてきた、罪のないささやかな嘘のすべて、おもてに出なかったとるに足らない怒りのすべて、必要不可欠で堂々とした、愛ゆえの嘘のすべてが、わたしの頭をかきまわすとともに真実を見せて、不思議な靄で覆っていたのだ。

それはいかなる意味でも会話ではなかった。わたしは多重人格などではない。シーアンもマイクルも、ただ単にそこにいなかった——善意をもって、たがいをまたもういちど弁護するためにも、説明するためにも、あざむくためにも。たぶんわたしは、ふたりのかわりにそのすべてを試みるべきだったのだろうが、わたしにはずっと自分の役割がはっきりしなかったし、立場も決められなかった。だから、対称性に麻痺させられてそこに横になったまま、ふたりの記憶が頭の中を流れゆくにまかせていた。

そのあと時間はたちまちすぎて、鏡を割る暇などどこにもなかった。

わたしたちはいっしょにいようと努力した。

そして一週間は保った。

ベントリーは——法律の求めるとおり——実験以前のわたしたちの宝石のスナップショットを作っていた。わたしたちには、それを作った時点の自分たちに戻って、それからベントリーになぜそんなことをしたかを説明させるという選択肢もあったが、自己欺瞞を選択するのが容易なのは、手遅れになる前にそうしたときに限られる。

わたしたちがたがいを許せなかったのは、許すべきことがなにもなかったからだ。わたしたちのどちらも、相手にとって理解できないことも、同意できないことも、まったくなにひとつとしてしなかった。

わたしたちはたがいをあまりに知りすぎた、それだけのことだ。ディティールに次ぐささいで糞ったれなこまごましたディティール。真実に傷つけられたわけではない。もはやそんなことは起きない。真実はわたしたちを無気力にする。息苦しくさせる。自分のことを知っているのと同じようにして、相手のことを知っているのではない。それよりもっと悪い。自分の中でなら、ディティールはそれについて考えるという、まさにその過程でぼやけていく。精神の自己解剖は可能だが、耐えるにはたいへんな努力を要する。だが、わたしたちの相互解剖はなんの努力も要しない。たがいがそこにいると、自然とその状態に陥るのだ。わたしたちの表層はすでに剝ぎとられているが、魂がかいま見えることはなかった。皮膚の下で見つかったのは、回転する小さな歯車ばかりだった。

いまのわたしには、シーアンがいつも恋人に対してなによりも求めていたのが、異質なもの、理解不能なもの、神秘的なもの、不可解なものだとわかる。シーアンにとって、他人といっしょにいることで要するになにが重要かといえば、それは〝他者〟とむきあっているという感覚だった。それなしでは、ひとりごとをいっていたほうがマシであることを、シーアンは疑わなかった。

わたしもいまでは、その視点を共有している。(その変化がどこから生じたのか、あまり考えたくはない……しかしながら、シーアンの個性のほうがわたしより強いのは前からたしかだったので、なにかが伝染したと考えるべきなのだろう)

いっしょにいても、ひとりきりでいるのと変わりがなく、ゆえにわたしたちには、別れるほかに道がなかった。

ひとりきりで永遠を生きたいとは、だれも思わないのだから。

オラクル

ORACLE

1

虎の檻にいれられて十八日目、ロバート・ストーニィは無傷でそこを出ていけるという希望を失いはじめた。

寝ていても手足をのばしたくてどうにもたまらず、夜っぴいて十数回も目がさめてしまうし、監禁されてから数日のうちに探りあてた少しは楽といえる姿勢——檻の形状からくる問題に対する、もっとも難の少ない解——のどれひとつ、不安やあせりをやわらげてはくれない。二週目には、足の筋肉が骨に張りついて壊死しかけているのかと思えるほど引きつって、痛みはいまよりはるかに激しかったが、このあらたな引きつりは体のもっと奥から発していて、自分の置かれた状況を考えることで生まれてくる切迫感がそれをいっそう激しくしていた。

それこそがロバートをおびえさせているものだった。つらさを最小限に抑える手立てを見つけられることもあれば、そうできないこともあったが、ロバートは、結局あの糞野郎どもがわたしにできるのはせいぜいで体を傷つけることだという考えにしがみついていた。だが、それは真実ではない。連中はロバートに、悲嘆やあるいは愛で苦しむのと同じように、夜の夜中に狂おしく自由を求めさせることができる。ロバートはずっと、なによりも重要なのは自分自身であり、心と体は不可分であるという認識をだいじにしてきた。だが、そこから必然的に導かれる結論をじゅうぶんには認識していなかったのだ。連中は体を通して、ロバートのありとあらゆる部分に触れることができた。ありとあらゆる部分を変えることができた。

朝はあらたな責め苦をもたらした。花粉症。この屋敷はどこか人里離れたところにあり、昼の盛りでもきこえるのは鳥の声ばかりだった。毎年六月にはロバートの花粉症が最悪になるのだが、マンチェスターではまあ我慢できた。朝の食事中、鼻水が監禁者たちのよこす冷めたオートミールの器にたれた。ロバートは流れる鼻水を手の甲で止めたが、体を動かしてその手をズボンでぬぐえるようにできないと気づいて、一瞬ぞっとするような嫌悪感に襲われた。そのあとまもなく、腸を空にする欲求が生じた。頼めばいつでもおまるがあたえられたが、それが片づけられるのはいつも二、三時間してからだった。においもたしかにひどかったが、おまるが檻の中で場所をとるという事実のほうが大きな問題だった。日が高くなるころ、ピーター・クイントが話をしにきた。「きょうはなにを話しましょうか、教授」

ロバートは答えなかった。ある日、きみの名前はスパイ活動にぴったりだな、といったとき、クイントが当惑顔になって以来、ロバートは話をするたびに、最低ひとつは新しいジョークで相手をからかおうとしてきた。くだらないが楽しめる遊びだ。だがいまのロバートの心はうつろで、しかも思いかえせば、そのジョークごっこのすべてが正気とはいえない気晴らしに感じられ、その異常さと不毛さは足にかじりついている捕食動物を哲学的観点から非難しているようなものだった。

「お誕生日おめでとうございます」クイントが陽気にいった。

ロバートは驚きが顔に出ないよう気を引きしめた。日数の経過がわからなくなってはいなかったが、きょうが何月何日かと考えるのはやめていた。単に無意味だったからだ。日常生活では、自分の誕生日を忘れても、ちょっとどうかしていたんだろうですんでしまう。だがここでは、それはロバートが弱っていて、まもなく白旗をあげる証拠だとうけとられる。

仮にくじけつつあるとしても、ロバートは少なくとも、どの時点で負けを認めるかを選ぶことができた。顔をあげずに、精いっぱい平然とした声で、「わたしがもう少しで、オリンピックのマラソン選手に選ばれるところだったのは知っているか？　四八年のことだ。選考会直前に腰を痛めていなかったら、代表の座を競っていただろう」ロバートは自嘲気味に笑ってみせようとした。「じっさいにそれなりの選手になれたとはまったく思わないよ。だがわたしは四十六歳でしかない。まだ車椅子の世話になる準備はできていないんだ」言葉はロバートの味方だった。こうしたかたちでなら完全に屈服することなく願いを口にできたし、迫害の脅しがどこまで深く心にしみこんでいるかを明かすことなく率直に不安を表現できる。

公正さを訴えているときこえるように哀れな声を作って、ロバートはつづけた。「手足が萎えてだめになると考えただけで耐えられないんだ。まっすぐ立てるようにしてくれれば、それだけでいい。健康でいさせてくれ」

クイントは一瞬黙っていてから、心底同情するような口調で、「不自然ですよねえ。こんな暮らしは。来る日も来る日も、腰を曲げて、体をひねっているなんて。そんな不自然なかたちで生きていたら、あなたに害をおよぼさずにおきません。ようやくそれをおわかりいただけたとは、たいへん喜ばしい」

ロバートは疲れきっていて、その言葉の意味をのみこむまでに数秒かかった。（わたしはそんなにいいかげんで、そんなに見えすいた理由で、こんな目にあわされてきたのか？）こいつらがロバートをこの檻に、こんなに長いこと閉じこめてきたのは……ロバートの罪の下手なメタファーの一種としてだったというのか？

ロバートは笑いを弾けさせそうになったが、こらえた。「きみはフランツ・カフカを知っちゃいまいね？」

「カフカ？」クイントは人の名前に対する執着を隠せたためしがない。「共産党員のお友だちのひとりですか？」

「彼がマルクス主義者だったとは、とても思えないね」

クイントはがっかりしたようだが、それを埋めあわせるに足る代替案を用意していた。「では、別の種類のお友だちのひとりでしょうか？」

ロバートはその問いに考えこんだふりをした。「いろいろ考えあわせると、あまりそうともいえないようだ」

「ではなぜ、その人の名を口にしたのです？」

「彼ならきみたちのやり口を賞賛するだろうという気がしたから、それだけさ。彼はその道のたいへんな権威だからね」

「ふうむ」クイントは疑わしげな声をあげたが、少しもうれしがっていないわけでもなかった。

ロバートがはじめてクイントの姿を目にしたのは、一九五二年の二月だった。前の週、ロバートの家は泥棒にはいられていて、クリスマス以来何度も会っていたアーサーという若い男が、ロバートの家の住所を知りあいに教えたことを認めた。たぶんその知りあいとふたりで泥棒にはいる計画だったのが、最後の瞬間にアーサーが手を引いたのだろう。ともかくロバートは警察に行って、犯人が自分の家から盗まれたのと同じメーカーで同じ型の電気カミソリを売ろうとしているのをパブで見たという、ありえなさそうな話をした。そんな薄弱な根拠で人を告発するのは不可能だから、仮にアーサーが嘘をついていたとわかったとしても、ロバートはその後の展開がどうなろうとまったく気にしなかっただろう。ロバートは迅速な捜査でもっとしっかりした証拠が見つかるよう望むばかりだった。

翌日、ロンドン警視庁の刑事捜査課がロバートのもとにやってきた。ロバートが告発した男は前にも警察の世話になったことがあって、事件当日に採取された指紋は警察のファイルにあるものと一致した。しかしながら、ロバートが男をパブで見たといった時刻には、男はすでにまったくの別件で拘留されていたのだった。

刑事たちは、ロバートがなぜ嘘の証言をしたかを知りたがった。やっかいな目にあわなくてすむよう、ロバートは真の情報源をあますところなく話した。それのどこがやっかいなのか、と刑事たちはきいた。

「わたしは情報提供者とつきあっているんだ」

ウィリスという名の刑事のひとりから、「それは具体的にどういうことでしょう、サー？」とじつにさりげなくたずねられて、ロバートは――正直さはそれだけでかならず報われるとでもいうように、あふれんばかりの率直さで――その刑事にことこまかに説明した。その行為が厳密には、いまも違法であるのは、もちろん知っていた。だがそれは、復活祭の日にサッカーをするようなものだ。泥棒のような重罪あつかいされるはずがない。

　警察は数時間ロバートに手を出さず、集められるかぎりの情報を集めてから、ロバートの思い違いを正した。だが即座にロバートを告発はしなかった。まずアーサーから供述をとる必要があったからだ。しかし翌朝、クイントがあらわれて、ロバートの選択肢を断固たる口調で詳細に説明した。ひとつは重労働をともなう三年間の収監。もうひとつは戦時労働に――週に一日だけ、諜報部のクイントのいる部署でじゅうぶんな報酬をもらえる相談役として――戻ることで、そうすれば告発は闇に葬られる。

　最初ロバートは、裁判所に最悪の真似をさせておけばいいとクイントにいった。それは怒りのあまり馬鹿げた法律に抵抗したくなっていたからでもあり、また、ロバートがアーサーをどう思っていたにせよ、下層階級の人々の手本となる義務を負うべき者によって道を誤らせられた、ふたりのうちで若い、労働者階級のほうに対する処罰ははるかに寛大なものになるだろう、とクイントが――それがロバートの件では決定的な因子となるとでもいうようにほくそ笑みながら――ほのめかしたからでもある。監獄で三年間すごすことを考えると動揺はするが、それで世界が終わるわけではない。マークⅠによってロバートの研究方法は変わっていたが、必要とあれば、まだ紙と鉛筆だけでも仕事はこなせた。またたとえ明け方から夕暮れまで岩を割らされることになっても、創造的な空想にふけることはできるだろうし、クイントにさんざん不安になるようなことを吹きこまれても、じっさいそんな目にあうとは思えなかった。

　けれど、決断をくだすまでにクイントからあたえられた二十四時間のどこかの時点で、ロバートは気後れしはじめた。スパイどものために毎週一日を割いてやれば、裁判にともなう騒ぎや時間の損失を避けられる。その時点でのロバートの研究課題——発生学的な成長のモデル化——は、それまでの人生でとり組んできたなににも増してやりがいがあったが、結局ロバートは、全軍の艦隊の運命を背負って、回転するホイールの列を使って論理的矛盾を引きだすもっとも効果的な方法を見つけていた、昔日への郷愁にあらがえなかった。

　問題なのは、脅迫に屈したことで、自分が買収可能な人間だと証明したことだった。こんどロバートが救いの手を必要とするときにはマンチェスター警察に干渉する、とロシア人が申しでてくることはありえないが、そんなことは関係ない。だれかがロバートを守ろうとしてももはや打つ手がなくなるよう一切合切の証拠を新聞社に送りつけてやる、と敵のスパイに脅されてもロバートは平気だが、それもだれも気にしない。脅迫に屈したことでロバートは、自発的な相手とのベッドでの行為を、国家の安全保障と無関係だと主張しとおせる可能性を失ったのだった。あのときクイントにイエスと答えたせいで。いちど買収される道を選んだために、ありがちな不信や無根拠な疑いのありったけが、ロバートの身にふりかかった。恐喝に抵抗できず、罠にはめられやすい、根っからの裏切り者と思われるようになったのだ。ガイ・バージェス（ソ連のスパイに雇われたイギリス人）とクレムリンの階段で性行為におよんでいるところを写真に撮られたも同然。

クイントが、あるいはロバートの雇用主たちがロバートは信用できないと判断しただけなら、どうということはなかった。問題なのは――ロバートを採用して六年もしてから、しかもいかなるかたちであれロバートが機密保持に違反したことがあるというなんの証拠もないのに――雇用主たちが、最初はロバートを手なずけるのに使っていたエサをとりあげなければ、ロバートを雇いつづけることも、そっとしておくこともできないと思いこんでしまったことだった。

ロバートは檻の中で苦しい思いをしながら手間をかけて姿勢を変え、クイントと視線をあわせられるようにした。「もしわたしのような性的嗜好が合法なら、なにも問題はなくなると思わないか？　なぜきみたちは権謀術数にかけては一級の才能を、その目的に傾注しないいんだ？　政治家を二、三人恐喝したり。王立委員会に出来レースをさせたり。きみたちなら二年もあればやれるだろう。そうすればわたしたちはみな、各人の本来の仕事に戻ることができる」

クイントは憤慨しているというより愕然としたようすで、まばたきしながらロバートを見た。「それは大逆罪を合法化すべきだというのよりひどい話だ！」

ロバートは言葉を返そうと口をひらいてから、なにをいっても無意味だと判断した。クイントが口にしたのは、道徳的見解ではない。クイントは、罪を暴かれることへのおそれにつねに人生を支配されている人が少なくなる世界が早く実現することを、自分のような職業の人間が望むことはありえない、といったにすぎないのだ。

ロバートがまたひとり檻にとり残されると、時間の歩みはのろくなった。花粉症は悪化し、ほとんど絶え間なくくしゃみが出て、喉がつまっているようになった。こんな状態では、たとえ自由に動けた上に、いちばんやわらかいリンネルのハンカチを無尽蔵にあたえられても、救いようのないみじめさに沈んでいただろう。それでもしだいに症状にうまく対応できるようになって、その作業をほとんど無意識の領域にまかせられるようになった。午後の半ばには——鼻水まみれで、目は腫れてほとんどふさがっていたが——ようやく自分の研究に心をむけられる状態に戻った。

過去四年間、ロバートは素粒子物理学に没頭していた。その分野には戦前からある程度は注目していたが、ヤンとミルズが一九五四年に発表した論文で、電磁気に関するマクスウェル方程式を強い核力にも応用できるものに一般化したのを読み、ロバートは自分もただちに作業にとりかかった。

何度か出だしで誤ったあと、ロバートは重力を同じかたちで表現する有効な方法を発見したことを確信した。一般相対論では、時空間の湾曲した領域を囲む閉曲線に沿って四次元の速度ベクトルを一周させると、それは回転して戻ってくる――核物理学における、より観念的なベクトルのふるまいかたを連想させずにはおかない現象だ。どちらのケースでも、回転は代数学的にあつかうことができ、これを操作する伝統的な方法として、該当する代数学とよく似た関係をもつ複素数の行列の組が利用される。ハーマン・ワイルは一九二〇年代、三〇年代のうちに、可能性のある組みあわせの大半を一覧化していた。

時空間の中では、ある物体を六つの異なる方法で回転させることができる。空間内で三つの直交する軸のいずれかのまわりに回転させるか、その三つの方向のいずれかに速度を増加させるかだ。この二種類の回転は、たがいに相補的である、あるいは〝双対〟であるといい、通常の回転は、対応する速度の増加によって変化しない座標にのみ影響し、逆もまたいえる。これはつまり、たとえばx軸のまわりになにかを回転させて、かつそれを同じ方向に加速させ、そのふたつのプロセスを干渉させずにいられるということだ。

ヤン‐ミルズ理論をあきらかな方法で重力に応用しようとしたロバートは、四苦八苦することになった。回転の代数を奇妙にゆがんだあらたなかたちに変換してはじめて、数学的処理にすじが通るようになった。素粒子物理学が場を構成するのに使っている左まわりと右まわりのスピンを使った小細工にヒントを得て、ロバートはありとあらゆる回転を、それ自身の双対にi――マイナス１の平方根――をかけたものと組みあわせた。その結果出てきたのは、通常の時空間の四つの実次元ではなく、四つの複素数次元での回転の組みあわせだったが、回転のあいだの関係はもともとの代数を保っていた。

そうした〝自己双対的〟回転にアインシュタイン方程式を満たすよう要求することは、通常の一般相対論に等しいと判明したが、その理論の量子力学バージョンにつながるプロセスは格段に単純なものになった。これをどう解釈したものか、ロバートにはいまも見当がつかなかったが、純粋に形式的な小細工としては、それはとてつもなくうまく機能した——そして、数学的処理にそんなふうにすじが通るときには、そこにはなにかの意味があるはずなのだ。

ロバートは数時間を費やして、なにか新しいつながりを考えだせないかと期待しながら、過去に出た結果を熟考し、心の目でそのむきを変え、あらゆることを再照合し再考した。なんの進展も得られなかったが、どんなときにもこんな日はある。これほどの時間を、日常の生活でしていただろうのと同じことをしてすごしたというだけでも、勝利といっていい——どんなに平凡なことだろうと、あるいはたとえ不満がつのろうとも、それは本来の環境で同じことをしたのと変わらないはずだった。

だが夕方になるころには、その勝利も空疎に思えてきた。正気をすっかり失ったわけではないが、ロバートはおびえ、萎縮していた。単に自分がまだそれを覚えているという証明として、ボー・コードで表現した三十二進数の九九を暗唱して時間をつぶしていたのと変わりがない。

　部屋に宵闇が満ちるにつれて、ロバートの集中力はすっかり失われてしまった。花粉症は軽くなっていたが、ものを考えるには疲れすぎ、眠るには痛みがひどすぎた。ここがロシアでない以上、連中もロバートを永遠に拘留してはおけない。忍耐力で連中を根負けさせればいいだけのことだ。（だが、いったいいつになったら、連中がわたしを解放するほかなくなるというのか？）そしてクイントはロバートの決意をくじくのに、いつまで苦痛抜き、恐怖抜きでいられるだろう？

　月がのぼり、反対側の壁に一片の光を投げかけた。うずくまっているロバートには直接は見えなかったが、それは足もとの薄明かりを銀色に光らせ、周囲の空間に対する全感覚を変化させた。檻に閉じこめられたロバートを嘲るかのように広く洞窟めいた部屋は、シャーボーン学校の寄宿舎で横になったまま目ざめてすごした夜を思いださせた。パブリックスクールの教育にも、とても大きな利点がひとつある。その後どんなにみじめな思いをすることがあっても、人生があのときほどひどくなることは二度とないとわかっていれば、それはかならず救いになるのだ。

「この部屋は数学くさいぞ！　消毒スプレーをとってこい！」学級担任はそう口にすることで、自分がいかに文化的な人間かを示した。工学やほかの職業の基盤となる、そんな忌まわしい学科を侮蔑することで。そしてロバートがクリスの兄から学んだ、美しく変色するヨウ素処理反応のような化学実験に対しては——。

みぞおちにいつもの痛みを感じた。（いまは勘弁してくれ。いまは耐えきれない）だが望まれてもいなければ頼んでもいないのに、激しい痛みが体じゅうに走った。ロバートがクリスと会っていたのは、いつも水曜日に、図書館でのことだった。数カ月間、それがふたりのいっしょにすごせる唯一の時間だった。ロバートは当時十五歳で、クリスはひとつ年上。もし容姿が十人並みだったとしても、クリスは別世界の創造物のごとくに輝いていただろう。シャーボーンではほかにだれも、相対論に関するエディントンや、数学に関するハーディの著作を読んでいなかった。ほかにだれも、ラグビーやサディズム、そしてオックスフォードで古典を学んでから公務員の海に沈むという将来像になんとなく満足することを超えて、視野を広げてはいなかった。

ふたりは決して触れあわなかったし、いちどのキスもしなかった。学生の半分が情熱を欠く男色に――女性を思い浮かべるというきわめて困難な課題の、無味乾燥な代替物として――ふけっている中で、ロバートは内気すぎて自分の気持ちを口にすることさえできなかった。内気すぎたのと、その気持ちが報われないのではというおそれが強すぎたのだ。だがそれはどうでもいいことだった。クリスのような友人をもてただけで、じゅうぶんだった。

一九二九年の十二月、ふたりはともに、ケンブリッジのトリニティ・カレッジで試験をうけた。クリスは奨学金を獲得し、ロバートは弾かれた。ロバートはふたりが別れなければならないものとあきらめ、その人がいればこそ耐えてこられた相手のいないままシャーボーンでもう一年すごす覚悟をした。クリスは順調にニュートンと同じ道を進んでいくだろう。そう考えるだけで、多少のなぐさめにはなった。

だがクリスがケンブリッジに通うことはなかった。翌年二月、六日間苦しんだ末に、牛結核で死んだのだ。

いま檻の中で、ロバートは声を殺して泣きながら、この悲惨な想いの半分は悲しみを装った自己憐憫にすぎないのをわかっていて、自分に腹が立った。自分に正直でありつづけねばならない。人生におけるあらゆる悲しみの理由が混ざりあい、区別できなくなってしまったら、自分は過去も未来もわからないおびえた動物のようになってしまう。そして檻から出るためなら、なんだってする気になるだろう。

仮にまだそんな状態にはいたっていないにしても、ロバートはそこに近づいていた。昨夜のようなことがもう二、三回あればじゅうぶんだろう。数分でも意識が空白になればと願いつつまどろみ、眠りそのものがあらゆるものを青白い冷光で照らしているのを知る。まどろみ、そして目ざめるとあまりに激しい喪失感で窒息しそうな気分。

女の声が正面の暗闇から響いた。「膝をどかして！」

幻覚だろうか、とロバートは疑った。きしむ床板の上をだれかが近づいてくる音などしなかったのに。

声はそれ以上言葉を発しなかった。ロバートは体を動かして、床から檻の外を見あげる姿勢になった。はじめて目にする女性が、一メートルほど離れたところに立っていた。

さっきの声には怒りがこもっていたが、腫れあがった目を薄くあけて、月光に浮かぶ相手の顔をしげしげと見たロバートは、その怒りがロバート自身ではなく、ロバートの置かれた状態にむけられたものだと気づいた。女性は恐怖と憤慨の表情でロバートを凝視している。秘密情報部（MI6）の施設ではなく、名士として知られる隣人宅の地下室にロバートがこうしてとらわれているところを、たまたま見つけたかのように。もしかしてこの女性はハウスキーピングのために雇われた職員のひとりで、ここでなにがおこなわれているかをまったく知らないのだろうか？　だがそうした職員なら当然、身もとを調べあげられた上にきちんと指示をうけて、所定の場所以外に足を踏みいれたりしたら終身刑だといい含められているはずだ。

現実とも思えぬ一瞬、ロバートはクイントが自分をたらしこむためにこの女性をよこしたのだろうかと思った。連中ならそれくらいの奇策はやりかねない。だが女性は厳とした自信を――自分が自らの信念に基づいてしゃべることができ、他人がその言葉に従うものと確信していることを――感じさせ、そんな役割のために選ばれたのでは絶対にないと知れた。女王陛下の政府のだれひとりとして、自信を女性の魅力的な資質と考えはしないだろう。

ロバートは口をひらいて、「鍵を放ってくれれば、ロジャー・バニスターばりの真似をしてみせるよ（バニスターは一九五四年に一マイル四分の壁を破った世界初の中距離走者）」

女性は頭を横にふった。「鍵は必要ないわ。そんな時代は終わったの」

ロバートはぎょっとしてのけぞった。ふたりを隔てる檻の格子がなくなっていた。だが、目の前で檻が消えることなどありえない。こちらが考えにふけっている間に、女性がとり去ったのに決まっている。ロバートはまったく無意識のうちに、いまだに檻に閉じこめられているかのように、苦痛をともなう手順のすべてを踏みながら女性に顔をむけた。

どうやってとり去ったというのだ？

目をこすり、目まいのするような自由に身を震わせる。「きみは何者だ？」ロバートを敵陣営から解放すべく送りこまれた、ロシア側のスパイか？　だとしたら、ロバートへの仕打ちにあんなに仰天していたほど純真なのは、狂信的共産党員であるか、驚くほどの世間知らずであるかに違いない。

女性は前に出ると、かがんでロバートの手をとった。「歩けそう？」

女性はロバートの手をしっかりと握り、その肌は冷たくて乾いていた。おそれているようすはまったくない。この女性は、公道でころんだ老人が立ちあがるのに手を貸すよきサマリア人のようにふるまっていた——見つかったら即射殺される危険をおかして、国家の安全保障に対する危険人物が治療的拘留から脱走するのを手助けする侵入者としてではなく。

「立てるかどうかも自信がない」ロバートは心を決めた。ひょっとするとこの女性は訓練された暗殺者かもしれないが、もしロバートが痛みに悲鳴をあげて番兵たちが殺到してきたときにも、汗のひと粒も浮かべずにロバートを脱出させてくれる、と考えるのは無理がある。「まだ質問に答えてもらっていないが」

「あたしの名前はヘレン」そして微笑むと、ロバートをかかえて立たせた。それは心やさしい子どもが猟師の残酷な罠の口を押しひらいているようでもあり、とても力が強く、とても知的な肉食獣が自分の力を推しはかっているようでもあった。「あたしはあらゆることを変えるために来たの」

ロバートはいった。「そりゃすばらしい」

ロバートは足を引きずれば歩けた。痛いしみっともなくもあったが、少なくとも自力で動ける。ヘレンが先に立って屋敷の中を進んだ。明かりが漏れている部屋もいくつかあったが、人声はきこえず、自分たち以外の足音もせず、生きているものの気配はまったくない。勝手口にたどりついてヘレンがドアの差し錠を外すと、月明かりの庭園が広がった。

「ひとり残らず殺したのか？」ロバートはささやき声でいった。ここまで来るあいだにあれほどの音を立てたのに、邪魔ははいらなかった。ロバートには監禁者たちを嫌悪するだけの理由はあったが、自分のために大量殺人がおこなわれたことをうけいれるのは、並大抵ではない。

ヘレンはたじろいだようすで、「ぞっとするようなことというのね！　あなたがたがそれほどの非文明人だなんて、ときどき信じられなくなる」

「英国人がということか？」

「あなたがたみんながよ！」

「きみの発音にほとんど癖がないのはたしかだね」

「映画をうんと観たから」とヘレンはいいわけするように、「たいていはイーリング喜劇を（一九四八年から五〇年にロンドンのイーリング・スタジオで撮影された喜劇映画）。おかげでどれほど助かったか、絶対わからないでしょうけれど」

「そのようだ」

ふたりは庭園を突っ切って、生け垣に設けられた木製の門にむかった。ヘレンは殺人を帝国主義者の専売特許だと考えて、監禁者たち全員を薬で眠らせたのだろうくらいのことしか、ロバートには推測できなかった。

門の錠は外れていた。庭園の外には、丸石を敷いた小道が生け垣から森の中へつづいていた。ロバートは裸足だったが、石は冷たくはなく、路面にわずかなでこぼこがあるのも、足裏に血行が戻ってくるのでありがたかった。

歩きながら、自分の置かれた状況を考える。とらわれの身でなくなったのは、すべてこの女性のおかげだ。遅かれ早かれ、相手の計画とむきあわねばならなくなる。

ロバートは口をひらいた。「この国を出る気はない」

それがなにげない天気の話だったかのように、ヘレンは同意するようなことをつぶやいた。

「それから、研究内容についてもきみと話はしない」

「了解よ」

ロバートは立ち止まって、相手を見つめた。ヘレンがいった。「あたしの肩に腕をまわすといいわ」

ロバートはいわれたとおりにした。ヘレンの背丈は、もたれかかるのにちょうどよかった。「きみはソビエトのスパイじゃないんだな？」

ヘレンは面白がるように、「本気でそう思っていたの？」

「いいや」ふたりはいっしょに歩きはじめた。ヘレンが、「三キロほど行くと鉄道の駅がある。そこで身なりを整えて、朝まで休んでから、どこに行くか決めればいい」

「連中はまず駅を捜しにくるんじゃないか？」

「しばらくはどこにも捜しにこないわ」

月が木々の上高く出ていた。ロバートたちふたりほど、人目を引く組みあわせもないだろう。趣味のいい装いの、目のさめるような若い女性が、ボロをまとったみすぼらしい浮浪者を支えているのだ。もし村人が自転車で通りかかったら、アル中の父親と、そのおかげで苦労してきた娘にでもまちがわれれば御の字だ。

苦労してきた、の部分は問題ない。ロバートをかかえているのにきびきびとしたヘレンの動きを見れば、何年もこういうことをしてきたのだとだれでも考えるだろう。自分の歩調が微妙に変化したらヘレンはつまずくだろうかと思って、ロバートはわずかに足どりを変えてみたが、ヘレンは即座にそれにあわせた。試されたことに気づいたとしても、ヘレンはそれを口にしなかった。

とうとうロバートはヘレンにきいた。「あの檻をどこへやったんだ?」

「時間反転したの」

ロバートのうなじの毛が逆立った。たとえこの女性にそんなことができると仮定しても、それが檻の格子に光を散乱しなくさせたり、ロバートの体と相互作用しなくさせることとどうつながるのか、まったく理解できない。時間反転などしたら、電子が陽電子に変わり、ふたりとも大量のガンマ線を浴びて死ぬだけのはずだ。

その魔法の種明かしも、しかしロバートにとって最優先の疑問ではなかった。「きみがどこから来たか、わたしには三つの候補しか考えつかない」

ヘレンはまるでロバートの視点で考えて、ありうる答えを列挙したかのようにうなずいた。「ひとつは除外して。ほかのふたつがともに正解」

この女性は太陽系外惑星から来たのではない。たとえ彼女の星の文明が、光年単位の彼方からイーリング喜劇を鑑賞する手段をもっていたとしても、ロバートに関する人間的問題にこれほど心を痛められるわけがなかった。

ヘレンは未来から来たのだ、ただしロバートの世界の未来ではなく。

ヘレンは別のエヴェレット分岐の未来から来たのだ。

ロバートはヘレンのほうをむいて、「パラドックスはない」

ヘレンはロバートの短縮形の発言をたちまち解読して、微笑んだ。「そのとおり。自分自身の過去に旅することは物理的に不可能なの、周到な準備をして矛盾のない境界条件を確保するのでなければ。それは実現可能だけれど、制御された実験室環境での話で――実地でとなると、逆さにしたピラミッドに象一万頭をつめこんでバランスをとるようなもので、しかもピラミッドの下端が一輪車に乗っているというところ。困難この上なくて、しかもまったくの無意味ね」

大量の質問が声帯を使おうと争ったせいで、ロバートは数秒間、口がきけなかった。

「じゃあ、きみはどうやって過去へ来たんだ？」

「じゅうぶんな予備説明をするにはだいぶ時間がかかるけれど、手っとり早い答えがご所望なら……あなたはすでに手がかりのひとつを見つけています。〈フィジカル・レビュウ〉に載ったあなたの論文を読んだけれど、あそこに書いてある範囲ではまちがいはないわ。量子重力は複素四次元空間の理論になるが、その古典的な解――わずかな摂動があっても同位相を保てる幾何――の曲率は、自己双対的であるか、反自己双対的であるかのどちらかだけ。それがこの作用の唯一の停留点で、完全なラグランジュ関数の解。そしてどちらの解も、内部からは、四つの実次元しか含まないように見える。

あたしたちがどの領域にいるかを問うのは無意味だけれど、それは自己双対的と呼べる。その場合、反自己双対的な解の時の矢は、あたしたちのものとは逆方向に進む」

「なぜそうなる?」と思わずその問いを口走りながら、ロバートはヘレンが自分をせっかちな子どものように感じているのではないかと思った。だが、もしヘレンがいきなり跡かたもなく消え去ったなら、そのときロバートは、平然と学のあるふりをしたままでいるよりも、こうして馬鹿をさらしたほうが、はるかに後悔せずにいられるだろう。

ヘレンが答えて、「最終的には、スピンと関連がある。そしてそれは、領域間をトンネル抜けさせられるニュートリノの質量の問題になる。でもそのすべてを正確に説明するには、グラフや方程式を書かないと」

ロバートはそれ以上追究しなかった。ヘレンは自分を見捨てないだろうと信じる以外に選択肢はない。ロバートは口を閉ざしてよろめきながら進み、胸の中では痛いほどのすばらしい期待感が育っていった。もしだれかから、仮にこんな状況になったらどうするかといわれたら、ロバートは殊勝ぶって、自分のペースでこつこつ研究を進めるほうを選ぶ、と断言するだろう。だが、過去に何度か正真正銘の発見をなし遂げた際に満足を感じたのはたしかだが、最後の最後に問題になるのは自分に可能なかぎりの理解に到達できるかどうかだ。どんなふうにして、であろうとも。片意地を張って無知なまま一生を送るよりも、過去と未来の知識を漁ったほうがマシだ。

「きみは、ものごとを変えるために来たといっていたな」

ヘレンはうなずいた。「あたしには、当然、この分岐の未来を予言することはできないけれど、あたし自身の分岐の過去にあった落とし穴を、あなたがたが避けるのは手伝える。あたしの分岐の二十世紀では、人々がさまざまなことを発見するのにあまりに時間がかかった。あらゆることの変化に、時間がかかりすぎた。あたしたちが協力すれば、ものごとをスピードアップさせられるはず」

ロバートはしばらく黙りこんで、ヘレンの提案の重要性を熟考した。それから口をひらくと、「きみがもっと早くに来なかったのが残念だ。この分岐では、二十年ほど前に――」

ヘレンはそれをさえぎって、「知っているわ。あたしたちの過去にも同じ戦争があったから。同じホロコーストも、ソビエトの大量殺戮も。そして、それを回避できる場所はどこにもない。たったひとつの履歴(ヒストリー)の中では、まったくなにもできはしないの。その原因は、焦点を絞れるだけ絞りこんだ干渉でさえ、何本もの履歴という糸で編まれた〝リボン〟の中で幅広く——いくつもの履歴で共通して——試みられるから。わたしたちが一九三〇年代や四〇年代に手をのばそうとしたときには、リボンがそれ自身の過去と重なりあった結果、あらゆる最悪の惨事が既成事実となってしまった。あたしたちはどのバージョンのアドルフ・ヒトラーを狙撃することもできない。なぜなら、どの自分もほかの自分の背中を撃ったりしないような一点にまで、リボンを縮めることはできないから。あたしたちがこれまでにやってのけたのは、ささいな干渉ばかりだった。ロンドン大空襲のさなかに砲弾を撃ちこんで爆弾の軌道をそらせて、数人の命を救うというような」

「すごいな、爆弾をテムズ川に叩きこんだのか？」

「いいえ、そんなことをしたら、やっかいな事態が起きていたでしょうね。いくつかのモデリングを実行して、もっとも安全な方策は爆弾の軌道を人のいない大きな建物にむけることだと判明したの。ウェストミンスター寺院やセントポール大聖堂に」

前方に駅が見えてきた。ヘレンがきいた。「どうする？　またマンチェスターに戻る？」

考える余地はあまりなかった。どこにいてもクイントは追ってくるだろうが、まわりに人が大勢いればいるほど、ロバートの立場は弱くなくなる。マンチェスター郊外のウィルムズロウのような小さな町の自宅にいたのでは、逮捕してくれといっているようなものだ。

「ケンブリッジに部屋を借りたままなのだが」ロバートはおずおずと切りだした。

「それはいいわね」

「きみはどうするつもりだったんだ」

ヘレンはロバートのほうをむいた。「あなたのところに泊めてもらうつもりだったのだけれど」ロバートの浮かべた表情を見て微笑むと、「ご心配なく、あなたのプライバシーはじゅうぶん守ります。あれこれ勘ぐる人がいたら、放っておけばいい。あなたにはすでにスキャンダラスな評判が立っているのだから。それが新しい方向に分岐するところを見るのも、悪くはないのでは」

ロバートは顔をゆがめて、「そういうふうに話が進むとは思えないね。たちまち部屋を追いだされるだろう」

ヘレンは鼻を鳴らした。「やれるものならやってみろ、よ」

「きみはMI6を負かせたかもしれないが、あそこの大学の守衛を相手にしたことはまだないだろう」この女性が自分の研究室にいるところを考えると、この状況の現実性にあらためて考えがいたった。「なぜわたしなんだ？　きみがどうやってここへ来たかを理解できる人物と接触をとろうとしたことはわかる――だが、なぜエヴェレットやヤンやファインマンにしなかったんだ？　ファインマンと比べたら、わたしなどただの素人だ」

「かもしれない。だけどあなたも、事実を見る目では引けをとらないし、理解も早いはず」

それだけのことではないはずだ。ヘレンの教授することを同じくらいすばやく吸収できる人間は、何千人といるだろう。「きみが示唆していた物理学の理論だが——きみの分岐の過去では、わたしがそのすべてを発見したのか？」

「いいえ。あなたを追いもとめてここまで来たのは、〈フィジカル・レビュウ〉の論文のおかげだけれど、あたしの分岐の過去では、その論文が発表されたことはなかったわ」その話題をもちだしたら、より大きな失望を味わうのではないかと思っているかのように、ヘレンの目が不安に揺らいだ。

だがロバートは、そんなことは大して気にしなかった。別の自分(オルターエゴ)の業績が大したものでなければ、その分嫉妬に悩まされずにすむ、くらいのことは思ったが。

「ではなにが決め手で、わたしを選んだんだ？」

「ほんとうにわからないの？」ヘレンは、肩にまわされたのとは反対側のロバートの手をとって、指で自分の顔に触れさせた。心のこもったその動作は、しかし恋人というよりも娘のそれだった。「こんな暖かい夜に、こんなに肌が冷たい人間がいるはずはないでしょう」

ロバートは相手の黒い目を見つめた、どんな人間にも負けないくらい、おどけて、真剣で、誇らしげな目を。たぶん機会さえあれば、まともな人間ならだれでも、ロバートをクイントの手から引き離そうとするだろう。だが、昔の恩に報いるかのように、それを特別な義務だと感じる存在は、たったひとつしかない。

ロバートはいった。「きみは機械(マシン)なんだね」

2

ケンブリッジ大学モードリン学寮(カレッジ)の中世およびルネサンス英文学教授、ジョン・ハミルトンは、けさ届いたファンレターの山の最後の一通を読みながら、満足感がふくらむのを感じていた。

その手紙は若いアメリカ人、ボストンの十二歳の少女からのものだった。書き出しはお決まりのパターンで、彼の本が大きな楽しみをあたえてくれたことをいってから、お気にいりの場面や登場人物をあげていった。例によってジャックは、物語が人の心深くに触れて、このようなかたちでそれを示さずにいられなくさせたことに、喜びを感じた。だが、これまでにない満足をあたえてくれたのは、最後の段落だった。

『ほかの子たちにすごくからかわれても、大きくなったときに大人たちから同じことをいわれても、わたしは絶対、なにがあっても、ナスシア王国を信じるのをやめないです。サラは信じるのをやめたので、二度と王国にはいれなくなりました。最初、わたしはそれが悲しくて泣いたし、わたしもいつか信じなくなるかもしれないと不安で、ひと晩じゅう眠れませんでした。でもいまは、不安になるのはいいことだとわかっています。そうすれば、ほかの人に考えを変えられないでいられるようになるだろうからです。そして、魔法の国を信じるつもりのない人は、もちろんそこにはいれません。そうなったら、ベルベディアその人にさえ、どうにもできません』

ジャックは煙草をつめ替えてパイプに火をつけると、その手紙を読みかえした。これこそ自分が正しかったという証拠だ。本を通して若者の心に触れ、想像力の沃野(よくや)に信仰の種子をまくことができるという証明なのだ。嫉妬深いうぬぼれた同僚たちの嘲笑など、この手紙の前にはすべてかすんでしまう。子どもたちは物語の力を、神話の本質を、物質世界の陰鬱で退屈な茶番を超えたなにかを信じる必要性を、理解していた。

そういう真実は、〝大人の〟やりかたで――学問や理性を通じて――あきらかにできるものではない。とりわけ哲学を通じては不可能であることは、ソクラテス・クラブでのあのひどい夜にエリザベス・アンスコムが示したとおりだ。敬虔なキリスト教徒でありながら、アンスコムはジャックが大衆むけに書いた『徴(しるし)と奇跡』の中の物質主義に対するあらゆる反論をとりあげて、それを踏みにじった。その議論はそもそもが不公平なものだった。アンスコムは哲学の専門家で、アクィナスからウィトゲンシュタインにいたるだれもかもの著作に頭まで浸かっている。対するジャックは中世の思想史には精通しているが、当世風の実証主義者たちに侵されて以降の近世哲学には関心がなかった。それに、『徴と奇跡』は学術書を意図したものではまったくない。好意的な一般読者の目には問題なくそれなりの水準に映るだろうが、アンスコムの容赦ない分析に対して、常識と、人を信仰へ導くのに役立つ議論とを混ぜあわせた、事実粗削りではある自分の著書を擁護しようとしていると、司教を前にして舌がもつれてしまったがさつな田舎者のような気分にさせられた。

あの夜から十年経ったいまも、アンスコムに味わわされた屈辱を思うと怒りで体が熱くなるが、あのとき得た教訓には感謝している。自分のそれまでの著作やラジオでの講演が、単なる時間の無駄だったわけではない――しかし毒舌女が議論に勝ったことで、大いなる問題に関しては人間の理性が哀れむべきものでしかないことを、ジャックは知ったのだった。ジャックはその何年も前からナスシアの物語を書いていたが、自分の真の天職をようやく認識したのは、あのもっとも不快な敗北にすらほこりが積もってからだった。

ジャックはパイプを片づけて立ちあがると、オックスフォードの方角をむいた。「ざまを見ろ、エリザベス！」と上機嫌でうなるようにいいながら、手紙をアンスコムにむけてひらひらさせる。これは吉兆だった。きょうはとてもすばらしい日になるだろう。

研究室の扉がノックされた。

「どうぞ」

兄のウィリアムだった。ジャックはとまどったが――ウィリーがこの街に来ていることさえ知らなかったのだ――あいさつがわりにうなずくと、机とむきあったカウチを手で示した。

階段をあがってきて顔をほてらせていたウィリーは、腰をおろして、顔をしかめた。少しして口をひらくと、「このストーニイというやつだ」

「それが？」ジャックは机の上の書類を整理しながら、上の空できいていた。長年の経験で、ウィリーの話は要点にはいるまでが長くてしかたないのはわかっている。

「戦争中に極秘の研究をしていたはずなんだ」

「だれが？」

「ロバート・ストーニイだ。数学者の。前はマンチェスターにいたが、いまはキングス・カレッジの特別研究員（フェロー）で、ケンブリッジに戻っている。なにか秘密の軍事労働に就いていた。マルカム・マガリッジと同じ仕事だったはずなんだ。みんな口止めされているが」

ジャックは興味を引かれて顔をあげた。マガリッジの噂はきいていたが、それは盗聴したドイツの無線電信の分析作業に関連するものばかりだった。そこで数学者がいったいどんな役に立つというのか？ 諜報分析者の鉛筆を削るほかに。

「その男がどうしたんだ、ウィリー?」ジャックは辛抱強くたずねた。

ウィリーは少しだけ不道徳な話でもするように、しぶしぶ先をつづけた。「きのうストーニイのところへ行ってきた。キャヴェンディッシュという研究所だ。陸軍での古い戦友の弟がそこで働いていてね。ひととおり見学してきた」

「キャヴェンディッシュなら知っている。あそこに見るようなものがあるのか?」

「あの男はたいへんなことをやっているんだよ、ジャック。不可能なことを」

「不可能?」

「人の体内が見えるんだ。テレビみたいに画面に映して」

ジャックはため息をついて、「X線写真のことか?」

ウィリーは声を荒らげていい返した。「おれだって馬鹿じゃない。X線写真がどんなものかは知っている。こいつは違うんだ。血の流れが見える。自分の心臓が脈打っているのが見られる。感覚をたどれる……指先から神経経由で脳まで。ストーニイは、まもなく思考の過程を目にできるようになるといっていた」

「くだらない」ジャックは顔をしかめた。「つまりその男は、ある装置を発明したわけだ、ちょっと手のこんだX線機器のようなものを。なにをそんなに動揺することがある?」

ウィリーは深刻げに頭をふった。「それだけじゃない。ここまでは氷山のほんの一角だ。ストーニイがケンブリッジに戻ってきてから一年にしかならないのに、あの研究所は早くも……驚異であふれかえっている」驚異という言葉は自分が思っている以上の賛辞になってしまうかもしれないが、ほかに選択肢がないのでやむをえないという口調だった。

ジャックの心にはっきりと不安が湧きはじめた。

「いったいわたしになにをしてほしいんだ？」と兄にたずねる。

ウィリーはあっさりと答えた。「自分でたしかめにいってくれ。あの男がなにをたくらんでいるか、たしかめてくるんだ」

キャヴェンディッシュ研究所はヴィクトリア朝中期の建造物だが、それよりもはるかに古くて壮麗ななにかに似せて設計されていた。そこには物理学部がまるごとはいっていて、階段教室まで備わっていた。建物は学部生でいっぱいで、騒がしかった。見学を手配するのに面倒なことはなかった。ジャックはストーニィに電話して、興味があると伝えただけで、それ以上のこまかい理由はきかれなかった。

ロバート・ストーニィは建物の奥にある隣接した三部屋を割りあてられていて、〝スピン共鳴画像装置〟がひと部屋目の大部分を占有していた。ジャックはいわれるままにコイルのあいだに腕を置いたが、自分の筋肉と血管の奇怪な断面画像が受像管にあらわれると、ぞっとして腕を引っこめそうになった。いかさまのたぐいではないかと疑って、ゆっくりと拳を握ると、画像も同じことをしたし、そのあと思いがけない動作をいくつかしても、画像も同様にそれについてきた。

「よろしければ、血球ひとつひとつをご覧にいれられますよ」とストーニイが明るい声で勧める。

ジャックは首を横にふった。いま見ている、皮を剝がれた等身大の自画像を消化するだけで精いっぱいだ。

ストーニイは口ごもっていたが、気まずそうに言葉をつづけた。「いつか医者に診てもらったほうがいいと思います。というのは、あなたの骨密度は――」画面の画像横に出ている図表を指して、「このとおり、正常範囲をずいぶん下まわっているので」

ジャックは腕を引っこめた。すでに骨粗鬆症（こつそしょうしょう）だと診断されていて、その知らせを喜んでうけいれている。妻ジョイスの病の小さな一部分――骨のもろさ――を、自分自身の体で引きうけたことになるからだ。神はジャックが妻のかわりに少しだけ病むことをお許しになった。

（もしジョイスがこのコイルのあいだに立ったら、どんなことがわかるだろうか？）いや、妻の診断結果につけ加わることなどないはずだ。だが、ジャックが祈りを欠かさず、夫婦の気分を高めておけば、いずれジョイスの寛解も、不安定で一時的な小康状態から完治へとむかうだろう。

ジャックはたずねた。「これはどういう仕組みなのかね？」

「強い磁場に置かれると、体内の原子核や電子の中には磁場の方向に対しさまざまな角度をむくものが出てきます」ストーニイは、ジャックの目がどんよりしはじめたのに気づいたようで、すばやく方針を変更した。「こんなふうに考えてください、ものすごくたくさんの独楽(こま)を可能なかぎり勢いよく回転させて、その回転が遅くなって倒れるまで、その音に注意深く耳を傾けるようなものだと。体内の原子に関しては、それでじゅうぶんに、どんな種類の分子、あるいはどんな種類の組織に属しているかの手がかりが得られます。この器械は、何十億もの微小なアンテナからの信号の組みあわせかたを変えることで、異なる場所の原子に耳を傾けるんです。いわば、異なる場所から信号が届くのにかかる時間を操作して、毎秒数千回、体内のどこにでも焦点を移動させることのできる、ささやきの回廊というところでしょうか」

ジャックはいまの説明を何度も反芻(はんすう)した。複雑に感じられるが、原理的にはX線より大して不思議なわけではない。

「これに関連する物理そのものは、昔から知られているものだったんですけどね」ストーニイは話をつづけた。「ですが、内部撮影には非常に強い磁場が必要ですし、集めたデータを意味が通るものにする必要があります。ネヴィル・モットは電磁石用の超伝導合金を作りました。わたしはバークベック・カレッジのロザリンド・フランクリンを説きふせて、演算回路の組立て工程を完成させるのに協力してもらいました。わたしたちは大量の小さなY字型のDNAの断片を交差結合させ、それを選択的に金属でコーティングしたのですが、ロザリンドはX線結晶学を品質管理に用いる方法を考えてくれたんです。彼女への見返りは、じゅうぶん強いX線源を入手さえすれば水和タンパク質の構造のリアルタイム解析を可能にする、特別仕様のコンピュータでした」ストーニイは、突きだした金色のワイヤに縁どられた、見場の悪い小さな物体をとりあげた。「各々の論理ゲートは一辺約百オングストロームの立方体で、それを三次元配列に生成しています。百万の百万倍の百万倍のスイッチが手のひらにのるわけです」

その説明になんと答えたらいいか、ジャックにはわからなかった。話にまったくついていけなくても、相手の長話は魅力的で、まるでウィリアム・ブレイクとおとぎ話をかけあわせたかのようだった。

「コンピュータの話を面白いと思わない人もいるでしょうが、わたしたちはDNAでほかにもありとあらゆることをやっていますからね」ストーニイはジャックを隣の部屋に案内し、そこはガラス製の器具や、線型照明の下に置かれた鉢植えの苗木であふれていた。ふたりの助手が作業台にすわって、黙々と顕微鏡にむかっていた。もうひとりの助手は、大きすぎる点眼器のような装置で、液体を試験管にたらしている。

「ここでは、新種の米やトウモロコシ、麦が十数種類育てられています。そのすべてが在来種の少なくとも倍のタンパク質とミネラルを含み、各々が異なる生化学的手段を用いて害虫やカビを防ぎます。単一栽培では病気にやられたらひとたまりもないし、化学的農薬に依存しすぎることにもなる農家の要求に、これで応えられるわけです」

ジャックはたずねた。「これをみんな人工受粉で品種改良したのか？　これだけの新種を、数カ月のうちに？」

「いえ、まさか！　必要とする遺伝性の形質を自生の植物から探しだして、その形質すべてをもつ交配種を数年がかりの努力で作りだすかわりに、わたしたちはあらゆる特質を一からデザインしたのです。それから、植物が必要とする道具を作るDNAを組みたてて、それを胚細胞に挿入しました」

ジャックは憤慨して問いただした。「植物がなにを必要としているかなど、だれが教えてくれたのかね？」

ストーニイは悪意なげに、「農学者たちに助言してもらったんです。その農学者たちは農夫たちから助言をもらっています。農夫たちは自分たちが相手にしている害虫や疫病をよく知っていますからね。食用作物はペキニーズと同様に人工的な産物です。自然がお膳立てして人間にあたえてくれたものではありませんし、人間が必要とするかたちで機能しなくても、自然は修正を施してくれないでしょう」

ジャックは相手をにらみつけたが、口は閉じていた。ウィリーがなぜここへ来るようにいったか、わかってきた。一見、情熱あふれるなんでも屋のようなこの男の、子どもっぽい見かけの裏には、驚くほどの傲慢さが潜んでいる。

ストーニィは、自分の仲介で実現した、カイロとボゴタ、ロンドン、カルカッタの科学者たちの共同研究による、ポリオや天然痘、マラリア、腸チフス、黄熱病、肺結核、インフルエンザ、ハンセン氏病のワクチン開発について説明していた。そのうちのいくつかは、ある病気に対するワクチン第一号で、ほかは既存のワクチンの代替品になる予定だという。

「重要なのは、それ自身がウイルスを宿すかもしれない動物細胞内で病原菌を培養することなしに、抗原を作りだせることです。研究チームは、輸送装置と抗原性補強剤の二役を果たす無害なバクテリアに抗原遺伝子を組みこみ、それをフリーズドライして熱帯の暑さの中でも生きのびる胞子を作るための、単純で安価な技術の改良に全力でとり組んでいます」

ジャックの怒りは少し鎮まった。ここまでの話はどれも、高く賞賛すべきものにきこえる。だがワクチンについてストーニィが医者たちにあたえている指示は、別の問題だ。たぶんこの男が口にする専門用語は、医者たちにはすじの通ったものにきこえるのだろうが、いったいいつこの数学者は、この方面について必要最小限でも提案ができるだけの訓練を積んだのだろう。

「きわめて生産的な一年を送ったようだな」とジャックは相手を評した。

ストーニィは微笑んで、「霊感はだれのもとにも去来します。ですがじつのところこうした研究の大半で、わたしは触媒にすぎません。わたしは幸運にも、突拍子もない発想に失敗覚悟でとり組む意志をもつ人々を――ここケンブリッジで、そして大学の外で――見つけてこられただけです。じっさいの研究は、その人たちの業績です」そしてもうひとつの部屋を手で示した。「わたし個人の特別プロジェクトはこの先にあります」

三番目の部屋には電子工学的な装置がぎっしりつまっていて、その先に配線された受像管に映る燐光性の文字や映像は、設計図の青写真が実体化したかのようだった。作業台のひとつの中央には、場違いにも、数匹のハムスターのはいった大きな檻が置かれている。

ストーニイが装置のひとつをいじると、隣接した画面に、仮面を様式的にスケッチしたような顔があらわれた。仮面は部屋を見まわしてから、言葉を発した。「おはようございます、ロバート。おはようございます、ハミルトン教授」

ジャックはストーニイに、「いまの言葉はだれかに録音させておいたのか？」

答えたのは仮面だった。「いいえ、ロバートはわたしに、ケンブリッジの教員全員の写真を見せてくれました。わたしはもしその写真で知っている人を見たら、その人にあいさつします」顔は大ざっぱにしか描かれていなかったが、うつろな目はまっすぐジャックにむいているように見えた。ストーニイが説明する。「もちろん、これはしゃべっている内容を理解してはいません。いまのは単なる顔と声の認識の実習です」

ジャックの返事はこわばっていた。「そうだろうな」

ストーニイはジャックに、ハムスターの檻に近づいて観察するように身ぶりで示した。ジャックはそれに従った。檻の中にはつがいと思われる二匹の成獣がいた。ピンク色の二匹の仔が、藁の寝床に横になった母親の乳を吸っている。

「もっと近くで」ストーニイがうながす。巣の中に目を凝らしたジャックは、みだらな言葉を叫んで、あとずさった。

仔のうちの一匹は、見た目どおりの存在だ。もう一方は機械で、人工の皮膚をまとい、温かい乳首にノズルを押しつけていた。

「こんなおそろしいものは見たことがない!」ジャックは全身を震わせていた。「きみはどんな理由があってこのような真似ができたのだ?」

ストーニイは笑いながら、客人が無害なおもちゃをこわがっている臆病な子どもであるかのように、落ちついてという仕草をした。「あれは母ネズミを傷つけてはいませんよ! それにだいじなのは、母ネズミがどんな思いこみからあれをうけいれているかを探りだすことです。〝子孫を繁殖させる〟ことは、なにが自分の種であるかという一群の規定要因をもつことにほかなりません。におい、あるいはいくつかの外見的特徴もこのケースでは重要ですが、試行錯誤の結果、ライフサイクルのあらゆるステージにわたってシミュラクラをほんものとして通用させる一連の行動を、わたしは特定しました。仔として、兄弟姉妹として、つがいとして、うけいれられる行動を」

ジャックは吐き気を感じながら、相手をまじまじと見つめた。「あの動物たちがおまえの機械と性交するというのか？」

ストーニィは弁解がましく、「ええ、でもハムスターはなんとでも性交しますから。きちんとしたテストをするには、どうしてももっと識別力のある動物を使う必要があるんですが」

ジャックは必死で平静をとり戻そうとした。「いったい全体なににとらわれて、このようなことをしたのだ？」

「長期的視野に立てば」とストーニィはおだやかに答える。「これは人類が現在よりもものごとをはるかによく理解するために必要になることだと、わたしは信じます。いままでは脳の構造を細密にマップし、その複雑な構造をそのまま、コンピュータで再現できるところまで来ていますから、あとほんの十年かそこらで、考える機械を作れるでしょう。その研究自体、とてつもない試みになるでしょうが、それを最初から成功の見こみがないものには、絶対にしたくないのです。史上最高の奇跡の子どもたちを生みだしても、生まれたとたんにおそるべき哺乳類の本能がその子たちを絞め殺させた、などという結果になったのでは無意味ですからね」

ジャックは自分の研究室でウィスキーをのんでいた。ジョイスには夕食後に電話してしばらくしゃべったが、それはともにすごすのとは別ものだ。週末はいつもなかなか訪れなくて、ジョイスと会うことで得られた安心感も、火曜か水曜までにはすっかり逃げ去ってしまうのだった。

すでに深夜に近い。ジョイスと話したあとも、さらに三時間電話をかけまくって、ストーニイのことで自分になにができるかを調べてまわった。ありったけの伝手（つて）を駆使したが、ジャックはケンブリッジに来て五年にしかならず、いまだによそ者でしかなかった。オックスフォード時代にも、実力者集団に迎えいれられたことなどなく、流行の波に逆らう少数者のひっそりとしたグループに属すのが常だった。あのティドリーウィンクスというグループがほかにどんなかたちで語られるにせよ、大学の権力のスイッチに手をかけたことだけは絶対にない。

一年前、ドイツで休暇年度（サバティカル）を送っている最中に、ストーニイは突然、マンチェスター大学で十年間就いていた職を辞した。そしてなんら公的な肩書きが得られるわけでもないのにケンブリッジに戻ってくると、キャヴェンディッシュで多方面の人々と非公式に共同研究をはじめ、ついには研究所長のモットがストーニイ用のあらたな職務を作りだし、そこそこの俸給と、ジャックの見学した三つの部屋と、助手として数人の学生をあたえたのだった。

同僚たちはストーニイがものにする発明の洪水に、一様に驚愕していた。ストーニイの装置のどれひとつ、まったく新規な科学に基づいているわけではなかったが、既存の理論の核心を見抜いて、そこから実用的な結果を引きずりだす技能は、無類のものだった。嫉妬から陰で中傷行為に走る者がいるだろうとジャックは予想していたが、ストーニイを悪くいう人はいないようだった。ストーニイはその科学に関するミダス王の手を、声をかけてきただれのためにでも快く役立て、ストーニイに対する懐疑派あるいは敵対者の候補もことごとく、自分の専門領域に関する実り多い洞察をあたえられていそいそと引きさがっているように、ジャックには思えた。

　ストーニイの私生活となると、さらに謎めいていた。ジャックが話した相手の半数は、ストーニイはまちがいなく同性愛者だと確信していたが、ほかの半数は、ストーニイとあきらかに密接な関係にある、ヘレンという名の美しい神秘的な女性に言及した。

　ジャックはグラスを干すと、中庭を眺めわたした。（ある種の預言的ヴィジョンをうけいれられるかどうかと考えるのは、うぬぼれだろうか？）十五年前、『滅びの惑星』の執筆中には、自分は単に現代科学の思いあがりを風刺しているのだと考えていた。皮肉にＬＯＶＥ、すなわち〝多種多様な実験を監視する研究所（Laboratory Overseeing Various Experiments）〟と名づけた組織の背後にある悪の勢力を、ジャックは大まじめな隠喩のつもりで描いたのだが、まさか実在する堕天使たちがケンブリッジの教員たちに秘密をささやいているのではないかと疑うときが来ようとは、考えたこともなかった。

だがジャックは読者にむけて、悪魔の最大の勝利は自分が存在などしないと人々に思いこませていることだと、何度となく語ってきたのではなかったか？ 悪魔は隠喩や、人間の弱さの単なる象徴ではない。実在し、策を弄する存在であり、神自らと同様に、時を選び、世界のあらゆる場所でことを起こすのだ。

さらに、ファウストの劫罰の徴とは、古今最高の美女、トロイのヘレンではなかったか？

ジャックは鳥肌を立てた。以前、「悪魔の手紙」と題して、上級悪魔が経験に乏しい同僚に、迷える信仰者を堕落させるもっとも効果的な手段を指南するというユーモラスな新聞コラムを書いたことがある。それだけのことですら、ひどく消耗し、堕落したように感じる経験だった。それを書くのに必要な視点を、たとえ一時的とはいえ是としていると、内面から腐敗している気分になったものだ。『ファウスト』と『滅びの惑星』の混血種が自分の周囲で現実化しつつあるのかもしれないという考えは、深く追究するにはおそろしすぎる。ジャックは自分の小説に出てきたような英雄ではまったくない——温厚なセドリック・ダフィですらなく、現代版ペンドラゴンなどいわずもがな。それに、マーリンが森からあらわれて、あの傲慢なバベルの塔、キャヴェンディッシュ研究所に混沌をもたらすとも信じていなかった。

とはいえ、もし自分がストーニィのひらめきの真の源に感づいているイギリスで唯一の人間だとしたら、ほかのだれが行動に出るというのか？

ジャックはひとり、もう一杯酒をそそいだ。ぐずぐずしていても得られるものはない。いまなにと直面しているのかを知るまでは、心安らぐことはないだろう。相手は、うぬぼれた、思慮を欠く、年齢相応に成熟していない少年で、幸運がつづいている最中なのか――それとも、うぬぼれた、思慮を欠く、年齢相応に成熟していない少年で、魂を売り、全人類を危険にさらしているのか。

「悪魔崇拝者？　あなたはわたしを、悪魔崇拝者だと告発しているのですか？」

ストーニイは腹立たしげに部屋着を引っぱった。ジャックがドアを叩いたとき、この男はベッドにはいっていた。時間を考えると、訪問者の相手をしているというだけでもきわめてていねいな応対ぶりといえるし、心底侮辱されたと思っているらしいのを見て、ジャックは詫びをいって、こそこそ退散しそうになった。それでもジャックは、「きみにたずねなくてはならんことは――」

「二重に馬鹿でなければ、悪魔崇拝者にはなれない」ストーニイはつぶやいた。

「二重に？」

「キリスト教神学のたわごとをまるごと信じるだけでなく、その上で、運命として敗北保証つきでまったく不毛な敗者側に転向して、それを支持する必要があるんだから」そしてジャックを押しとどめるように両手をあげた。いまの発言に唯一可能な反論が返ってくるのはわかっているが、ジャックがわざわざそんな無駄なことを口にしなくてすむようにしたい、とでもいうように。「そういう議論で悪魔といわれているのは、みなじっさいはキリスト教以前の神のことだ、と主張する人がいるのは、いわれなくても知っています。マーキュリー、あるいはパン――その手の馬鹿げたもののことだと。しかし、いま話しているのが、崇拝の対象に貼るラベルにややこしいまちがいがあった、ということでないなら、これ以上に侮辱的なことなどとうてい考えつきません。あなたはわたしを、たとえば……ユイスマンス、あの根本的にとても頭の悪いカトリック教徒にすぎない男と並べ論じているのですから」

ストーニイは腕組みをしてカウチにもたれかかり、ジャックの返事を待った。

ジャックの頭はウィスキーのせいで重かった。なにをどう考えたらいいのか、まるでわからない。うぬぼれ屋の無神論者が相手なら、知ったかぶりの学部生並みのたわごとしか返ってこないものと思っていた――しかし、いったい懺悔以外のどんな返事が罪の証明になるだろうか？　魂を悪魔に売ってしまった人間は、真実のかわりにどんな嘘をつくだろう？　自分はストーニイが、相手を惑わす最良の答えとして敬虔な信者だと主張するとでも、本気で信じていたのか？

自らの目でしかと見たもの、否定しようのない事実に、こだわらなければいけない。

「おまえは自然を征服しようとたくらみ、世界を人の意思に従ってねじ曲げようとしている」

ストーニイはため息をついた。「全然違いますよ。洗練の度合いを高めたテクノロジーは、人間がもっと注意深く進歩するのに役立つでしょう。わたしたちは公害や農薬を可及的すみやかに追放しなくてはなりません。それともあなたは、すべての動物が雌雄同体で生まれ、太平洋の島々の半分が暴風雨で消滅するような世界に住みたいですか？」

「自分が動物界の守護者かなにかのようないいかたはやめろ。おまえは人間すべてを、機械といれかえようとしているんだ！」

「子を生み、できるかぎりのしあわせを願うズールー族やチベット人も、同じようにあなたを脅かしているというのですか？」

ジャックは気色ばんで、「わたしは人種差別などしない。ズールー族やチベット人にもいい、魂がある」

ストーニイはうめき声をあげて、頭をかかえこんだ。「真夜中の一時半すぎなんですよ！　この議論は別の機会に延期できませんかね？」

だれかがドアを叩いた。ストーニイは信じがたいという表情で顔をあげた。「いったいなんなんだ？　ここはグランドセントラル駅か？」

ストーニイは歩いていってドアをあけた。ぼさぼさの髪に無精髭の男が、勝手に部屋にはいってきた。「クイントか？　これはまたなんとも――」

乱入者はストーニィの服を鷲づかみにすると、顔から壁に叩きつけた。ジャックは驚きのあまり息を吐きだした。クイントが血走った目をむける。

「だれだおまえは？」

「ジョン・ハミルトン。おまえこそ何者だ？」

「おまえの知ったことか。そこでじっとしてろ」男は片手でストーニィの腕を背中にねじりあげながら、もう一方の手でストーニィの顔を壁にこすりつけた。「もう逃がさないぞ、この糞野郎。こんどはだれもおまえを守っちゃくれない」

ストーニィは煉瓦造りの壁に口を押しつけられたまま、ジャックに話しかけた。「こいすはわさしそ関わっせいさシュパイのピーサー・クインソ。わさしはかすせファウスソせきなそりひきをしさ。ざがそれはごくいしじせき――」

「黙れ！」クイントはジャケットから銃をとりだして、ストーニィの頭に突きつけた。

ジャックはいった。「落ちつけ」

「いったいおまえの人脈はどこまで広がっているんだ？」クイントは金切り声をあげた。「おれの提出した記録は行方不明になり、情報源は口をつぐみ――そしてこんどは、上司どもがこのおれを売国奴かなにかのようにあつかいはじめる始末だ！　いや、気にするな。おまえを片づけたら、関係者全員の名前を手にいれてやるから」そしてまたジャックのほうをむいて、「おまえもだ、逃げられるなんて思うなよ」

ストーニイがいった。「そのひそは関係ない。モーロリン寮のひそざ。おまえももうわかっせいるはずざ。シュパイはみんなソリニセィ寮にいる」

銃をふりまわすクイントの姿にジャックは動揺したが、この状況の示唆するものには安堵を感じていた。ストーニイの着想の源は、戦時中の秘密研究プロジェクトにあったということだろう。結局、悪魔と契約を結んでいたわけではなく、しかし公職秘密法に違反したために、こうしてそのツケを支払っているのだ。

ストーニイが体を曲げて、クイントをうしろに弾きとばした。クイントはよろめいたが倒れず、威嚇するように腕をあげたものの、その手の中に銃はない。ジャックはどこに銃が落ちたのかと部屋を見まわしたが、どこにも見あたらなかった。ストーニイはクイントの睾丸にみごとな蹴りをいれた。クイントは裸足だったが、クイントは痛みに叫んだ。もういちど蹴りが決まって、クイントは大の字に倒れた。

ストーニイは声を張りあげて、「ルーク？　ルーク！　手を貸しに来てくれないか？」

前腕に刺青をした体格のいい男が、あくびをしつつズボン吊りを引っぱりあげながら、ストーニイの寝室から姿をあらわした。クイントを目にして、男はうめいた。「またこいつか！」

ストーニイはそれに対して、「すまない」

ルークは平気な顔で肩をすくめた。そしてストーニィとふたりで、クイントのどこをつかんだらいいか考えた末、苦労しいしいドアの外に引きずりだした。ジャックは数秒間待ってから、銃を捜して床を調べた。だが、それは視野のどこにも見あたらず、家具の下にもすべりこんでいなかった。銃がはいりこみそうな隙間も、暗くて見えなくなるほどのところはない。とにかく銃はこの部屋の中にはないのだ。

ジャックは窓際に行って、庭を横切っていく三人の男を目で追いながら、暗殺現場を目撃することを半ば予期していた。しかしストーニィと恋人は、左右からクイントの体をもちあげると、浅くて泥がたまっているように見える池に放りこんだだけだった。

ジャックはその後の数日を、混乱した気分で送った。自分のいだいている疑念を明確に言葉にできるようになるまでは、だれにも相談する気になれず、しかしストーニィの部屋で起きた数々のことを、隅から隅まで説明しつくすのはむずかしい。絶対の確信をもって、クイントの銃が目の前で消え失せたといい切ることは、ジャックにはできなかった。だが、ストーニィが自由に歩きまわっているという事実は、あの男が超自然的な庇護をうけているという、たしかな証拠ではないのか？　そしてクイントという支離滅裂で意気消沈していた男もあきらかに、あらゆる曲面で悪魔の仕業のような障害にぶつかってきたという見た目をしていた。

だがそれが真実なら、ストーニイは魂を代価として、俗世の権力から逃れる以上の特権を手にしたことになる。ファウスト伝説で語られているとおり、知識それ自体が悪魔にもたらされたものであるはずだ。トラーズ（J・R・R・トールキンの愛称）のすばらしいエッセイ、「神話の創造」は正しかった。神話は世界の偉大な真実を直接理解するために、堕罪以前の人間がもっていた能力のなごりなのだ。それ以外に神話が想像力と共鳴し、世代を経ても残ってきた理由があるだろうか？

金曜日には、ジャックは切迫感にさいなまれるようになっていた。こんな混乱した状態で、ポッターズ・バーンのジョイスや男の子たちのところへ帰るわけにはいかない。家族のもとに帰る前に、たとえ自分の心の中だけででも、この件は決着をつけておく必要がある。

蓄音機でワーグナーをかけながら、ジャックは腰を据えて、自分がいま面している難題を熟考した。ストーニイのたくらみを阻止せねばならないわけだが、いかにして？　ジャックは常々、英国国教会は——見たところあまりに古風で無害で、ケーキを売っているだけの、やさしいオールドミスたちの教会だが——悪魔の目にはおそるべき軍隊と映るだろう、といってきた。だが、学寮長でさえ地獄でおののいている状況では、ストーニイに忌まわしい計画を放棄させるには、自転車で教区をまわる教司付司祭に容赦ない言葉をかけてもらうくらいで足りるとは思えない。

だが、ストーニィの意図そのものは、問題ではないのだ。あの男は、人の判断を誤らせて誘惑するための力をあたえられたのであって、それは本人の意思を大衆に押しつけるための力ではない。問題なのは、あの男の計画が他人の目にどう映るかだ。だからストーニィを阻止するには、あの男の豊饒の角と見えるものが空っぽだという真実に、人々の目をひらかせればいい。

考えに考え、祈れば祈るほど、ジャックは自分に求められている務めを理解していると いう確信を深めていった。教会の説教壇からどんなにストーニィを非難しても、じゅうぶんではない。教会がどうこういったくらいでは、人々はストーニィの呪われた果実を捨て去ろうとしないだろう。ていねいですじの通った議論なくして、だれがあのように魅力的な贈り物を拒もうとするというのか？

ジャックはかつて物質主義の不毛さを暴こうとして、屈辱を味わい、議論に負けたことがあった。だがそれも、このときのための準備のようなものだったとはいえまいか？ あのときアンスコムには手ひどくやりこめられたが、いま直面している相手に比べれば、敵とも呼べない。あの女に罵倒されたのは災難だったが——受難とは、神がわが子らを真の姿へと作りあげるために用いる鑿（のみ）でなければ、なんだというのだろう？

いまや自分の役割は明白だった。ストーニィの知的なアキレスの踵（かかと）を見つけだし、それを世間にさらすのだ。

あの男との討論会で。

3

ロバート・ストーニィは丸々一分、黒板を見つめてから、歓喜の笑い声をあげた。「なんて美しいんだ！」

「でしょう？」ヘレンはチョークを置いて、ロバートと並んでカウチに腰かけた。「対称性がこれ以上存在したら、なにごとも起こらなくなる。そして宇宙は透明な空白（クリスタライン・ブランクネス）でいっぱいに。これ以下だったら、すべては無相関なノイズになる」

数カ月がかりで、一連の個人授業を通して、ヘレンは最初出会ったときにふたりを隔てていた一世紀分の物理学のささやかな一画へとロバートを導き、ついには時空や物質の基礎をなす純粋な代数構造にいたらせたのだった。数学は自己矛盾しないあらゆるものを一覧にしている。その膨大な目録の中で、物理学はその法則を認識できる知性を含むほど豊かな構造をもつ〝島〟をなしていた。

ロバートはカウチを離れず、心の中でこれまでに学んだことごとくを再検討して、自分にできるかぎりですべてをひとつのイメージとして把握しようとした。その作業をしながら、ロバートの一部は、結局は失望を、期待外れな思いを味わうことになるのではないかとおそれていた。（わたしが世界の本質をこれ以上深く知ることは決してないのではないか。少なくともこの方向では、もはや探求すべきことはない）

だが、期待外れなどということはありえない。これに飽きがくることなどありえない。宇宙の代数学にどれだけなじんでも、それが驚異を減じることは決してないのだ。

ようやくロバートは質問した。「ほかにも島はあるのか？」単に同じ基盤を共有するほかの履歴（ヒストリー）ではなく、まったく異なる現実が。

「だと思う」とヘレンは答えた。「すでにいくつかの可能性が写像（マップ）されている。あたしには、それを立証する方法があるかどうかわからないけれど」

ロバートは満たされた思いで頭をふった。「わたしには考えもおよばない話だ。しばらく現実に戻らないと」両腕をのばして、にやにやしたままカウチにもたれる。

ヘレンが、「きょうはルークはどうしたの？　いつもならもう姿を見せて、あなたを太陽のもとに引きずりだしているころよね」

その質問にロバートの顔からぬぐうように笑みが消えた。「どうもわたしはいい友人になれなかったようだ。ダーツやサッカーへの熱狂度が足りなかったんだな」

「あなたを捨てた？」ヘレンは手をのばして、同情するようにロバートの手を握った。それは少しばかりからかうようでもあった。

ロバートはいらだちを感じた。ヘレンがこれまでなにかいったわけではないが、ロバートはつねに非難されているように感じていた。「わたしに大人になれといいたいんだろう？　もっと自分と似た相手を見つけろと。異性の心の友とかそういうものを」嘲笑的にいうつもりだったのに、その言葉は別のニュアンスにきこえた。

「あなたには自分の人生を好きに生きる権利があるわ」ヘレンはいった。

一年前なら、その言葉はお笑いぐさだったろうが、いまではほぼ真実だった。事実上の訴追猶予期間というものがあるし、最近になって同性愛の遺伝学的および神経学的根拠が見つかり、それは議会の小委員会でも認められた。ロバートは議会への働きかけの種をまく手伝いはしたが、直接の活動はしていない。訴訟を起こしたのはほかの人々だ。数カ月もすれば、クイントが使っていたような檻はとり壊され、少なくとも英国民のだれもそこに閉じこめられることはなくなるだろう。

それを考えると、目まいのような気分が全身に満ちる。自分はことあるごとに法を破ってきたかもしれないが、それでも法はロバートを型にはめてきた。檻はロバートの手足に後遺症を残すことはなかったが、そのせいで自分が萎縮していたことを否定したら、自分に嘘をつくことになる。

ロバートはいった。「きみの分岐の過去では、そうだったのか？　わたしはだれかと……生涯をともにしたのか？」しゃべっているうちに口が渇いてきて、ロバートは不意にその答えがイエスではないかと不安になった。わたしが手にできなかった人生、それはクリスとともに送るしあわせな一生だ）（クリスとともに。

「いいえ」

「じゃあ……きかせてくれ」ロバートは頼みこんだ。「わたしはなにをなし遂げた？　どんなふうに生きたんだ？」急に自意識過剰になって、そんなことをいった自分に驚いたが、こういい足した。「知りたいと思ったからといって、責められることじゃない」

ヘレンはやさしく、「自分には変えようのないことを知りたくはないはずよ。そのすべてが、いまではあなた自身の因果過去の一部なの、あたしのそれの一部であるのと同様に」

「それがわたし自身の過去の一部だというなら」とロバートは反論し、「知らされて当然じゃないのか？　いま話題にしている男はわたしではないが、その男がいたから、きみはわたしのところに来たんだ」

ヘレンはしばらく考えていた。「その人が自分とは別人であることは、わかっているのね？　その人のおこないに、あなたがなんの責任もない人だと？」

「もちろんだ」

ヘレンはようやく質問に答えた。「裁判がおこなわれたわ、一九五二年に。〝一八八五年の犯罪者矯正法第十一項に違反した猥褻行為〟（同性愛行為のこと）に対する裁判が。被告は拘留はされず、裁判所はホルモン処置を命じた」

「ホルモン処置だって？」ロバートは笑った。「いったい——テストステロンで、被告をより男らしくでもしたのか？」

「いいえ、使われたのはエストロゲンよ。男性にあたえると性欲を弱めるホルモン。副作用は、もちろんある。そのひとつが女性化なの」

ロバートは肉体的な変調を感じた。（あいつらは化学的にわたしを去勢した、胸を大きくする薬物を使って）これまでにも数々の思いもよらない虐待をうけてきたが、これほど身の毛がよだつものはなかった。

ヘレンがつづける。「処置は六カ月間つづけられ、影響はすべて一過性のものだった。しかし二年後、彼は自殺した。理由は結局、明白になっていない」

ロバートは無言でこの話をうけとめた。それ以上のことは知りたくなかった。

やがてロバートは口をひらいて、「どうしたら耐えていられる？　どこかの分岐で、考えられる屈辱という屈辱を、ほかの自分がなめさせられているなんていうことを知っていて？」

ヘレンが答えた。「あたしは耐えたりはしない。それを変えるわ。そのためにここにいるの」

ロバートはおじぎをしつつ、「それはよくわかっているよ。それに、わたしたちの履歴（ヒストリー）

が出会ったことも喜んでいる。しかし……そうならなかった履歴は、どれくらいの数あるんだ?」その件は冷静に考えようとするにはあまりに痛ましかったが、それでもロバートはなんとか例をあげようとした。ヘレンとの最初の対話以来、その話題は意識して心の奥に追いやってきたのだが。「アウシュヴィッツは、わたしたちそれぞれの過去にひとつずつあるだけじゃなく、ほかにも天文学的な数が存在する——同時に、天文学的な数のもっとひどいできごとも」

ヘレンはきっぱりと答えた。「それは真実じゃないわ」

「なんだって?」ロバートはびっくりして顔をあげ、ヘレンを見た。

ヘレンは黒板の前にいって、書いてあったことを消しながら、「アウシュヴィッツは起こった、あたしたち双方の履歴で。そして、あたしに知ることのできる範囲で、それを起こらないようにできた人はだれもいない——でもそれは、まったくだれひとりとして、あらゆる分岐ひとつ残らずで、それを止められないということではない」黒板に網の目状の細い線を書きながら、「あなたとあたしはいまこの会話を、無数のマイクロ履歴——それぞれの宇宙全域で原子内の素粒子にさまざまな異なることが起こっている、無数の一連の事象——においてしているけれど、それはあたしたちには意味がない、つまり各々の履歴を区別することができないので、会話がおこなわれているすべてのマイクロ履歴をひとまとめにあつかっても、さしつかえない」チョークを黒板にこすりつけるようにして、さっき書いた線のすべてを太いすじで覆った。「量子デコヒーレンスの研究者は、これを〝粗視化〟と呼んでいる。そもそもこうした区別不能な細部をひとまとめにすることで、古典物理学は誕生した。

さて、〝あたしたちふたり〟の最初の出会いは、この履歴との違いが知覚可能な、多くの粗視化された履歴でも起きたでしょう——さらにそれ以降、その履歴のあなたは、ここにいるあなたとは異なる選択をいくつもすることで分岐して、そうした選択以降に生じたいくつもの異なる可能性世界を経験しているはず。

第二次世界大戦やホロコーストは、このあたしたち両方の過去で、たしかに起こった——でもそれは、履歴の総和があまりに莫大で、ほとんど無限に等しい、という証明にはならないわ。思いだして、あたしたちの干渉が成功するのをさまたげているのは、あたしたちが手をのばした過去のある時点で、並行しておこなわれている干渉のいくつかがたがいの尻尾をくわえこみはじめたという事実であることを。だからあたしたちが干渉に失敗した場合、それをひどい史実がもういちど起きたと数えるのはまちがっている。その失敗は、あたしたちがすでに知っていることはやはり史実だったという話にすぎないのよ」

ロバートは疑義を唱えた。「だが、〝きみの過去でも、わたしの過去でも、たまたまそういうふうにはならなかった三〇年代ヨーロッパの全バージョン〟はどうなるんだ？　そうした分岐にホロコーストの直接の証拠がないからというだけで、ホロコースト自体が疑わしいということには、とうていならない」

ヘレンは答えて、「根源的に疑わしいということにはならないわね、干渉がなければ。しかし、厳として確定されたわけでもない。あたしたちはテクノロジーに改良を加え、あたしたち自身の過去の三〇年代とまったく重複がない分岐に到達できるまで、努力をつづけるでしょう。さらに、歴史の中にはあたしたちが知ることすら決してできない、まったく別個の干渉のリボンが何本もあるに違いないの」

ロバートの意気はあがった。いままでは自分が、無限に広がる苦難の海の中の、信じがたい幸運というひとつの岩にしがみついているように思い描いていた——正気を保つために、その岩が世界全部なのだと必死で思いこもうとしながら。だがロバートをとり囲んでいるのは、より悪いものばかりではないのだ。単に未知のものだというだけで。いずれロバートは、あらゆる悲劇が最後のひとつにいたるまで、何十億もの世界で絶対に繰りかえされないようにするために、重要な役割を果たしさえするかもしれない。

ロバートは黒板の図を見直した。「ちょっと待てよ。だが干渉は、分岐を終わらせるわけじゃないんだろう？　きみは一年前、わたしたちの分岐にやってきたわけだが、その瞬間から広がっていった履歴のうちの少なくともいくつかにおいて、わたしたちはいまもありとあらゆる災難に苦しみ、それに対してありとあらゆる自滅的な対応をしているんじゃないのか？」

「そのとおり」ヘレンはしぶしぶという口調でいってから、「けれどそういう履歴は、あなたが思っているほど多くはない。一見、ゼロ以外の確率に見えるあらゆる一連の事象を単に列挙していったら、不条理主義的悲劇の膨大な一覧ができあがるだけでしょう。が、すべてをもっと慎重に判定し、さらにプランクスケールの影響を考慮にいれたなら、それはまったく問題にならないことがわかるわ。粗視化された履歴の中には、勝手に寄り集まった塵が岩になって空からふってきたり、ロンドンやマドラスの全住民が発狂してわが子を殺すようなものは、ひとつもない。巨視的な系の大半は、最後にはきわめて頑強なものになる——人間も含めて。数多くの履歴全体で起こる天災や人間の愚行、純粋に不運なできごとは、この履歴ひとつだけであなたが目にするものよりも圧倒的に多種多様というわけではないの」

ロバートは笑った。「わたしが目にしているものだけでも、かなりひどいと思うがね」

「ええ、たしかに。けれど、あたしがとっている形態のなにがいいかといえば、まずそのことなのよ」

「なんのことだ？」

ヘレンは首をかしげると、失望の表情でロバートを見つめた。「あなたはまだあたしの期待ほどには、自力では理解が早くないようね」

ロバートは顔を赤くしたが、すぐに自分がなにを見落としていたかに気づき、怒りは消えた。

「きみは分岐しないんだな？　きみのハードウェアは、そのプロセスを終わらせるように設計されているのか？　きみの置かれた環境、きみの周囲のものは、相変わらずきみを異なる履歴に分岐させようとする――だが粗視化レベルで、きみ自身は分岐に寄与しないんだ」

「そのとおり」

ロバートは言葉を失った。一年経ったいまも、ヘレンはこんな手榴弾を投げてよこすことができる。

ヘレンがいう。「複数の世界で生きることについては、あたしもどうにもできない。あたしの制御を超えたことだから。でもあたしには、自分がひとりの人物であることが、はっきりとわかっている。どれかの道をとらざるをえない状況に置かれる選択に直面したとき、自分が分岐してあらゆる道を進むのではないことがわかるの」

ロバートは急に寒けを覚えて、自分の体をかかえこんだ。「分岐してあらゆる道を進む――それがわたしのすることだ。わたしがやってきたことだ。わたしたち生身の哀れな生き物すべてが」

ヘレンがカウチに戻ってきて、ロバートの隣にすわった。「それすらもとり消しがきかないわけじゃない。あなたがあたしと同じ形態になってしまえば――そうすることを選べば――あなたはほかの自分たちと会って、別の道を進んでいる何人かを逆戻りさせられる。何人かに、その行為をなかったことにするチャンスを提供できるわ」

こんどはロバートは一瞬で、その意味するところを把握した。「わたし自身をひとまとめにするということだな？　わたし自身を無欠なものにできると？」

ヘレンは肩をすくめて、「あなたがそうしたいのならね。あなたがそういうふうに考えるのなら」

ロバートは混乱した気分でヘレンを見つめかえした。物理学の根本原理に触れることはロバートにもできたが、ここで話している可能性はうけいれるには大きすぎる。

研究室のドアにノックの音がした。室内のふたりは警戒の目くばせを交わしたが、それはクイントがさらに罰を加えようとやってきたのではなかった。大学の守衛が電報を届けにきたのだ。

守衛が去ってから、ロバートは封筒をひらいた。

「悪い知らせ？」とヘレン。

ロバートは頭をふった。「家族の不幸かという意味なら、そうじゃない。ジョン・ハミルトンからだ。わたしに討論会を申しこんできた。テーマは、『機械は思考できるか？』」

「それって、大学のイベントかなにかで？」

「いいや。ＢＢＣでだ。あすから四週間後に」電報から顔をあげて、「うけるべきだと思うか？」

「ラジオ、それともテレビ？」

ロバートは電報を読みかえして、「テレビだ」

ヘレンは微笑んだ。「なら当然よ。いくつか助言してあげるから」

「テーマに関して？」

「まさか！　それじゃインチキになるわ」そしてロバートを品定めする目つきで見ながら、「まずは、電気カミソリを使うのをやめること。いつも夕方五時ころになると髭がうっすら生えてくるのを、なんとかしなくちゃ」

ロバートは不機嫌になって、「そこにとても惹かれるという人もいるんだがな」

それに対してヘレンは断言した。「ここはあたしのいうことを信じて」

BBCはロンドンまでの迎えの車をよこした。ヘレンは後部座席のロバートの隣にすわった。

「不安なの？」ヘレンがきいた。

「一時間吐きつづけても、気分がよくなりそうにない」

ハミルトンは、〝そのほうが番組への興味を保てるから〟と生放送を提案し、プロデューサーも了承した。ロバートはテレビに出たことがなかった。マークIが最初に実用化されたとき、ラジオで二度、コンピュータの未来についての討論に参加したことはあるが、そのときでさえ録音だった。

　ハミルトンがこのテーマを選んだことに、ロバートは最初驚いたが、いまになってみると、非常にうまいやり口に思える。〝現代科学は悪魔の研究だ〟というテーマでの討論では、ごくごく信心深い視聴者以外からは大爆笑を呼ぶだろうし、〝現代科学は悪魔との契約だ〟という純粋に比喩的な主張なら、なんの含意も感じることのないまま、全視聴者が賢げにうなずいて同意するだろう。おそろしいおとぎ話をまるごと文字どおりにうけとめなくとも、拡大解釈すればあらゆるものがなんらかの〝悪魔との契約〟といえる。あらゆるものがマイナス面をもつ可能性があり、そのことはかんたんに証明できるから、それをことさらにいいたてても無意味なのだ。

　だが、これまでロバートが自分の研究がめざすものを記者たちに説明するときには、いつも不信感に満ち満ちたうけとめかたをされてきた。いままでのところマスコミでのロバートのあつかいは、だれの目にも有用な発明品を生みだす、型破りな英国版エジソンといったところで、ロバートがありていにいえば少々変人でもあることに驚いたり警戒したりする人は、どこにもいないようだった。だがハミルトンは、そうした人物像を利用し、作りかえる機会を手にするかもしれない。もしロバートが、機械知性を作りだすという自分の目標を擁護しようとするあまり、それはただの愉快な道楽――広告会社ならロバートを人好きのするいかれ者に見せるためにそういうだろう——ではなく、物質主義的科学の正当性を究極的に証明するものであり、自らの一生の仕事の大部分における論理的な終着点でもあるといおうものなら、ハミルトンは今夜のうちに手にするだろう勝利を利用して、ロバートのあらゆる業績、ロバートの象徴するあらゆるものに疑問を呈することができる。まったくレトリックとしてではなしに、「このすべての帰結は？」と問うだけで、ハミルトンはロバートに自らの答えで首をくくるための一歩を踏みださせることになるのだ。

日曜の夕方にしては道が混んでいて、シェパーズブッシュのスタジオに着いたのは放送開始のわずか十五分前だった。ハミルトンは別の車で、オックスフォード近郊の実家から到着ずみだった。ロバートはスタジオを突っ切りながら、ハミルトンが黒髪の若い男と熱心に打ちあわせをしているのを目にとめた。

ロバートはヘレンに耳打ちした。「あれがだれかわかるかい、ハミルトンといっしょの男？」

ロバートの視線をたどったヘレンは、謎めいた笑みを浮かべた。

「おいおい。あの男にどこかで見覚えがあるのか？」

「ええ、でもその話はあとで」

メーキャップ係の女性がパウダーをはたいている横で、ヘレンはまたもや、自作の長い禁止事項リストを読みあげた。「カメラをにらみつけちゃダメ、そんなことをしたら粉石鹼を売りつけてるのかと思われるから。でも、視線をそらせるのもダメ。ごまかしてるように見えたらイヤでしょ」

メーキャップ係がロバートにこっそりと、「大した専門家ね」

「うんざりするだろう？」と打ちあけ話の口調で答える。

哲学の教授で、ラジオ講演のシリーズによって大衆にも名前を知られているマイクル・ポランニーが、討論会の司会を引きうけていた。そのポランニーがプロデューサー同伴で控室にひょいとはいってきた。ふたりは一、二分ロバートと談笑して、気分をやわらげるとともに、ロバートとハミルトンが従うことになっている手順を再確認した。

ふたりが立ち去ったとたん、アシスタントディレクターが姿を見せた。「スタジオにお願いします、教授」ロバートはその女性に案内してもらい、ヘレンも途中までついてきて、「ゆっくり深呼吸して」とうるさくいう。

「なんでもお見通しだな！」ロバートは声をとがらせた。

ロバートはハミルトンと握手してから、演台の脇に着席した。ハミルトンの若い助言者は舞台袖に下がっている。ロバートはちらりとふり返って、ヘレンが同じような位置から見つめているのを確認した。まるで決闘だ。両者ともに介添えがついている。ＡＤが指さすスタジオ内モニタに目をやると、ふたつのカメラからの映像が交互に映っていた。セット全体の広角映像と、演台のクローズアップで、後者の脇には小さなスタンドに載った黒板が映っている。ロバートは以前、ヘレンの分岐の未来では、創生期を通過したテレビははるかに洗練されたレベルに進歩しているのかときいたことがあるが、その質問にヘレンはめずらしく口が重くなった。

ADがカメラのうしろに下がり、お静かにと声を張りあげ、十からカウントダウンをはじめ、最後のいくつかの数字は声に出さずに口だけ動かした。

番組はポランニーの前置きからはじまった。簡潔で、軽妙で、公平中立。つづいてハミルトンが演台に立った。ロバートは広角映像が放送されているあいだは、不作法とか注意散漫とか思われないようにハミルトンをまっすぐに見つめていた。そして自分が画面から消えてから、モニタに目を移す。

「機械は思考できるか?」とハミルトンの第一声。「わたしの直観は『ノー』という。わたしの気持ちは『ノー』といっている。大部分のみなさんも、きっと同じように感じていることと思う。だが、それだけではじゅうぶんではないのではないか? いまこの時代、われわれはなにごとにつけ、気持ちだけで判断するわけにはいかない。科学的ななにかが必要なのだ。なんらかの証明が必要なのだ。

数年前、わたしはオックスフォード大学である討論に加わった。そのときの論点は、機械が人間のようにふるまえるかどうかということだけでなく、人間そのものが単なる機械でありうるかどうか、というものだった。物質主義者たちは、ご想像のとおり、われわれはみな、でたらめに衝突している無目的な原子の集合体にすぎない、と主張した。われわれのあらゆるおこない、われわれのあらゆる気持ち、われわれのあらゆる言葉は、歯車の回転や、電気回路の開閉と変わらないかもしれない一連のできごとに還元されるのだと。

わたしにとって、それが誤りであることは自明だった。物質主義者と意見を交わすこと自体にさえどんな意味がありうるのか、とわたしは反論した。当の本人が認めるとおり、物質主義者の口から出てくる言葉は、知性抜きの機械的プロセスの結果でしかないというのに！　当の本人の理論によれば、物質主義者には自分の発言が真実だと考える根拠がなくなるというのに！　超越的な人間の魂の存在を信じる者だけが、真実に対する関心を表明できるのだ」

ハミルトンは告解者のように、ゆっくりとうなずいた。「だがわたしはまちがっていて、身のほどを思い知らされることになった。いまの話はわたしにはまったくないという。人間にも自明だろうが、哲学者がいうところの〝分析的真実〟ではまったくないという。人間が機械でしかないと信じることは、なんと、ナンセンスでも、言葉の矛盾でもないのだ。もしかすると、あくまでももしかするとだが、物質主義者の口から発せられた言葉が、思考力をもたない物質に全面的に由来するにもかかわらず、真実であるという理由があるのかもしれない。

もしかすると」ハミルトンは物思わしげな笑みを浮かべた。「わたしはその可能性を認めざるをえなかった。それに反論する根拠としてわたしにあるのは、自分の直観と第六感だけだったからだ。

だが、直観以外にわたしを導くものがなかったのは、何年も前のできごとを知らずにいたからだった。クルト・ゲーデルという名のオーストリアの数学者によって、一九三〇年になされた発見を」

ロバートはぞくぞくするような興奮が背すじを駆けおりるのを感じた。いままではこの番組が、ハミルトンがひと晩じゅうアクィナスを——あるいはせいぜいでアリストテレスを引用するというような、神学論争に終わるのではないかと懸念していた。だが、正体不明の助言者はハミルトンを二十世紀に引きずりこんだらしく、どうやらこれは、ほんとうの問題を議論できる場になりそうだった。

「ストーニィ教授のコンピュータにできること、うまくやれることとしてわれわれが知っているのはなにか？」ハミルトンはつづける。「演算だ！　それは数分の一秒で、百万の数字を足しあげることができる。おこなうべき演算をきわめて正確に命じさえすれば、まばたきする間にそれを完了する——みなさんやわたしには一生がかりになる演算であっても。

しかし、その機械は自らがなにをやっているかを理解しているのだろうか？　ストーニィ教授によれば、『いまはまだだ。現時点では。時間をあたえてやってくれ。ローマは一日にしてならずだ』」ハミルトンは思慮深げにうなずいて、「それはもっともだ。教授のコンピュータは二、三歳にしかならない。まだ赤んぼうだ。そんなに早く、なにかを理解できるものだろうか？

　だがここで、もう少していねいに考えてみよう。今日存在するコンピュータは、演算をおこなう機械でしかなく、ストーニイ教授もコンピュータが自ら新しい種類の脳を成長させるだろうなどとはいっていない。また、コンピュータにまったく新しいなにかをあたえようともしていない。教授はすでに、テレビカメラの画像を画面上の異なる点の明るさを記述する数字の流れに変換することで、コンピュータが世界を見られるようにした……その数字を使って、コンピュータはさらに演算ができる。教授はすでに、発するべき音の大きさを記述した数字の流れを特殊な拡声器に送りこむことで、コンピュータがわれわれに話しかけられるようにした……その数字の流れは、さらなる演算によって作りだされるものだ。

　このように、世界は数字のかたちでコンピュータにいれることができ、言葉も数字のかたちでそこから出てくることができる。ストーニイ教授がこれだけはコンピュータにつけ加えたいと思っているのは、数字の最初の組をあたえられたら二番目の組を機械的に作りだすような、〝より利口な〟演算方法だ。それが〝利口な演算〟、すなわち教授の機械を思考させるように導くものだ、と教授はおっしゃるわけだ」

ハミルトンは腕組みして、間をとった。「これをわれわれはどう考えるべきか？　演算をおこなうがそれ以上のことはしなくても、機械はなにかを理解できるのだろうか？　わたしの直観はまちがいなくノーと告げているが、みなさんにわたしの直観を信じなければいけない理由があるだろうか？

　そこで、理解するということに問題を限定し、公平の上にも公平を期すために、できるかぎりストーニィ教授にとって有利な観点から見るとしよう。もし、コンピュータに――人間以上にではなくとも、同程度に――理解できてしかるべきことがひとつあるとすれば、それは演算そのものだ。もしコンピュータが思考できるというのなら、それは当然、自らがもっとも得意とするものの本質を把握できるであろう。

　そこで問題は、このように要約されることになる。演算だけを用いて、すべての演算を記述することは可能か？　三十年前――ストーニィ教授と彼のコンピュータが出現するはるか以前に――ゲーデル教授はまったく同じことを自問した。

　さて、みなさんは、演算そのものしか用いないのでは、演算法則の記述にとりかかることすらできないのではないか、とお思いのことだろう」ハミルトンは黒板のほうをむいてチョークを手にとると、次の二行を書きつけた。

　もし$x+z=y+z$なら

x＝y

「これは重要な法則だが、数字ではなく記号で書かれている。なぜなら、これは*あらゆる*数字、あらゆるxやyやzについて真でなければならないからだ。だがゲーデル教授は独創的な発想を得た。スパイが暗号でやっているように、符号を用いればいいではないか。あらゆる記号それぞれにひとつの数字を割りあてるのだ」ハミルトンは黒板に書いた。

〝a〟のコードは1。
〝b〟のコードは2。

「以下同様につづく。これでアルファベットの文字すべてにも、演算に必要なほかのあらゆる記号――加法記号や等号といったもの――にも、コードが用意できる。電報は日々、ボー・コードと呼ばれるコードを使ってこのやりかたで送られているわけであり、そこにはまったくなんの不可思議も、邪悪なところもない。

われわれが学校で習った演算法則すべては、注意深く選ばれたひと組の記号で書き記すことができ、そののちその記号は数字に翻訳できる。その法則からなにが導かれるか、あるいは導かれないかという問題のことごとくは、ここであらたに、数字に関する問題として考えられるようになる」ハミルトンは最初に書いた二行の簡約法則を指しめした。「われわれはこの法則を、コード番号間の関係として考えることができる。推論の各々を判断することも、それが妥当であるか否かをあきらかにすることも、純粋に演算をおこなうのみで可能だ。

ゆえに、演算に関するいかなる命題——たとえば、〝素数は無限に存在する〟という言説——についても、その言説の証明があるという概念を、コード番号のかたちでいいかえることができる。もし、ある言説に対するコード番号がxなら、〝妥当な証明のコード番号であるというテストをパスするようなコード番号xで終わる、数字pが存在する〟というわけだ」

ハミルトンは大きく息を吸った。

「一九三〇年、ゲーデル教授はこの手法を使って、まさに天才的なことをなし遂げた」そして黒板にむかうと、

以下の条件を満たす数字pは**存在しない**。
pはこの言説の妥当な証明のコード番号である。

「これは演算と数字に関する言説だ。これはかならず真か偽のいずれかである。そこで、

これが真であるという仮定で話を進めよう。すると、この言説の証明となるコード番号であるような数字pは存在しないことになる。ゆえに、これは演算に関する言説として真であるわけだが、それは演算をおこなうだけでは証明できないのだ！」

ハミルトンは笑顔を見せて、「いますぐに理解できなかったかたも、ご心配にはおよばない。若い友人にこの論法を最初にきかされたとき、その意味をのみこむのにわたしはしばらくかかったのだから。だが、ここで思いだしてほしい。コンピュータがなんにせよ理解できるようになるための唯一の希望は、演算をおこなうことによってであり、われわれはいま、演算のみでは証明不可能な言説があることを知ったのだ。

ところで、この言説はほんとうに真なのだろうか？　結論に飛びついてはならないし、性急に機械を失敗作と断じてもならない。この言説は偽かもしれないのだ！　それ自身の証明となるコード番号であるような数字pは存在しないと、この言説は述べているのだから、これが偽だとするなら、そのような数字が存在するはずだということになる。そしてその数字は、虚偽であると認められたものの〝証明〟をコード化したものなのだ！」

ハミルトンは勝ち誇るように両腕を広げた。「みなさんもわたしも、小中学生（スクールボーイ）同様に、正しい前提からは虚偽を証明できないことを知っている——では演算の前提が正しくないとすれば、なにが正しいというのか？　ゆえにわれわれには、確実な事実として、この言説が真だとわかる。

このことに最初に気づいたのはゲーデル教授だが、少々の手助けと忍耐力があれば、教育をうけた人ならだれでもその思考の道すじをたどれる。機械には、決してそういうことはできない。われわれはこの事実に関する知識を、完全に信用できるものとして機械の前にさらすことはできるが、機械は自力でこの真実に到達することもできないし、その真実をわれわれが贈り物としてさしだしても、ほんとうの意味でものにすることもできない。みなさんもわたしも演算を理解できるが、それはどんな電子計算機にも未来永劫不可能なかたちでだ。それでは機械にとって、自分にもっとも有利な環境の先へ進んで、より広い真実をものにできる希望はあるだろうか？

皆無なのだ、淑女紳士のみなさん。この数学への遠まわりは難解に感じられたことと思うが、これはきわめて地に足のついた目的のために必要だった。これは、われわれ庶民が最初から知っていたことの——もっとも熱狂的な物質主義者や衒学的なことこの上ない哲学者の反論でさえ寄せつけない——証明なのである。機械が思考するようになることは、絶対ない、と」

ハミルトンは着席した。しばらくロバートは、ひたすら高揚した気分でいた。助言のおかげかどうかはともかく、ハミルトンは不完全性の証明の本質的要素を把握し、それを素人の視聴者に提示したのだ。シャドーボクシングで終わるかと思っていた一夜——一打の撃ちあいもなく、ふたつの試合場に選手がひとりずついるだけで、視聴者が判定を下すべきことなどない――は、本格的な思想のぶつかりあいに変わっていた。

　ポランニーに紹介されて演台にむかいながら、ロバートはいつもの内気さや自意識過剰が消し飛んでいることに気づいた。そうしたものとはまったく異なる緊張感で満たされている。この場に賭けられているものがなにか、これまでになく鋭く感じとれた。

　演台を前にしたロバートは、用意してきた演説をはじめようとするようなポーズをとったが、そこで忘れ物があったかのように姿勢を崩して、「少しだけお待ちください」というと黒板の裏にまわりこんで、すばやく数個の単語を、上下逆に書きつけた。そして所定の位置に戻った。

「機械は思考できるか？　ハミルトン教授は、わたしたちは真実だと知っているが、特定の機械――ある厳密な方法で演算の定理を探求するようプログラムされた機械――には決して生みだせないであろう言説を提示することによって、この問題にすっぱりと決着をつけたと思わせたがっているようです。しかし……わたしたち人間にも、わたしたちなりの限界があります」ロバートは黒板を裏返しにして、そこに書いておいた文章を見せた。

　ロバート・ストーニイが次に発する言葉の中で、
　彼は真実を語って**いない**。

数拍の間を置いて、先をつづける。

「ですが、わたしがここで追究したいのは、限界の問題ではなく、むしろ機会についてです。わたしたちはみな、ゲーデルの言説が真であることを知るという神秘的な能力を、どのようにしてもつようになったのか？　この長所、このすばらしい洞察力は、なにに由来するのか？　わたしたちの魂？　それとも、機械には決してもつことのできない非物質的存在？　それが可能性のある唯一の出どころ、考えうる唯一の説明でしょうか？　もしかすると、それよりは少しだけ精神的でないものに由来するのかも？

ハミルトン教授が説明されたとおり、わたしたちがゲーデルの言説を信じているのは、演算法則によって矛盾や虚偽に導かれることはないと信じているからです。では、その信頼はなにに由来するのでしょう？　その信頼はいかにして生じたのでしょうか？」

ロバートは黒板をハミルトンの書いた側に裏返して、簡約法則を指さした。「もしxプラスzイコールyプラスzならば、xイコールy。なぜこれは道理にあっているのでしょう？　わたしたちがこれをこのような数式のかたちにすることを習うのは十代になってからですが、もし小さな子どもにふたつの箱を——中はあけずに——見せてから、両方の中に同じ数ずつ貝殻なり石なり果物なりをいれ、それから子どもに箱の中をのぞかせて、それぞれの箱に同じ数の品物がはいっているのをたしかめさせたら、子どもは学校でなにも習っていなくても、ふたつの箱には最初に同じ数のものがはいっていたに違いないと理解するでしょう。

　ある種の物体がどのようふるまうか、子どもは知っているし、わたしたちも知っています。わたしたちの人生には、自然数が直接関わる体験が顔を出します。自然数のコイン、切手、小石、鳥、猫、羊、バス。もしわたしが六歳児に、箱の中に石を三ついれて、そのうちひとつをとりだして、中に四つ残すことができるといったら……その子はきっとわたしを笑うでしょう。でも、それはどうして？　それは単に、三つのものからひとつを減らしたらふたつになることを、以前の何回もの経験からたしかだとわかっていたから、ではありません。子どもでさえ、たしかだと思えることの中にも、いつかはそうでなくなるものがあることを理解しています。毎日毎日、一ヵ月とか一年とか完璧に動いていたおもちゃでも、壊れるかもしれない、というように。しかし演算は違います、三引く一ではそんなことは起きないのです。その子は、それがそうでなくなるところを思い描くことさえできないでしょう。この世に生きている以上、そしてこの世の仕組みを知ってしまったら、演算が機能不全になることは、想像できなくなるのです。

　ハミルトン教授は、これはわたしたちの魂に由来することだと示唆しました。しかし、ある子どもが湖と霧しかない世界で育てられ、ひとり以上の人間と同時にすごしたことがなく、手足の指で数えることを教わったこともないとしたら、その子について教授はなんとおっしゃるでしょう？　その子があなたがたやわたしと同じように、演算が自分に道を誤らせることなどありえないという確信をもつかどうか、わたしは疑問に思います。その子の世界から自然数を完全に消し去るには、きわめて異常な環境と、虐待に等しいレベルの剝奪が必要になるでしょうが、それだけのことをすれば子どもから魂を奪えるのでしょうか？

ハミルトン教授がいわれたようなかたちで演算を実行するようプログラムされたコンピュータは、その子どもをはるかに上まわるレベルの剝奪をうけていることになります。もしわたしが両手両足を縛られ、頭にずだ袋をかぶせられて、命令を怒鳴りつけられて育てられたなら、自分が現実をきちんと把握できるようになったとは思えません――それでも、わたしはハミルトン教授のいわれたコンピュータよりも、仕事に対する準備ができていることでしょう。そんなあつかいをうけている機械が思考できないだろうことは、大いなる救いです。もし思考できるなら、わたしたちがそれに課している拘束の苛酷さは、犯罪的といえます。

けれどそれは、コンピュータの責任でも、その本質にある修正不能な欠陥の証拠でも、とうていありません。もしわたしたちの機械の可能性を少しでも正当に判断しようとするなら、それを公正にあつかう必要があります。わたしたち自身に課そうとは夢にも思わないような制限を押しつけることなしに。鷲をスパナと、あるいはガゼルを洗濯機と比較しても、なんの意味もありません。いかなる動物ともまったく異なるかたちではあっても、ジェット機は飛んでいますし、自動車は走っています。

思考は、そうしたほかの技能よりも実現がはるかに困難であるのはたしかであり、実現するにはほかの技能よりはるかに厳密に自然界を模倣することが必要です。しかし、わたしは信じています、機械がひとたび、わたしたちすべてが生得権として生まれつきもっている道具と類似の能力をあたえられ、また——従うほかはない命令の一覧を渡されるのではなく——子どもがものを学ぶときのように、経験や観察や、試行錯誤や、予想の当たり外れを通じて自由に学べるようになったら、そのときようやくわたしたちは、類似したものどうしを比較できるようになるのです。

そのときが訪れ、わたしたちがそうした機械と出会い、会話し、議論を——演算についてまたほかのどんな話題についてでもいいですが——できるようになったとき、どんな論点についてもゲーデル教授やハミルトン教授、あるいはわたし自身の言葉を引用する必要はなくなるでしょう。そして機械たちを近所のパブにまねいて、直接たずねればいいのですから。機械たちを公平にあつかうようになったら、わたしたちは友人や客人や新参者に対して用いるのと同じ経験や判断によって、機械は思考できるかどうか、自ら答えを出せるようになるでしょう」

ＢＢＣはスタジオから離れた小部屋に各種のワインとチーズをたっぷり用意していた。

そこでロバートは、テーマに関して自分が完全な否定派であることをあきらかにしたポランニーと激しく議論することになり、一方ヘレンは、ケンブリッジで代数幾何学の博士号をとったとわかったハミルトンの若い友人と、臆面もなくいちゃついていた。この青年は、ロバートがマンチェスターから戻ってくる直前に学位を得たようだ。ロバートはハミルトンとは型どおりのあいさつを交わしただけで、それ以上の接触が望まれていないことを感じて、離れているようにしていた。

しかし一時間後、ロバートはトイレから戻るのに迷路のような廊下で迷ったあと、ハミルトンがスタジオ内にひとりですわって、すすり泣いているところに出くわした。

ロバートは無言で引きかえそうとしたが、顔をあげたハミルトンに見つかった。視線があってしまっては、逃げるわけにはいかない。

ロバートは声をかけた。「奥さんのことですか?」ハミルトンの妻が重い病気であることはききおよんでいたが、噂では奇跡の回復を遂げたということだった。一年前、ハミルトン家のさる友人が体に手をあてると、彼女は寛解にむかったという。

ハミルトンがいった。「妻は死にかけている」

ロバートはハミルトンに近づいて、隣に腰をおろした。「なんのご病気で?」

「乳癌だ。全身に転移している。骨にも、肺にも、肝臓にも」そしてまたこみあげるものを抑えられずにしゃくりあげたが、怒ったようにそれをこらえた。「受難とは、神がわれわれを真の姿へと作りあげるために用いる鑿だ。そんな言葉を考えつくのは、どこの大馬鹿者だ？」

ロバートはいった。「ガイ病院にいる癌専門医の友人に話してみます。新しい遺伝子療法を試している男です」

ハミルトンはじっとロバートを見つめた。「それもきみの〝奇跡の治療法〟のひとつか？」

「いえ、違います。まあ、ごく間接的には、そうともいえますが」

ハミルトンは声を荒らげて、「妻はおまえの毒などのまん」

ロバートは怒鳴りかえしそうになった。（奥さんがそうおっしゃるのですか？　それともあなたがそうさせないのですか？）だがそれは卑怯な質問だ。夫婦によってはふたりの境界線が不鮮明になることもある。ハミルトン夫妻がどのようにともに病に立ちむかっているかについて、ロバートは論評する立場にない。

「彼らが立ち去るのは、あらたなかたちでわれらとともにいるためだ、しかも以前より近しく」本気で信じているにせよそうでないにせよ、それを唱えれば誘惑を追いはらえる挑戦的な呪文、あるいは信仰の宣言であるかのように、ハミルトンはその言葉を口にした。

ロバートはしばらく黙っていたが、やがて口をひらいた。「少年時代に近しかった人を亡くしました。そして同じことを思いました。それからずいぶん長いこと、彼はまだわたしとともにいると思っていた。そしてわたしを導いてくれていると。励ましてくれていると」言葉を口に出すのがむずかしかった。ほとんど三十年間、このことはだれにもいわずにきたのだ。「それが事実だという理論をひとつ、そっくり考えだしました。〝魂〟は量子不確定性を利用して物理法則になにも違反することなく、人が生きているあいだは体を動かし、死後は生者に意思を伝えられるのだと。科学に興味をもつ十七歳の子どもならだれでも思いついて、二週間ほど本気で正しいと思ったあと、まったく馬鹿げていると気づくようなことです。けれどわたしには、その欠陥から目をそむけようとするだけの理由があったので、ほとんど二年間もその理論に固執していました。彼がこよなく恋しかったので、自分がしているのは、自分で自分を手ひどくだますことだと気づくまでに、そんなにかかってしまいました」

ハミルトンが辛辣にいった。「理論化しようとしなければ、その相手を失うことはなかっただろうにな。いまもおまえといっしょにいただろう」

ロバートは少し考えて、「いいえ、彼がいなくてよかったと思います。彼とわたしのどちらにとっても、正しいことではないでしょうから」

ハミルトンは身を震わせた。「つまりおまえは、その相手をそれほど愛してはいないということではないのか？」そして両腕で頭をかかえて、「もう放っておいてくれないか」

ロバートはいった。「いったいどうすれば、わたしが悪魔と結託していないことを、あなたに証明できるんですか？」

ハミルトンは赤くなった目でロバートを見据え、高らかに告げた。「どうにもしようがない！　クイントの銃がどうなったか、わたしは見たのだから！」

ロバートはため息をついて、「あれは手品の一種だったんですよ。見せ物の奇術で、黒魔術じゃありません」

「ほう、そうかね？　では、どうやったのか見せてくれ。やりかたを教えてくれたら、わたしも友人たちに見せびらかすから」

「かなりの腕前が必要なんです。覚えるのはひと晩がかりだ」

ハミルトンは面白くもなさげに笑った。「わたしをだますことはできん。おまえがなにをしてきたか、すべてわかっている」

「X線が悪魔の仕業だというんですか？　ペニシリンも？」

「馬鹿にする気か？　そういうものは話が別だ」

「どうしてです？　わたしが研究の進展に手を貸したのはすべて、それと同じ流れにあるものですよ。中世文化についてのあなたの著書を少し読みましたが、現代ではそれが素朴なものとして語られていることを、繰りかえし批判されていましたね。当時、だれもほんとうに地球が平らだとは思っていなかった。新奇なものがことごとく、魔法あつかいされていたのではなかった、とね。ではなぜわたしの研究をなにひとつ、二十世紀の医学が十四世紀の人間の目に映るだろうように見ようとしないんですか？」

ハミルトンが答える。「いきなり二十世紀の医学を見せられた十四世紀の人間が、それがどうやって自分の時代に来たのかと考えるのは、当然だと思わないか？」

ロバートはバツの悪い思いで椅子にすわりなおした。秘密厳守を誓わせられてはいないが、ヘレンの考えには同意していた。分岐間の接触に関して少しでも公表するのは、事態を理解するための基礎知識が広まってからにしたほうがいい。

だが、この男の妻は、死ななくてすむのに死にかけている。それにロバートは、秘密を守るのに疲れていた。戦いの中には秘密が鍵となるものもあるが、ほかでは率直さが勝利を導くのだ。

ロバートは口をひらいた。「あなたがH・G・ウエルズをきらっているのは知っています。でももし彼が、ひとつのささいな点で正しかったとしたらどうでしょう？」

ロバートはハミルトンにすべてを打ちあけた。専門的な部分はてきとうに流したが、本質的なことはなにひとつ省略しなかった。ハミルトンは口をはさむことなく、不本意ながらもなにか引きつけられるものを感じたようすで、耳を傾けていた。敵意の表情は懐疑的なものに変わっていったが、少なくともロバートの描く絵の美しさと複雑さの幾分かは味わっているのか、そこにはためらいがちな驚きもかいま見えた。

だがロバートが話し終えたとき、ハミルトンはこういっただけだった。「おまえは嘘つきとしては一流だな、ストーニィ。だが、嘘の王なのだから、それも当然か」

ケンブリッジから帰る車中、ロバートは憂鬱な気分だった。ハミルトンとの会話で気が滅入り、それと比べると、討論で国民の心がどちらに傾いたかという問題は、自分と無縁で抽象的に感じられた。

ヘレンは、ロバートと同居してスキャンダルをまねくよりはと、ケンブリッジ郊外の家を借りていたが、研究室を頻繁に訪れていたので、結果はほとんど変わらないようだった。

ロバートは車から玄関まで、ヘレンを送った。

「きょうはうまくいったと思わない？」ヘレンがいった。

「そうみたいだな」

「あたしは今夜発つわ」ヘレンはなにげなく言葉をつづけた。「これでお別れよ」

「なんだって？」ロバートは不意を突かれた。「なにもかも、まだ構想段階じゃないか！わたしにはまだきみが必要だ！」

ヘレンは首を横にふった。「必要な道具も手がかりもすべて、あなたは手にしている。それにこの世界での大勢の味方も。もう、あたしがどうしてもいっておかなくちゃならないことで、あなたがもうじき自力で見つけだせないことはないわ」

ロバートはすがったが、ヘレンは決心を固めていた。運転手がクラクションを鳴らし、ロバートはそちらにいらいらと手をふった。

「ほら、わたしの息は白くなっているだろう」とロバートはいった。「なのにきみは全然そうじゃない。もっと注意しないと、絶対に機械(マシン)だとバレてしまうぞ」

ヘレンは笑って、「その心配をするには、ちょっと遅かったわね」

「どこへ行くんだ？　生まれたところへ戻るのか？　それとも、別の分岐に手を出しにいくのか？」

「別の分岐よ。でも、その途中でしようと思っていることがあるの」

「なにをだ？」

「あなたは昔、〈託宣(オラクル)〉のことを書いたのを覚えている？　停止問題を解決できる機械のことを？」

「もちろんだ」あるコンピュータ・プログラムが停止するか、それとも無限に走りつづけるかを前もって教えてくれる機械があれば、整数に関するいかなる命題でもその真偽を証明できる。ゴールドバッハ予想、フェルマーの最終定理、なんでもだ。すべての整数をループしてあらゆる可能な値をテストし、反例が見つかった場合にのみ停止するプログラムを作って、この機械、〈オラクル〉に見せればいい。プログラム自体を走らせる必要はいっさいなくなる。それが停止するかどうかを示す〈オラクル〉の裁定だけ見れば、それですむのだ。

そのような機械が作れるかどうかはわからないが、通常のコンピュータではどんなにうまいことプログラムしてもそれには不じゅうぶんであることを、ロバートは二十年以上前に証明していた。もしプログラムHが、別のプログラムXが停止するかどうかを、つねに有限の時間で教えてくれるとした場合、Hに少し細工をして、入力されたプログラムが停止する場合はわざと無限ループに陥るひねくれたプログラムZを作ることができる。もしZに自分自身を入力した場合、それは最終的に停止するか無限に走りつづけるかのどちらかだ。しかしどちらの場合もHがもっているとされる威力に矛盾する。もしじっさいにZが無限に走るなら、それはHがZは停止すると判断したからであり、逆もまた真である。ゆえにプログラムHは存在しえない。

「時間旅行は」とヘレンは話をつづけて、「あたしが〈オラクル〉になるチャンスをあたえてくれる。自分自身の過去を変えるのは不可能だという事実を活用する方法、無数の時間的経路——その中に閉じたものはないけれど、任意にそれと似たものはある——を有限の物理的系に圧搾する方法があるの。そうすれば、停止問題を解決できる」

「どうやるんだ？」ロバートの頭は全力で回転していた。「そしてそれができたとき……もっと高次の濃度については？　複数の〈オラクル〉に対する〈オラクル〉、実数についての推測をテストできる〈オラクル〉は？」

ヘレンは謎めいた微笑を浮かべた。「最初の質問には、四、五十年もあれば、あなたは答えを出せるはず。残りは」といいながらロバートから離れて、玄関の闇の中にはいっていく。「あたしに答えがわかるなんて、どうして思うの？」そしてロバートに投げキスをすると、視野から消えた。

ロバートはヘレンがいたほうに踏みだしたが、玄関は無人だった。

車に戻ったときには、悲しみと高揚感とで、心臓が激しく打っていた。

運転手がいらだった声できいた。「こんどはどちらへ行かれますか？」

ロバートは答えた。「さらに高く、さらに奥へ」

4

葬儀があった日の夜、ジャックは午前三時まで家じゅうを歩きまわっていた。これが耐えられるものになるのは、いつのことだろう？　いつだと？　ジョイスは死に瀕していたときにも、いまのジャックが自分の中に感じられる以上の強さと勇気を見せていた。だがこれからの数週間、ジョイスはそれをジャックと分かちあってくれるだろう。家族全員と分かちあうだろう。

床についてから、闇の中で、自分のまわりにジョイスの存在を感じとろうとした。だがそれは強引であり、時期尚早だった。ジョイスが自分を見守っているという信念をいだくことと、わずかな悲嘆、わずかな苦痛も感じずにすむと思うことは、まったくの別ものだった。

眠りが訪れるのを待った。夜明けまでに少し休息をとる必要がある。そうしなければ、朝になってからジョイスの子どもたちと顔をあわせられはしない。

しだいしだいにジャックは気づいたのだが、ベッドの足もとの暗闇にだれかが立っている。その人影に目を凝らし、再度たしかめて、幻影の顔をはっきりと見てとることができた。

それはジャック自身だった。いまより若々しく、いまよりしあわせで、もっと確信に満ちている自分自身。

ジャックは体を起こした。「なんの用だ？」

「いっしょに来てほしい」人影は近づいてきた。ジャックが身じろぎすると、それは足を止めた。

「いっしょに、どこへ行けというんだ？」とジャックが問う。

「彼女が待っているところへ」

ジャックは頭をふった。「嘘だ。それは信じられない。ジョイスは、時が来たら、自分からわたしのところへ来るといった。わたしを導くといったんだ」

「そのとき、彼女はまだわかっていなかった」幻影はおだやかに告げた。「わたしが自分できみをつれてこられることを、彼女は知らなかった。わたしが自分のかわりに彼女を送ったりすると思うか？　その務めから逃れようとすると？」

笑みを浮かべ、懇願するようなその顔を、ジャックはじっくりと見た。「おまえは何者だ？」（天国にあるわたしの魂が、作りなおされたのか？）これは神があらゆる人にあたえられる贈り物なのか？　死以前に、将来の自分その人と会うことが——本人がそうすることを選択した場合に？　では、これも自由意志による行為なのか？

幻影はいった。「ストーニィはわたしを説得して、彼の友人にジョイスを治療させた。わたしたちはそれからもいっしょに生きていった。一世紀以上が経つ。そしていま、わたしたちはきみにも加わってもらいたいんだ」

ジャックは恐怖で息がつまった。「嘘だ！　これはペテンだ！　この悪魔め！」

相手は平静に答えた。「悪魔などというものはいない。そして神もいないのだ。人間だけが存在する。だがこれは保証しよう。神々の力をもった人間は、かつて想像されたどんな神よりも寛容だと」

ジャックは手で顔を覆った。「わたしにかまうな」心の底から祈りの言葉をささやいて、待つ。これはテストで、その誘惑に負けそうだったが、神はこのように無防備なジャックを、耐えきれなくなるまで敵に面とむかわせたままにはなさらないはずだ。

ジャックは顔から手をどかした。相手はまだそこにいた。

それがいった。「覚えているか、自分に信仰が訪れたときのことを？　自分をとり囲んでいた盾が溶け去ったときの感覚、それまでは神を寄せつけないために鎧をまとっていたという気分を？」

「ああ」ジャックは反発を感じつつも真実を認めた。この忌まわしい存在に過去や心の中をのぞかれても、おそれはしない。

「そのときは心の強さが必要だった。自分が神を必要としていると認めるには。そしていままた、決していかなわない願いがあることを理解するには、同じ種類の強さが必要だ。天国を約束してあげることはできない。わたしたちの世界には、病気もなく、戦争もなく、貧困もない。けれど、愛を、善を、自らの力で見つける必要がある。救いとなる最後の言葉はどこにもない。わたしたちには、おたがいがいるだけだ」

ジャックはその話には反応しなかった。この冒讀的な空想は、反論にすら値しない。かわりに、「おまえが嘘をついているのはわかっている。わたしが子どもたちをここに放りだしていくと、ほんとうに思っているのか？」

「あの子たちはアメリカに戻ればいい、父親のもとへ。ここに残ったとして、あの子たちとあと何年いっしょにいられると思う？　あの子たちは母親を亡くすという経験をした。大きな変化がいちどきにまとめて起きたほうが、つらくないはずだ」

ジャックは激怒して叫んだ。「わたしの家から出ていけ！」

相手は近寄ってきて、ベッドに腰かけた。それの手が肩にのせられる。ジャックはすすり泣いた。「助けてくれ！」だがジャックはもはや、だれに助けを請うているのかわからなかった。

『楢のいす』のあのシーンを覚えているか？　ハルピュイアがみんなを彼女の地下洞窟にとらえて、ナスシアなど存在しないと思いこませようとしたときのことを？　無味乾燥な暗黒世界だけが現実だと、ハルピュイアはみんなにいった。おまえたちが目にしたと思っているなにもかもは、見せかけにすぎないと」いまより若いジャック自身の顔が、懐かしげに微笑んだ。「そしてわたしたちは、親愛なるシュラグウェイト老にこう答えさせた。自分はこのハルピュイアの〝現実世界〟なるものを、どうとも思わない。たとえハルピュイアが正しいとしても、四人の小さな子どもがもっとすばらしい世界を作りあげられるのだから、これからも子どもたちの空想世界がほんものであるようにふるまいつづけるほうがいい、と。

けれども、わたしたちはすべてを逆さまに考えていたのだ！　現実世界は、かつて想像されたどんなものより、豊かで、不可思議で、そして美しい。ミルトンやダンテや聖ヨハネこそが、人々を無味乾燥で陰鬱な暗黒世界にとらえたのだ。すなわち、わたしたちがいまいるところに。だが、手をさしだしてくれれば、きみをそこから引きだしてあげられる」

ジャックは胸を引き裂かれる思いだった。（わたしが信仰を失うはずがない。これよりひどい状況でも、それを保ちつづけた。妻の虚弱な体に神が何度痛みやつらさを科せられても、守りとおしてきた。もはやだれにも、それをとりあげることはできない）ジャックは口ずさんだ。「苦しみのさなかに、神はわたしを見つけてくださる」

冷たい手が肩を握る力を強めた。「きみはいますぐ、彼女といっしょになれる。望みを口にすれば、それできみはわたしの一部になる。きみはわたしの中にとりこまれ、わたしの目をとおしてものを見るようになり、そしてわたしたちは彼女がいまも生きている世界へ戻っていく」

ジャックは恥も外聞もなく泣いていた。「わたしをそっとしておいてくれ！　どうかひとりでジョイスを悼ませてくれ！」

相手は悲しげにうなずいた。「それが望みなのだな」

「そうだ！　消えろ！」

「きみが本気だとわかったら」

不意にジャックは、ストーニイがテレビスタジオで延々とまくしたてた大ボラを思いだした。あらゆる選択はあらゆる道をたどる、とストーニイはいっていた。決定的な決断というものは存在しない、と。

「おまえが嘘をついているのがわかったぞ！」ジャックは声高らかに叫んだ。「ストーニイのいったことを全部信じるとするなら、わたしの選択にいったいなんの意味がある？　わたしはいつでもおまえにイエスというだろうし、わたしはいつでもおまえにノーというだろう！　それならなにも変わりはしない！」

相手は重々しく言葉を返した。「わたしがいっしょにいれば、きみに触れていれば、きみは分岐することが、でき、な、い、のだ。きみの選択は意味をもつことになる」

ジャックは涙をぬぐい、それの顔を凝視した。いまの言葉を一言一句信じているという顔だ。もしここにいるのがほんとうに自分の形而上学的双子であり、自分と同じ誠意をもって語り、単に仮面をかぶった悪魔ではないのだとしたら？　ストーニイのおそろしいヴィジョンにも、真実がひとかけらはあるのかもしれない。ここにいるのはジャック自身の別バージョンで、自分たちふたりがひとつの履歴を共有していると心から信じている、生身の人間なのかもしれない。

だとしたら、これはジャックの思いあがりをたしなめるために、神が遣わした訪問者だ。ストーニイへの慈悲をジャックに教えるために。ジャックもまた、もし信仰がわずかに足りず、うぬぼれがわずかに強ければ、永遠に呪われていただろうことを示すために。

ジャックは片手をのばして、地獄に堕ちたこの哀れな魂の顔に触れた。（わたしがこのようにならなかったのは、神のおかげだ）

ジャックはいった。「選択はなされた。さあ、立ち去れ」

ひとりっ子

SINGLETON

二〇〇三年

タウン・ホール駅にむけてジョージ・ストリートを北へ歩きながら、線形代数学の宿題のややこしい三問目をどう解いたものか考えをめぐらせていると、小さな人だかりが歩道をふさいでいるのにぶつかった。なぜそこに人がたまっているのかとは、とくに考えなかった。直前に通りすぎたレストランは混みあっていたし、その外に人が群れているのは何度も目にしていたからだ。けれど、人だかりをまわりこもうとして、車道へ出るかわりにレストラン脇の路地へ足をむけたとたん、その人たちが、退職する同僚のお別れ昼食会を終えたあと職場へ戻るのを引きのばせるだけのばそうとしている客ではないのが、一目瞭然になった。人々を釘づけにしているものが、ぼくの目にも映ったからだ。

路地を二十メートルほどはいったところで、男性がひとり、血まみれの顔を両手でかばいながら地面にあおむけに倒れ、ふたりの男がそれを見おろすように立って、細い棒状のものを荒々しくふるっていた。最初ぼくはその棒をビリヤードのキューかと思ってから、棒の両端に金属製の鉤(フック)がついているのに気づいた。形を見定めがたいその武器は、これまでひとつの場所でしか目にしたことのないものだった。小学校で、窓係に指名された生徒が、毎日のはじまりと終わりにその鉤(かぎ)つき棒を使っていた。手の届かない高いところの古風な蝶番つき窓ガラスを、それで開閉するのだ。

ぼくはほかの野次馬たちをふり返った。「警察には知らせたんですか?」こちらに目をむけないままうなずいた女性が、「二、三分前にだれかが携帯をかけてた」

暴漢ふたりも、警察がこちらにむかっているのは承知しているはずだが、まるで献身的な作業に没頭しているかのように、ぎりぎりまで踏みとどまる気らしかった。ふたりは人だかりに顔をむけないようにしていて、身もとが割れるのをまったく気にしないほどの考えなしではないようだ。地面に倒れている男性は服装からするとレストランの見習料理人らしく、まだ身を守ろうと体を動かしてはいるが、暴漢ふたりのほうがよほど派手な音を立てている。倒れている男性は苦痛に悲鳴をあげる欲求も力も尽きていた。

まして助けを乞うのは、男性の体力の浪費になりそうな気配。

悪寒が体を走った。意識の表面に浮かぶより一瞬早く、吐き気を呼ぶ冷たい衝撃が心をかき乱す。(人が殺されようとするのを目撃しているんだ、そしてぼくはなにも手を出さないだろう）だがこれは、居あわせた人たちが割ってはいって争う者どうしを引き離せるような、酔漢の喧嘩とは違った。ふたりの暴漢は見るからに犯罪者然としていて、恨みを晴らしているといった感じだ。そういう場に近づかずにおくのは、それはもう常識というもの。いずれ裁判所に出頭し、証言することはあるかもしれないが、それ以上のなにも求められるすじあいはない。それにほかにも三十人もの人が、ぼくとまったく同じ態度をとっているのだし。

路地の暴漢たちは銃はもっていなかった。もしもっていたなら、とっくに使っていただろう。ということは、ふたりの邪魔をしても撃ち殺されはしないはずだ。殉教者ぶった真似をしないのもひとつの判断だが、悪漢ふたりがうなり声で牽制しながら鉤つき棒で攻撃をかわせる人数など、たかが知れているのでは？

ぼくはバックパックを地面におろした。馬鹿げたことに、そのせいで無防備感が増した。教科書をなくさないか、いつも気になってしかたないのだ。（考えなおせ。自分のしようとしていることが、わかってないだろ）まともに殴りあいの喧嘩をしたことは、十三歳のとき以来ない。ぼくは見も知らぬ周囲の人々を一瞥して、いっしょに路地に走りこんでくださいと頼みこんだら、加勢してくれる人がいるだろうかと思った。いや、それはあるまい。ぼくはひょろりとした、ぱっとしない十八歳の学生で、マクスウェルの方程式をプリントしたTシャツなんかを着ている。貫禄もなければ威厳もない。だれもぼくのあとについて暴力沙汰の渦中に飛びこむ気にはならないだろう。

ひとりきりでは、ぼくも地面に倒れている男性同様のひどい目にあうだけだ。暴漢たちは一瞬でぼくの脳天を叩き割るかも。野次馬の中には、体格のいい二十代の会社員が五、六人いた。そのアマチュア・ラグビー選手もどきたちが手を出しかねているのに、ぼくに勝ち目などあるだろうか？

ぼくはバックパックを手にとった。男性を助けにいかないなら、ここにいても意味はない。ことのなりゆきは夕方のニュースでわかるだろう。

ぼくは自己嫌悪にむかつきながら、引きかえしはじめた。これは〈水晶の夜〉（ナチがユダヤ人の商店などを破壊し大虐殺をおこなった一九三八年十一月九日の夜をいう）というわけじゃない。将来、孫からこのときのことを問われてバツの悪い思いをすることはないだろう。ぼくを非難する人もいないだろう。

それがすべての判断基準になるものなら。

「ああ、もうまったく」ぼくはバックパックから手を離すと、路地に走りこんだ。

生ゴミの強烈な腐臭の中から三人の男の汗ばんだ体臭を嗅ぎわけられるほど近づいたときにも、暴漢たちはまだぼくに気づいていなかった。手前にいる暴漢が肩ごしに視線を投げ、まずとまどいの、それから面白がるような表情を浮かべた。男はふりおろす途中だった武器をわざわざ方向転換したりしなかった。ぼくは男の首に腕を引っかけ、こいつをひっくり返せるのではと期待をいだいたが、男に肘で胸を突かれて息がつまった。ぼくは必死で相手に食らいつき、締めつけることはできなかったけれど、男の首から腕を放さなかった。そして男が体をひねってぼくをふりほどこうとしたとき、蹴りをいれて相手の足をすくうことができた。ふたりいっしょにアスファルトに倒れこむ。ぼくのほうが下になって。

男は身をふりほどいて、よろよろと立ちあがった。金属製の鉤が顔に迫ってくるところを思い描きながら、ぼくが体を起こそうとあがいていると、だれかが口笛を吹いた。顔をあげると、暴漢のもうひとりが仲間にむかって手をふっていて、ぼくはその男の視線をたどった。一団となった十数人の男女が、早足に路地をこちらへやってくる。それはとくに威嚇的な光景ではなかった――ピース・サインを顔にペイントした群衆が、これ以上の怒りに駆られているのを見たことがある――けれど、その人数だけで、これはヤバいと判断させるにはじゅうぶんだった。ぼくの相手をしていた男は、その場を離れる前にぼくの肋骨に蹴りをいれた。そして、悪漢ふたりは逃げ去った。

ぼくはまず膝を立て、それから頭をもちあげて、体を横にして丸くなった。息切れはおさまっていなかったが、なんだか理由もなく、あおむけのままでいると体に悪い気がしたのだ。会社員のひとりがにやけた顔でぼくを見おろして、「馬鹿な真似したもんだ。殺されてたかもだぞ」

倒れていた男性が身を震わせ、血の混じった鼻汁を吹いた。彼の両目は腫れあがってふさがり、体の脇に置かれた両手の皮膚の裂け目からは、指関節の骨がのぞいていた。いま目にしている光景をわが身にまねいていたかもしれないと思うと、皮膚が氷のように冷たくなる。しかし、自分がどんな目にあいかねなかったかに気づいて激しく動揺する以上に、こうして手出しをしてもじっさいには傷を負わなかったのに、自分がこの場を立ち去る寸前まで行き、その結果、悪漢たちがこの男性にとどめを刺していたかもしれないことを考えると、意識が冴え冴えとした。

ぼくは立ちあがった。人々は男性のまわりをうろうろして、応急手当の方法をたずねあっている。高校で履修した科目に出てきた初歩は覚えていたが、男性はまだ呼吸をしていたし、血液を大量に失ったわけでもなく、ぼくには素人に可能なことでこの状況に役立つことは思いつけなかった。ぼくは人ごみを押しわけて抜けだし、表通りに戻った。バックパックはさっき手放した場所に落ちたままで、教科書は盗まれていなかった。サイレンの音が近づいてきた。警察と救急車がまもなく到着するだろう。

肋骨は触れれば痛むものの、それ以外に痛みはなかった。十二歳のとき、実家の農場でトレイルバイクから落ちて、肋骨に一本ひびがはいった経験があり、今回のこれはただの打撲傷にまちがいないと確信がもてた。しばらくは腰を曲げて歩いたが、駅に着くころには、ふつうに歩いて平気になっていた。ぼくの両腕にはすり傷があったけれど、列車でだれからもぎょっとした顔をされなかったということは、いかにも殴られたという風体ではなかったのだろう。

その夜、テレビのニュースを見た。それによると、見習料理人の男性の容態は安定しているそうだ。切り落とした魚の頭のはいったバケツをゴミ箱にあけようと被害者が路地に出ると、ふたりの暴漢が待ちかまえていた、といった光景をぼくは想像した。事件が裁判にならないかぎり、あの暴力行為の目的がなんだったかをぼくが知ることは決してないだろうし、警察はひとりの容疑者の名前もあげていなかった。被害者が話のできる状態だったら、ぼくはあの路地で質問をぶつけていただろうが、自分には事情を知る権利があるという気分は、いまではすみやかに消えつつあった。

テレビのレポーターは、見習料理人を救った『怒れる市民たちの突撃』の先頭に立ったひとりの学生のことに触れて、つづいて彼女にマイクをむけられたある目撃者は、その若い男性を、『占星術のシンボルみたいなものが描かれたシャツを着た、ニューエイジ信者』と表現した。ぼくは鼻を鳴らし、それから同居人のだれかがぼくとその学生の関係に奇跡的に気づいていないかと、そわそわと周囲を見たが、そもそもテレビの音がきこえるところにはだれもいなかった。

テレビは次のニュースに移った。

ぼくは一瞬、十五秒間の名声がもたらしただろうささやかな快感をかすめとられた気がして、落ちこんだ。チョコチップがもう一個残っているだろうと思ってビスケットの缶に手を突っこんだのに、じつはなくなっていた、みたいな感じ。あの体験の高揚感のなごりに駆られて、オレンジ（シドニー西方二百キロの街）の両親に電話で話すことも考えてみたが、ぼくは日を決めて実家に電話するようにしていて、その日はその予定日ではなかった。不意の電話は、むしろ両親を心配させるに違いない。

さあ、この件を考えるのはもうおしまい。一週間もして傷が消えたら、ぼくはきょうのことをふり返って、あれはほんとうに起きたことだったのかと思うようになっているだろう。

ぼくは宿題をしに二階にあがった。

フランシーンがいった。「もっといい考えかたがある。xとyからzとzの共役への変数変換をすれば、コーシー＝リーマンの関係式はその関数のzの共役に関する偏導関数がゼロに等しいという条件に対応するんじゃない」

ぼくたちふたりは喫茶店で、半時間前の複素解析学の講義について議論していた。同じ科目をとっている学生の六人が、毎週この時間に集まる習慣になっていたが、きょうはほかの面子(めんつ)は姿を見せなかった。大学のキャンパスでぼくの知らない映画上映か講演会があるのだろう。

ぼくはフランシーンが説明した発想をひととおり検討して、「きみのいうとおりだ」といった。「これはほんとにエレガントだよ！」

フランシーンは返事のかわりに小さくうなずきはしたが、いつもの退屈そうな表情は変わらなかった。彼女は数学に対して隠れもない情熱をもっているが、きっと講義中は、自分のまだ知らないことを教えてくれるところまで講師の話が進まないものかと、待ちくたびれて死にそうなのだろう。

ぼくはそんなレベルにはおよびもつかない。それどころか、新しい環境に気を散らされて、入学早々の成績はひどいものだった。ナイトライフの誘惑は、それまで知らなかった視覚効果やサウンドや店の広さだけをとっても、魅力の点でかなうものはなく、さらに、大は大学そのものから、小は数人でシェアしている家の食料雑貨購入分配小委員会（かいものとうばん）にいたるまで、ぼくの生活に関わるあらゆる組織が官僚主義的要求を突きつけてきた。けれどここ数週間、ぼくはようやく自分本来の調子が出てきていた。スーパーで商品を陳列するパートタイムの仕事に就き、給料はしみったれていたものの、金銭問題に神経をとがらせる必要はなくなったし、勤務時間も、勉強以外の余裕が残らないほど長くはなかった。

ぼくは目の前のメモ用紙に調和関数の等位線を落書きしながら、「なにか趣味はある？」ときいた。「複素解析学以外で」

フランシーンは即答しなかった。ぼくたちがふたりきりになるのはこれがはじめてではなかったが、自分がその状況を有効活用できる言葉を口にしたと自信をもてたことはいちどもなかった。非の打ちどころのないセリフをこの唇が漏らす、そんな完璧な瞬間がいつか訪れるなどと自分をごまかすことを、ぼくはどこかの時点でやめていた。たがいを引きつけあう微妙ななにかが、話の流れを断ち切ることなく自然な感じで会話にすべりこんでくるのを期待することも。だからそのときのぼくは、話がうまいとか弁舌さわやかとか思われようとはいっさい考えず、自分の興味を率直に表現することにした。知りあって三ヵ月になるのだから、フランシーンにもぼくを判断する材料はあるわけだし、彼女にこちらをもっとよく知りたいという気がなくても、ぼくは目の前がまっ暗になりはしない。

「Perlのスクリプトを書きまくること」とフランシーンは答えた。「全然複雑なのじゃないけど。ガラクタにすぎないから、フリーウェアとして配布してる。とても気分が安らぐの」

ぼくは、なるほどというようにうなずいた。彼女は、わざと面白味のない話をしているのではないと思う。ぼくにもうほんのちょっと、踏みこんでほしいのだ。

「デボラ・コンウェイは好き？」彼女の歌はラジオで二曲聴いたことしかないが、数日前、ツアーのポスターを街なかで目にしていた。

「うん。彼女すごいよね」

ぼくはさっき走り書きした変数の上の共役のバーを無意味に何度もなぞりながら、「彼女、サリー・ヒルズのクラブに来るんだ」といった。「金曜に。聴きにいかない？」

フランシーンは笑顔になった。世にも退屈そうなそぶりはすっかり捨てている。「行く行く。それ期待大」

ぼくも笑顔を返した。舞いあがりもしなければ、夢見心地でもなく、海岸に立って海の広さに思いをはせているような気分。それは、図書館で難解な研究論文(モノグラフ)を読みはじめたはいいが、内容をほんの一部しか理解できず、インクや紙のにおいだとか、すっきりと均整のとれた数字や記号の列だとかを鑑賞するほかなくなったときの気分と同じだった。その先に輝かしいものがあるのはわかっているが、それをものにするのがいかに骨の折れる仕事かもわかっているときの気分。

ぼくはいった。「帰りにチケットを買っておくよ」

年度末試験の終了を祝して、ぼくの住んでいる家でパーティが催された。うだるような十一月の夜だったが、家のいちばん大きな部屋よりもさほど広くない裏庭だけでは足りず、結局、ドアも窓も全部あけ、前庭と裏庭と一階の全体に家具を配置し食べ物を並べた。湿気を帯びたあるかなしかの微風が、ひとたび川から家の奥にまではいりこんでしまうと、そのあとは家の中も外もいたるところが同じように蒸し暑く、蚊だらけになった。

フランシーンとぼくは、カップル特有の力学に支配されて一時間ほどいっしょにいたあと、自分たちがしばらく別々にうろついてもだいじょうぶで、その選択に腹を立てる結果になりはしないかと心配してなどいないことを、以心伝心で了解しあった。

やがてぼくは混みあった裏庭の片隅で、この家に四年間住んできた生化学の学生のウィルと話していた。ウィルには、この家の運営に関してはだれよりも自分の意見が重視されて当然と考えてしまう面があるようで、ここに越してきた当初のぼくは、それがひどく気にさわった。だが、いまではぼくたちは親しくしていて、ウィルが奨学金をうけてドイツに発つ前に話す機会をもててぼくはうれしかった。

ウィルがドイツでとり組むはずの研究についての話の途中で、ぼくはフランシーンの姿を目にとめ、ウィルがぼくのその視線をたどった。

ウィルが、「きみのホームシックがやっと治った理由がわかるまで、だいぶかかったんだよな」

「ホームシックになんかなりませんでしたよ」

「そうか、うん」ウィルは酒をあおって、「でも、あの子はきみを変えた。それは認めるだろ」

「ええ。それはもう。つきあうようになってから、なにもかもが順調なんです」ふつうは恋人が勉学のさまたげになるようだが、ぼくの成績は急上昇していた。フランシーンが手とり足とり教えてくれたわけではない。彼女はただ、あらゆることがより明白に理解できる精神状態にぼくを引きこんだのだ。

「いちばん驚きなのは、そもそもきみたちがつきあうようになったことだな」ぼくが顔をしかめると、ウィルはなだめるように片手をあげて、「いやつまりさ、ここに越してきたころのきみは、ひどく内にこもっていたってこと。プラス自己嫌悪。部屋を貸すかどうか決める面談のとき、きみはおれたちに、もっとふさわしい人に部屋をまわしてやってくださいと頼みこんでいるも同然だった」

「からかわないでください」

ウィルは首をふった。「ほかのだれにきいても、同じことをいうよ」

ぼくは口を閉ざした。じっさいは、距離をおいていまの自分の姿を考えてみれば、ぼくもウィル同様にびっくりしたに違いない。故郷を離れるころのぼくは、成功するのに運はほとんど無関係だという考えを自明の理としていた。世の中には、生まれついて財産とか、才能とか、カリスマ性とかをもっている人がいる。そういう人は最初から先頭を走っていて、人より秀でた点は雪だるま式にふくらんでいく。ぼくは自分にはせいぜいで、選択した狭い分野でかろうじてやっていける程度の知性と根気しかないと、ずっと思いこんでいた。高校ではすべての科目で最優秀だったが、オレンジくらいの大きさの街でそうだからといってもほとんど無意味なわけで、ぼくは自分の行く末になんの幻想もいだかずにシドニーに出てきたのだった。

凡人にしかなれないという自画像が現実化しなかったのは、フランシーンのおかげだ。

彼女といっしょにいることで、ぼくの人生は変わった。しかし、お返しにさしだせるものが自分にあるなどと考える図太さを、ぼくはどこで身につけたのだろう？

「ちょっとしたことがあったんです」とぼくは認めた。「はじめて彼女を誘う前に」

「へえ？」

ぼくは黙りこみかけた。路地での一件はだれにも、フランシーンにさえ、話していなかった。あれはあまりに個人的なことだという気がしていて、少しでも人に話すのは、自分の良心を見せびらかすことのように思えた。だが、ウィルは一週間もしないうちにミュンヘンに去る。もう一生会わないだろう人に秘密を打ちあけるのは、いくらか気が楽だった。

ぼくが話を終えると、それでなにもかもが明白になったとでもいうように、ウィルは満足げににやりと笑った。「それで業（カルマ）が清められたんだな」とのたまう。「わからなかったとは不覚だ」

「それはまた、じつに科学的なお言葉ですね」

「まじめにいってるんだよ。仏教の神秘用語じゃなくて。これは現実の話だ。きみが自分の行動規範をつらぬけば、当然ものごとはきみにとってうまくいく――そのために命を失うことがなければ。それが心理学の初歩だ。人間は、相互関係の感覚、他人からうけるあつかいが適切かどうかを判断する感覚を、高度に発達させている。自分にとってものごとが順調すぎると、『これに値するようなことを自分はしただろうか？』と思わずにいられない。そして納得できる答えが見つからないと、自分を責める。つねにではないが、かなり頻繁にだ。というわけで、自尊心がふくらむような行動をとったあと――」

「自尊心は心の弱い人のものです」ぼくが嘲るようにいうと、ウィルはあきれ顔になった。

「ぼくはそんなふうに考えてはいません」ぼくはいい切った。

「そうか？　ならそもそも、なぜそんな話をもちだした？」

ぼくは肩をすくめて、「たぶんあの体験は、ぼくの悲観主義を軽くしただけだと思います。悲観主義なんてたわごとは完全に叩きだせたかもしれませんが、ぼくはそうしなかった。それでも、だれかをコンサートに誘うのが命がけには思えなくなりましたけど」こんな望んでもいない分析にはまったくうんざりしかけていたが、ウィルの大衆心理学に反論できるのは、自分が口にしている同じくらい通俗的な説明しかなかった。

ウィルはぼくが当惑しているのに気づいて、話題を変えた。けれど、パーティ客のあいだを縫っていくフランシーンを目で追いながら、彼女とぼくを引きあわせためぐりあわせがいかにあやういものかという心騒がせる思いがふり払えなかった。もし、ぼくがあの路地に背をむけて歩き去っていて、見習料理人が死んでいたら、そのあとぼくが長いこと、自分はクズ以下だという気分になっただろうことは否定すべくもない。自分の人生に多くを期待してもいいのだという気分には、ならなかっただろうことも。

しかし、ぼくは背をむけはしなかった。そして、たとえ決断をくだしたのが土壇場でのことだったにせよ、正しい選択をしたのを誇って悪いことはないはずだし、そのあと起きたなにもかもが、金で買える薄っぺらな神の恩寵のようにけがれていることにもならない。ぼくは中世の騎士とは違い、勇気を証明する試練の結果としてフランシーンの愛情を勝ちとったわけではない。ぼくたちは無数の複雑な理由からたがいを選び、その選択をつらぬいているのだ。

いまフランシーンとぼくはともに日々を送っている。それこそがだいじな点だ。今後ぼくが、自分をフランシーンへと導いた人生の道を、こまごまと思いかえすことはないだろう。そんな行為は、一歩まちがえばぼくたちを他人のままでいさせたかもしれない疑問や不安の数々を掘りかえすことでしかない。

二〇一二年

アル・ラフィディアから南へ走ってきて残り一キロを切ったところで、前方で朝日にきらめく〈泡の壁〉が見えてきた。シャボン玉の山と同じくらいもろいのに、六週間経っても壊れていない。

「こんなに長く保(も)っているなんて、信じられない」ぼくはサジクにいった。

「モデルを信頼していなかったのかな?」

「そんな、あたりまえですよ。この六週間ずっと、丘を越えてここに来てみたら、萎びた蜘蛛の巣(ウェブ)しかなかった、ってことになると思っていたんですから」

　サジクは笑みを浮かべて、「つまり、わたしの計算を全然信用していなかったということだね？」

「あなたがどうこうという話じゃないです。ぼくたちがともにまちがいをおかしていたかもしれないことは、いくらでもあるんですから」

　サジクは道路を外れて車を止めた。ぼくが顔面保護マスクすらつけないうちに、サジクの学生のハッサンとラシードがトラックの荷台からおりて、〈壁〉にむけて歩きだしていた。サジクはふたりを呼びもどして、ビニール製ブーツと紙製スーツを服の上からつけさせ、ぼくたちふたりも同じことをした。いつもはこれほどの防護手段をとる手間はかけないのだが、きょうは話が別だ。

　近くに寄ると、〈壁〉はまるで消滅したように見えた。目にとまるのは、虹色に縁どられた散在する反射だけ。その反射によって存在を確認できる薄膜の上を、大気圧と温度勾配と表面張力の相互作用が膜に引きおこす波に乗り、水がそれ自体を再分配するのにあわせて、虹色がゆっくりした速度で漂っていく。それぞれの虹色は、別々の物体のように思えた。いくつもの半透明のビニールの切れ端が、地面の近くでは感知不能なほどかすかな微風に浮かんで、砂漠の上を飛びまわっているかのように。

　けれど、視線をもっと遠くにむけると、光のかけらは密度を増して、〈壁〉がひとつのまとまった存在であることを否定するような対立仮説は、すべて説得力を失っていく。〈壁〉の全長は砂漠の縁沿いに一キロにおよび、場所によって十五メートルから二十メートルの不ぞろいの高さで空中にそびえていた。しかしこれは、世界初の〈壁〉の実物にすぎず、しかも〈壁〉としては最小のものだった。そしていま、それをトラックの荷台に積んで、はるばるバスラまで運ぶときがやってきたのだ。

サジクが反応薬のスプレー缶を運転席からとってきて、缶をふりながら道路脇の土手をくだった。そのあとにつづいたぼくは、心臓が口から飛びだしそうな気分だった。〈壁〉は干からびてはいない。散り散りに引き裂かれても、吹き飛ばされてもいなかったが、この時点でもなお、失敗する余地はいくらでもある。

サジクが手を上にのばして、よく見える位置にいても薄く色のついた空気としか思えないものをスプレーした。つづいて、こまかな霧状のしずくが膜を叩くのが見えた。スチームアイロンの音に似た、吐息のようなささやきが湧きあがり、温かい湿気がかすかに感じられ、そしてまず、〈壁〉を形成するポリマーが構造変化をはじめたあたりの一帯に、光沢のある糸が姿を見せて、四方に広がっていった。そのポリマーはある状態では可溶性で、細い板状のとても軽いゲルに水をつつみこむ親水性基の原子が剝きだしになっている。いま、反応薬に誘発され、日光を動力源に、ポリマーはそうした原子を巧妙な油質の籠に押しこんで、水の分子をひとつ残らず追いだし、ゲルを乾ききった織物(ウェブ)に変容させていった。

ポリマーが水の分子以外のものを追いだしていないことを、祈るばかりだ。

レース状のネットが足もとに落ちてきて層をなしはじめると、ハッサンがむかついていると同時に面白がっているように、アラビア語でなにかいった。ぼくのアラビア語の理解力は穴だらけなので、サジクが顔面保護マスクにくぐもった声で翻訳してくれた。「これの重量の大半は虫の死骸かもしれない、といったんだよ」きらきら光るカーテンが風でぼくたちの頭上に吹き寄せられ、サジクは追いはらうように若者たちをトラックに戻らせて、自分もあとにつづいた。それはとてもゆっくり地面におりてくるので内部にとらわれる心配はなかったが、ぼくはせかせかと斜面をのぼった。

脱水がその全長にわたって進行し、〈壁〉が崩壊するのを、ぼくたちはトラックから観察した。間近から見たゲルはかろうじて判別できたが、残留物は離れたところからではまったく目に見えなかった。残留物の中にある物質の量は、ものすごく長いパンティストッキングよりも少ない——パンストの目も〝虫の残骸〟でつまっているとしてだが。

スマート・ポリマーは、ノルウェーの化学者、ソンジャ・ヘルヴィグの発明だ。ぼくは彼女のオリジナル・デザインを、この応用製品用にちょっと改良した。サジクと学生たちは土木技師で、製品が現実に利益を生めるところまであらゆるものの規模を拡大する作業を請け負った。現実の利益という観点からすると、この実験はまだ、ささやかな実地試験にすぎない。

ぼくはサジクのほうをむいて、「地雷の除去をされたことがあるんでしょう?」

「何年も前のことだ」ぼくがそれ以上なにをいう間もなく、サジクはこちらのいいたいことを察した。「そっちの仕事のほうが大きな満足を味わえるのではと思っているね? どかーん、で処理が終わって、目の前には証拠があるから、と」

「地雷がひとつ減れば、犠牲者もひとり減る」とぼく。「処理すべき地雷が何千何万あるにせよ、一個片づけるごとに、確実な成果をひとつあげていることに違いはないんですから」

「そのとおり。じっさいいい気分になれたよ」サジクは肩をすくめた。「それで? ずっとむずかしいこんな仕事など、放りだせばいいのにとでもいうのかな?」

サジクはトラックで斜面をくだってから、学生たちが特殊ウィンチを組みたててポリマーの切れ端を結びつけていくのを監督した。ハッサンとラシードは二十代だが、青年と呼んでもじゅうぶんにとおる。湾岸戦争後、独裁者と彼を後援していた欧米の連中は、双方に都合のいい方策として、イラクの子どもたちのひと世代を栄養失調のまま、医療ケアなしで成長させることにした——そんな状況で成長できるかどうかはともかく。国際社会の制裁措置下で、百万人以上が死んだ。わが祖国は悪い冗談のつもりなのか、海軍の一部を派遣してその封鎖に参加させ、残りの艦艇には本国の沿岸で、この国やほかの国から残虐行為を逃れてきた人々を追いかえさせていた。イラクの髭の大統領はだいぶ前に死んだが、もっと健康にいい土地に住んでいる大量殺戮の共犯者たちは、いまもみなとがめなしで、講演旅行をしたり、シンクタンクを運営したり、ノーベル平和賞ねらいのロビー活動をおこなったりしている。

ポリマーの紐がウィンチの保護バレル内部の芯に巻きつくのにあわせて、アルファ線のカウントも絶え間なく上昇していた。それはいい徴候だった。戦争がまき散らした酸化ウランの微細な粒子が〈壁〉にとらわれた上に、脱水とネットの巻きとりのあいだもポリマーにくっついたままだったことを意味するからだ。ぼくたちが集めた数グラムのウラン238の放射線は、それだけで危険が生じるレベルよりはるかに低い。避ける必要があるのはウランの塵を体内にいれることだが、そうなった場合でも、放射性物質による悪影響は化学的に計測できる程度だった。ポリマーがほかの標的もとらえているという期待ももてた。戦時中に油井火災の大惨事でクウェートやイラク南部にまき散らされた、有機発癌性物質だ。だが完全な化学分析をおこなうまでは、そちらの結論はくだせない。

帰路は全員が意気高揚としていた。ぼくたちが過去六週間かけて風からむしりとったものは、いまこの国で白血病に苦しんでいる人々をひとりでも救えるわけではないが、今後数年間、数十年間でこのテクノロジーがほんものの変化をもたらす可能性が、ついに現実のものと思えるようになったのだ。

シドニーへの直行便にシンガポールで乗りそこねたので、パースを経由するほかなかった。パースで四時間の接続待ち。ぼくはそわそわ、いらいらしながらトランジットラウンジをうろついた。フランシーンがぼくより三カ月早くバスラを去ってから、彼女を目にしていない。帯域幅が限定されたイラクへの回線を自分本位な映像でふさぐのを、フランシーンはよしとしなかった。シンガポールから電話したときには話し中で、ぼくはパースにいるあいだ、かけ直すべきかどうか決めかねていた。

電話しようと決心したまさにそのとき、ノートパッドにeメールが届いた。フランシーンはぼくのメッセージをうけとって、空港で待っている。

シドニーに着いたぼくは、手荷物の回転コンベヤーの脇に立って、人の波に目を走らせた。こちらにむかってくるフランシーンをようやくぼくが見つけると、彼女はまっすぐにぼくを見て、微笑んだ。ぼくはコンベヤーから彼女のほうへ歩いていった。フランシーンは立ち止まって、距離をつめるのはぼくにまかせ、視線をぴったりあわせたままでいる。なにかいたずらを準備しているような、どこかおどけた表情をフランシーンは浮かべていたが、ぼくにはその理由の見当がつかなかった。

ぼくがあと数歩まで近づいたとき、フランシーンはわずかに体をひねって、両腕を広げると、「じゃじゃ〜ん！」

ぼくは凍りついて、言葉を失った。（なんでいままで話してくれなかったんだよ）

　ぼくは数歩の距離をつめて、フランシーンを抱きしめたが、その間に表情を読まれていた。「怒らないで、ベン。知らせたら、予定より早く帰ってきちゃうだろうと思ったから」

「そうだよ、そうしたさ」さまざまな思いが次々に湧いて収拾がつかない。三カ月分の反応が十五秒で押し寄せる。（ぼくたちは予定していなかった。ぼくたちにはとても無理だ。ぼくはまだ準備ができていない）

　不意に涙が流れ落ちたが、驚きが大きすぎて人目を気にしている余裕はなかった。心の中でもつれていた恐慌と混乱がほぐれていく。ぼくはフランシーンを抱いた手に力をこめ、腰のあたりに彼女の体のふくらみを感じた。

「ねえ、しあわせ？」フランシーンがきいた。

　ぼくは笑いながらうなずき、むせぶようにいった。「うれしくてたまらないよ！」

　嘘偽りのない言葉だった。まだおそれはあったけれど、それはしあわせすぎることへのおそれだった。ぼくたちは自らのなすべきことを知るだろう。そしてともにそれをなし遂げるだろう。

　ぼくは現実に立ちかえるまでに数日を要した。ふたりできちんと話をする機会は、週末までなかった。サウス・ウェールズ大学（UNSW）の教職にあるフランシーンは自分の研究を数日間脇にやることはできても、答案の採点は待ったなしだ。計画を立てなくてはならないことは無数にあった。バスラでのプロジェクトに加わるための費用としてぼくに支払われていた六カ月間のユネスコ特別研究員奨学基金は終了していて、ぼくはまもなく、また金を稼がねばならない立場になるが、まだどことも雇用契約をしていないおかげで、ある程度は時間の融通が利いた。

月曜日、アパートの部屋でひとりきりになったぼくは、ずっと放置していた学会誌の消化に着手した。イラクでのぼくは強迫観念的に一意専心して、情報採掘ソフトにも、〈壁〉に関連する研究のみをぼくに知らせ、ほかはすべて排除するように指示していた。六カ月分の論文のサマリーをざっと読んだ中で、〈サイエンス〉誌のひとつの記事に目を引かれた。「多世界宇宙論におけるデコヒーレンスの実験モデル」というタイトル。オランダのデルフト大学のグループが、単純な量子コンピュータに、バイナリ表現されたふたつの異なる数を同率で重ねあわせたものを含むよう設定したレジスタで、一連の算術演算を実行させた。この実験自体は目新しいものではない。百二十八個までの数を表現する重ねあわせは、絶対零度に近い実験室の条件下に限ってではあるが、いまでは日常的に処理されている。

だがこの実験は通常と違って、問題の数を含む量子ビット(キュービット)を、計算の各ステップでコンピュータ内の別の、余分なキュービットと故意に絡みあわせた。結果として、そのとき計算をおこなっているセクションは純然たる量子状態ではなくなって、ふたつの数を同時に含んでいるようにではなく、単に同率の可能性でどちらかひとつを含んでいるかのようにふるまった。この結果は、機械全体が不完全な遮蔽のせいで周囲の物体と絡みあってしまった場合とまったく同様、計算の量子的性質を根底から崩すものだ。

ただし、遮蔽が不完全だった場合との決定的な違いがひとつある。この実験では、実験者たちは計算を古典的におこなわせる余分なキュービットにアクセスできたのだ。実験者たちが全体としてのコンピュータの状態について適切な測定を実行すると、それは一貫して重ねあわせの状態のままであることが示された。いちどきりの観測では証明にならないが、実験は何千回も繰りかえされ、誤差の範囲内で実験者たちの予測どおりの結果が出た。余分なキュービットを無視すると重ねあわせは検知できなくなったが、完全に消滅してしまうわけではなかった。両方の古典的計算が、両者とも量子力学的なかたちで相互作用する能力を失ってはいても、つねに同時におこなわれていた。

ぼくはこの実験結果を前に、机にむかって考えこんだ。ひとつのレベルでは、これは一九九〇年代の量子情報消去（イレイザー）実験をスケールアップしただけといえたが、ちっぽけなコンピュータ・プログラムが〝それ自身は〟唯一かつ単独だと思っているのに、じつはやはり相手の存在に気づいていないもうひとつのバージョンがすぐ横でずっと処理を実行している、というイメージは、光子の干渉実験よりもはるかに心に響くものがあった。いくつもの計算を同時にこなす量子コンピュータのアイデアにはぼくもなじんでいたが、コンピュータの各部品が最後にいたるまで複雑な全体として作動しているせいで、結果として答えが召喚される仕組みはどうしても観念的で現実性が薄く感じられた。そこへいくとこの実験では、各々の計算が別個の古典的な履歴（ヒストリー）として起こるさまが、算盤の珠を動かすように確固として現実的なかたちで、きっぱりと実演されていた。

フランシーンが帰宅したとき、ぼくは夕食を作っている最中だったが、ノートパッドをとってきて、その論文を見せた。

「ああ、それなら読んだ」とフランシーンは答えた。

「どう思う？」

フランシーンは両手をあげ、わざとおびえたふりをしてあとずさった。

「まじめな話なんだけど」

「なにを答えればいいの？　これは多世界解釈（MWI）を証明しているか？　答えはノー。これでこういう玩具のようなモデルを理解したり作ったりするのが容易になるか？　それはイエス」

「でもなにか感じるところはあっただろ？」ぼくは食いさがった。「これを無限にスケールアップできたとして、やはり同じ結果が出ると思う？」キュービットひと握りの玩具宇宙から、ほんものの宇宙へとスケールアップしても。

フランシーンは肩をすくめて、「なにか感じるまでもない。どっちみちわたしはずっと、MWIはいちばん説得力のある考えかただと思ってたから」

ぼくはそれ以上追究せずにキッチンに戻り、フランシーンは採点すべき答案の束をとりだした。

その夜、ふたりでベッドにはいってからも、ぼくはデルフト大学の実験が気になってしかたなかった。

「ほかのバージョンのぼくたちがいるって信じられる？」ぼくはフランシーンにたずねた。

「いるのが当然だと思う」そのいいかたは、それが抽象的、形而上学的な話でしかなく、そんな話をもちだしただけでもぼくは現実離れしているといっているかのようだった。MWIを信じていると口にする人は、決してそれを真剣に考えたり、まして個人的な問題としてうけとめたりはしたがらないものらしい。

「それで気にならないのか？」

「別に」フランシーンはどうでもよさそうな口調で、「あがいたって状況を変えられないのに、思い悩んでもしかたないでしょ」

「じつにプラグマティックだな」フランシーンの手がのびてきて、ぼくの肩をぶった。

「誉めたんだよ！」とぼくは文句をいった。「そんなにかんたんにうけいれられるなんて、うらやましいんだ」

「ほんとはうけいれてないんだけど」フランシーンは白状した。「そのことで不安を感じたりはしないと決めただけの話で、うけいれたのとは全然違う」

ぼくはフランシーンのほうをむいたが、部屋はまっ暗に近く、たがいの顔もほとんど見わけられなかった。ぼくはきいた。「きみに人生最高の満足感をあたえるものはなに？」

「甘々のロマンチックな答えでごまかされたい気分じゃないんでしょ、いまのあなたは？」とため息をついて、「なんだろう。問題を解決すること。ものごとを正しくおこなうこと」

「きみが問題の解決に成功するごとに、きみそっくりのだれかが、逆に失敗してるとしたら？」

「自分の失敗には対処できる。そのだれかの失敗は、その人に対処してもらいましょ」

「でも、そういうわけにもいかないのは知ってのとおりだ。そのだれかは大勢いて、その中には対処ってことができない人もいる。きみがやってのけられるあらゆることについて、そうできないほかのだれかがいるはずなんだ」

フランシーンから返事はない。

ぼくはつづけた。「数週間前、サジクに地雷除去をしていたときのことをきいた。戦争でまき散らされた劣化ウランを〈壁〉で一掃するのよりも、満足感があった、といっていたよ。目の前で小さな爆発がひとつ起こるたびに、自分が価値のあることをやったとわかるから。ぼくたちはだれしも人生の中でそうした瞬間をいくつも体験して、純粋で疑問の余地のない達成感を味わう。今後どんな失敗をすることがあっても、ぼくたちふたりには、少なくともひとつ、うまくやり遂げたことがある」ぼくは神経質な笑い声をあげた。「そう確信できなかったら、ぼくはいつか発狂するだろうな」

フランシーンが、「確信していて。ひとたびなし遂げたことは、決してあなたの足もとから消え去ったりしないから。だれかが押しかけてきて、あなたから奪い去ることもない」

「もちろんだ」だが、このぼくほどめぐまれていない別のぼくが目の前にあらわれて分け前を要求したらと考えて、ぼくは鳥肌を立てた。「でもそれは利己的すぎるようにも思える。ぼくをしあわせにしていることがひとつでも、だれかの犠牲の上になりたっていてほしくない。どんな選択も……別のバージョンのぼく自身とゼロサムゲームの賞品を争うようなものであってほしくない」

「わたしも」といってからフランシーンは口ごもり、「だけど、現実とはそういうものなのだとしたら、あなたになにができる？」

フランシーンの言葉が闇の中に漂う。ぼくにできることはなにか？　なにもない。それでもぼくはほんとうに、結局はだれにとってもなにも得るものがないというのに、自分のしあわせの根底を蝕んでまで、その件で思い悩む気なのか？

「きみのいうとおりだ。こんなこと考えるなんて馬鹿げてる」ぼくは身をのりだして、フランシーンにキスをした。「もうきみを眠らせてあげるとしよう」

「馬鹿げてはいないけど」フランシーンはいった。「でも、わたしにも答えはわからない」


翌朝フランシーンが出かけてから、ノートパッドを手にとると、彼女からぼく宛てに一冊のeブックがメールされていた。一九九〇年代の安っぽい〝改変(オルタネート)（原文ママ）歴史(ヒストリー)〟小説のアンソロジーで、書名は『信じられない！　皇帝(ツァー)がいっぱいだ！』（『二〇〇一年宇宙の旅』の「信じられない！　星がいっぱいだ！」というセリフの星＝ｓｔａｒと皇帝＝Ｔｓａｒのダジャレ）。惹句(じゃっく)にいわく、「もしガンジーが情無用の冒険軍人だったら？　もしセオドア・ルーズベルトが火星からの侵略に立ちむかっていたら？　もしナチがジャネット・ジャクソンの振付師をかかえていたら？」

ぼくは序文を流し読みして、馬鹿馬鹿しさに笑ったりうめいたりを交互に繰りかえしてからファイルを閉じて、仕事にとりかかった。次の職探しを本格的にはじめる前に、ユネスコに提出する一ダースものこまごました書類仕事を仕上げなくてはならない。

午後の半ばには仕事はほぼ片づいたが、そうしたうんざりするような義務を黙々とこなしたことで達成感が増していくのにあわせて、次のような命題が思い浮かんだ。ぼくと無限小の差異しかないだれか——ぼくとけさの時点まで完璧に履歴を共有していただれか—

―が、きょうはきちんと仕事をするかわりにさぼっている。この認識はささいであるがゆえに、いっそう大きな不安を生んだ。それは、デルフト実験がもっとも俗世間的なレベルでぼくの日常生活に侵入していることを意味するからだ。

ぼくはフランシーンが送ってきたeブックをファイルから掘りだして、二、三篇読んでみようとしたが、どの作家も飽きもせずに設定の前提を自明とするばかりで、背理法はもちろん、喜劇による実存主義的鎮痛剤といえるレベルにさえほど遠かった。もしマリリン・モンローがリチャード・ファインマンとリチャード・ニクソンの艶笑劇に巻きこまれていたら、どんな滑稽な事態になっていたか、なんてことはぼくには全然どうでもいい。ぼくが小説に期待したのは、自分の過去が蜃気楼からできているという息づまるような強迫観念を――ぼくの人生は一種の拷問部屋の中で目隠しをされていたようなものでしかなく、ぼくはこれまで度重なる自分の処刑延期を喜び祝うごとに、じつは意図せずして別の自分たちを裏切っていたのだ、という思いこみを――捨てさせてくれることだった。

フィクションがなんのなぐさめももたらしてくれないなら、事実のほうはどうだろう？仮に多世界宇宙論が正しいとして、だからどうだ、ということを確実にわかっている人はいなかった。物理的に可能なことは文字どおりそのすべてが起こらなくてはならない、という解釈は誤謬だ。ぼくが論文を読んだ宇宙論学者のほとんどは、全体としての宇宙は単一の確定した量子状態に根ざしたものであり、その状態が多数の古典的履歴の重ねあわせというかたちであらわれるものだとしても、その履歴が可能性をことごとく記載した一覧になっていると考える理由はない、と信じていた。同じことは、より小さなスケールでもあてはまる。チェスの試合がおこなわれるたびに、対戦するふたりは考えうるありとあらゆる手を指す、と信ずべき理由はない。

（そしてぼくが九年前、良心と争いながら、あの路地の入口で立ちつくしていたとしたら？）主観的にあのときの自分が優柔不断だったからといって、ではぼくがなんの葛藤もなく行動していたら、そこに純粋でゆるぎない決心をした量子状態の人間がひとり出現していたかといえば、そんなことはどうよくいってもありえないし、現実問題としてはおよそ物理的に不可能だった。

「忘れろ、こんなこと」自分でも知らぬ間にパラノイアの発作に陥ってしまっていたが、これ以上は一秒もそんなことにかまけるつもりはない。ぼくは頭を机に数回打ちつけてから、ノートパッドを手にして、求人サイトに直行した。

だが思索は完全に途切れたわけではなかった。それはアル中の人間がピンクの象のことを考えまいとするような、無理な相談だ。だが、その問題が頭に浮かんでも、そのたびにいますぐ精神科医の診察をうけにいくぞと自分を脅せば、押さえこめるのがわかった。こんなわけのわからない精神的問題を医者に説明しなくてはならないと考えただけで、これまで手つかずで貯めこんできた自制心を発動させるにはじゅうぶんだったのだ。

夕食の料理をはじめるころには、馬鹿げたことを考えていたものだという気分になっていた。フランシーンが再度この話題に触れても、ぼくは冗談で片づけられるだろう。精神科医に用はなかった。ぼくは自分の幸運ぶりに少し不安になっているのに加えて、もうすぐ父親になるという知らせにまだどこか混乱しているのにすぎず、ではそのすべてを当然とうけとめるほうが健全かといえば、まったくそんなことはない。

ノートパッドがチャイムを鳴らした。フランシーンは今回も、この国でさえ帯域幅が水同様に貴重だとでもいうように、映像をカットしていた。

「もしもし」

「ベン？　さっき出血したの。いまはタクシーの中。セント・ヴィンセント病院まで来てくれる？」

フランシーンの声はしっかりしていたが、ぼくは口が干上がった。「わかった。十五分で着く」それ以上はなにもいえなかった。『愛してる、きっとだいじょうぶだ、がんばれ』いや、そんな言葉はきっと悪運をまねく。

三十分後、ぼくはまだ車の中にいて、怒りと無力感で手が白くなるまでハンドルを握りしめていた。ダッシュボードに目を落とし、渋滞に巻きこまれたほかの車を全部リアルタイム表示しているマップを見て、ぼくはとうとう、次の瞬間にも奇跡的にがらがらの脇道に折れ、街の中を縫うようにしてあとほんの数分で病院に着ける、などという幻想を捨てた。

病室にたどりつくと、ベッドのまわりにめぐらされたカーテンの陰で、フランシーンは横むきに丸めた体をこわばらせ、背中をこちらにむけて、ぼくを見ようとはしなかった。ぼくには横で突っ立っていることしかできない。婦人科医からはまだ正式な説明はないが、流産による合併症が起きたため、手術がおこなわれたあとだった。

ぼくがユネスコ特別研究員に申しこむ前に、放射能の危険性については夫婦で話しあった。イラクへの訪問者ふたりにとっては、用心深く、情報をじゅうぶん収拾し、短期間しか滞在しないなら、危険はきわめて小さいと思えた。フランシーンがぼくに同行して砂漠まで出たことはいちどもなかったし、バスラの地元住民に関しても、先天性欠損や流産の率はピークをはるかに下まわっていた。ぼくたちはふたりとも避妊薬を服用していた。コンドームは使うまでもないと思えた。(ぼくが砂漠からそれを、フランシーンに運びこんだのか？　包皮の下にはいりこんだ、放射能を帯びたひと粒の塵を？　メイクラヴしながら、ぼくはフランシーンに毒を盛っていた？)

フランシーンがぼくのほうをむいた。泣き腫らした目のまわりの肌は血色が悪く、彼女がぼくと目をあわせるためにたいへんな努力をしているのがわかった。彼女はシーツの下から両手を引きだして、ぼくに握らせた。ぼくたちはその姿のまま凍りついた。

しばらくして、フランシーンがすすり泣きはじめたが、ぼくの手を放そうとはしなかった。ぼくはフランシーンの親指の甲を自分の親指でなでた。小さく、やさしく。

二〇二〇年

「いまの気分は？」オリヴィア・マズリンはまったく視線をあわせることなく、ぼくに声をかけた。ぼくの脳活動の網膜投影映像（オーバーレイ）に、すっかり注意を奪われている。

「良好」とぼくは答えた。「投与開始前と、まったく変わらない」

ぼくは歯科用椅子とよく似たものに、腰かけるのと寝そべるのとの中間の姿勢で身をあずけ、磁気センサやインデューサだらけのぴっちりしたキャップを頭にかぶっていた。前腕から静脈に流れこむ液体のかすかな冷たさを無視するのは不可能だったが、その感覚は、二週間前の前回の実験のときとなんの違いもなかった。

「十まで数を数えてもらえるかしら」

ぼくはいわれたとおりにした。

「では目を閉じて、前回と同じよく知っている顔を思い浮かべて」

オリヴィアにはだれを選んでもいいといわれていたので、ぼくはフランシーンを思い浮かべることにしていた。前回と同じ彼女の顔を思いおこしているうちに、不意に記憶が喚起された。最初に被験者になったとき、頭の中で隅々まで描いたその顔を――警察に人相を説明しようとでもしているかのように――数秒間見つめているうちに、フランシーン本人のことを考えはじめていたのだ。今回もまったく同じ時点で、同じ変移がふたたび起こった。凍りついた正確無比なだけの肖像が、血のかよったものになる。

ぼくは今回もいわれるがままに、一連の活動をこなした。同じ短篇小説（F・スコット・フィッツジェラルド「時代遅れの二人」）を読む、同じ音楽（ロッシーニ『どろぼうかささぎ』）を聴く、子どものころの同じ記憶（はじめて学校に行った日）を語る。自分が前回の精神状態をじゅうぶん忠実に再現しているだろうかという不安は、どこかの段階できれいさっぱり消えていた。そもそもこの実験の目的は、二回のセッション間に生じる不可避な差異をとりあつかうことにある。ぼくは十数人の志願者のひとりでしかなく、しかも被験者の半分は二回とも生理食塩水を投与されるにすぎない。ぼくもそちらの側のひとりかもしれないのだ——ほんとうの影響を判断する比較の基準を設定するための対照（コントロール）。

けれど、もしぼくがコヒーレンス阻害薬を投与されているなら、自分でわかる範囲では、その薬はぼくになんの影響もあたえていなかった。薬の分子がぼくのニューロンの中のマイクロチューブルにとらわれても、ぼくの精神生活は消滅していない。薬が投与されない場合にニューロンの組織が維持するはずのあらゆる量子コヒーレンスが、数分の一ピコ秒で環境から消え去っているはずなのだが。

ぼく個人の意見としては、量子効果が意識に関してなんらかの役割を演じているというロジャー・ペンローズの理論には、まったく賛成できない。二十年前のマックス・テグマークの独創的な論文にまで遡る計算で、いかなる神経組織においてもコヒーレンスの持続はまずほとんどありえないことがすでに示されている。しかしながら、オリヴィアの研究チームがペンローズの説を完全に否定するには、とてつもない創意を発揮して一連の明瞭な実験をおこなう必要があった。過去二年をかけて、彼女のチームは、ペンローズ信者の別々の派閥が脳の本質的な量子的構成要素として聖別してきた種々の組織のひとつひとつから、幽霊を追いはらった。阻害の標的とするのにもっとも困難をきわめたのは、ペンローズ派が最初期から候補にあげていた組織――マイクロチューブルや、あらゆる細胞の内部で一種の骨格形成する巨大ポリマー分子だった。しかし現在では、このぼく自身のニューロンの細胞骨格の中に、ぼくの頭蓋がたしかにその中に浸されているマイクロ波フィールドとその細胞骨格とを強力に結合する分子をちりばめることが、完全に可能だった。そうなった場合、ぼくのマイクロチューブルが量子効果を利用する可能性は、ぼくが並行宇宙バージョンの自分とスカッシュの試合をするのと、ほぼ同じくらいだ。

実験が終わると、オリヴィアは礼を口にしたが、そのままデータの検討にはいり、さっき以上にぼくは眼中になくなった。オリヴィアの大学院生のひとりのラジが電極を抜きとって、小さな刺し傷に膏薬を張り、それからぼくがキャップを脱ぐのを手伝ってくれた。

「ぼくが対照だったかどうか、きみがまだ知らないのはわかっている」とぼくはオリヴィアにいった。「だが、これまでに際だった違いが認められた被験者はだれかいるのか？」

ぼくはマイクロチューブル実験のほとんど最後の被験者だった。なにか影響があるものなら、これまでの実験にあらわれているはずだ。

オリヴィアは謎めいた笑みを浮かべた。「論文の発表までくらい待てるでしょ」ラジが身をのりだして、ささやいた。「いませんでした、だれひとり」

ぼくは椅子からおりた。「ゾンビのお通り！」ラジが声を張りあげた。ぼくは彼の脳をむさぼり食おうとするように飛びかかった。ラジは笑いながら身をかわし、オリヴィアは困ったものだという顔でぼくたちを見ていた。ペンローズ陣営のしぶとい論客は、オリヴィアの実験はなんの証明にもならない、なぜなら、たとえすべての量子効果が除外された状態で人が同一にふるまったとしても、それと同じことは意識をまったくもたない単なる自動機械としてでもできるのだから、と主張した。批判の急先鋒に立つ男に、自分でコヒーレンス阻害を体験しないかとオリヴィアがもちかけると、男はこう答えた。そんなことをしても、納得できないことに少しも変わりはない、なぜなら、自分がゾンビだったあいだに刻まれた記憶も、通常の記憶と区別がつかないだろうから、実験を回想しても、なんの異常にも気づかないはずだ、と。

男の発言はなんの理屈にもなっていない。世界じゅうで自分以外のだれもがゾンビで、自分も一週おきの火曜ごとにゾンビになる、と主張したほうがまだマシだ。世界各地のほかのグループによって実験が再現されるにつれて、ペンローズの理論を一種の神秘的信条として選びとったというより科学的仮説として支持していた人々も、徐々にそこには反証の余地があることを認めていくだろう。

ぼくは神経科学科の棟を出て、物理学部にある自分の部屋まで徒歩でキャンパスを横断した。おだやかに晴れわたった春の昼前、学生たちが外に出てきて芝生に寝ころがり、顔の上にテントのようにバランスをとって本をひろげて、居眠りをしている。eペーパーを束ねた昔風の本で文章を読むことには、いまもなにかと利点があった。ぼくは前の年に自分の両眼をチップ化したばかりで、このテクノロジーには難なく順応したけれど、それでも日曜の朝に目ざめたとき、ベッドの中ですぐ脇にいるフランシーンが両目を閉じたまま〈ヘラルド〉を読んでいたりすると、まごついてしまう。

オリヴィアの実験結果は驚きではなかったが、この問題にきっぱりと片をつけられるのは満足のいくことだった。意識は純粋に古典的な現象なのだ。それが意味することはいくつかあるが、そのひとつは、古典的コンピュータで走っているソフトウェアが意識をもてないと信じる決定的な理由はない、ということだ。無論、宇宙に存在するあらゆるものは、あるレベルでは量子力学に支配されるが、量子計算の先駆者のひとりであるポール・ベニオフが一九八〇年代の昔に示していたように、量子力学的な部品から古典的チューリング

・マシンを作ることは可能であり、ぼくはここ数年、空き時間を使って、量子効果を回避することに関する量子計算理論の一分派を研究していた。

部屋に戻ると、ぼくはクァスプ（Qusp）——量子単集合プロセッサ（クアンタムシングルトン）——と名づけた装置の図解を呼びだした。クァスプには、最新世代の量子コンピュータを環境との絡みあいから遮蔽するために考案された技術のすべてが利用されることになるが、その目的はまったく違っている。量子コンピュータが遮蔽されるのは、複数の計算を並行しておこなっても、それぞれの計算が独自に別個の履歴を生じさせることなく、ただひとつ（シングル）の答えだけがアクセス可能になるようにするためだ。クァスプはいちどにひとつの計算しかおこなわないが、唯一の結果にいたる過程で、ほかのありうる結果（オルタナティヴ）を現実にする危険をおかすことなく、オルタナティヴをいくつでも含む重ねあわせの状態を経過できる。各計算ステップをこなしているあいだは外界と分離されているため、クァスプはその一時的な量子的二面性を白日夢のごとく内密で瑣末なものにしておくことができ、それが体験しうるありとあらゆる可能性を無理やり現実化させられることは決してない。

だがクァスプもやはり、世界に関するデータを収集する際には環境と相互作用する必要があり、その相互作用は必然的にクァスプを異なるバージョンに分岐させるだろう。もしクァスプにカメラをくっつけて、それをごくふつうの物体——岩石、植物、鳥——にむけたら、その物体が単一（シングル）の古典的履歴をもつことはまずもってありえないし、そのことはクァスププラス岩石、クァスププラス植物、クァスププラス鳥といった結合された系についてもいえる。

だが、クァスプ自体は、決して分岐を起こすことはない。ある所与の条件下にあるクァスプは、単一の反応しか生じさせない。だからクァスプ上でAIを走らせれば、そのAIは決定をくだす際に、気まぐれになることも、いくらでも好きなだけ慎重になることもできるけれど、結果的には選択肢の中からつねに特定のひとつだけを選びだし、つねに特定のひとつの行動方針だけに従うことになる。

ファイルを閉じて、オーバーレイされていたクァスプの設計図を消す。クァスプの設計には精力を傾けてきたが、実物を作るための努力はまったくしていなかった。クァスプの設計はぼくにとって護符のようなものだった。自分の人生がスローターハウスの跡に建てられたのどかな住居のように思えはじめるたびに、ぼくは希望の象徴としてクァスプを呼びだす。クァスプはある可能性の証明であり、クァスプは可能性でありさえすればじゅうぶんだった。人類の末裔のごく一部が、先祖たちにつきまとった多世界への分岐を回避することをさまたげるものは、物理法則のどこにも存在しない。

それでもぼくは、自らその可能性を現実化するいかなる試みも避けていた。それはある面では、研究を進めた結果、クァスプの設計上の欠陥があらわになり、恐怖の波に襲われたときに支えてくれる杖を自ら奪いさってしまうのでは、と不安だったからだ。それはまた、罪悪感の問題でもあった。ぼくは何度となく幸福を授けられてきたのだから、その状態をもういちど切望するのは利己的すぎる気がする。ぼくは自分の不運ないとこたちをリングから叩きだしてきたのだから、そろそろ試合を放棄して勝利を敵にゆずってやるころあいだ。

この最後のいいわけは、たわごとだった。クァスプを作るというぼくの決意が強くなればなるほど、それが現実になる分岐の数も増えるはずだ。決意を弱めることは、成果をほかのだれかにゆずるというような慈善行為ではない。それは未来のありとあらゆるバージョンのぼくを、そしてそのぼくたちが接するあらゆる人を、貧しくするだけだ。

いいわけはもうひとつある。そのもうひとつに決着をつけるときが来ていた。

ぼくはフランシーンに映話した。

「昼食の時間はとれる?」ぼくはたずねた。フランシーンは口ごもった。しようと思えばいくらでも仕事はあるのだ。「コーシー＝リーマンの関係式の件なんだけど?」とぼくは言葉を継いだ。

フランシーンは笑みを浮かべた。それはぼくたちのあいだの暗号で、特別な用件があることを意味する。「わかった。一時でいい?」

ぼくはうなずいて、「じゃ、その時間に」

フランシーンは二十分遅れたが、それはぼくがいつも待たされている時間より短かった。彼女は十八カ月前に数学科の副主任に任命されていて、管理職としてのあらたな仕事の数々ばかりでなく、いくつかの講義も継続でうけもっている。過去八年間、ぼくは多種多様な一ダースの団体――官公庁、法人、NGO――と短期間の契約を結んできたが、最終的には母校の物理学部のほぼ底辺に落ちついた。フランシーンの地位とか職の保証とかはたしかにうらやましいが、ぼくは自分がおこなってきた研究の大半に満足していた。たとえその研究が各種の分野に散らばりすぎていて、たとえば通常の出世街道にはつながらないとしても。

フランシーンは腰をおろすが早いか、ぼくが買っておいたチーズ＆サラダ・サンドイッチに猛然とかぶりついた。ぼくはいった。「最大でも十分くらいしか暇がないんだろう？」

フランシーンは片手で口を覆うと、守りにまわった口調で、「夜まで待ってもかまわない用件なわけ？」

「ときには、先のばしにできないこともある。勇気が萎えないうちに行動に出なきゃならないことが」

この不穏な前奏曲に、フランシーンの顎の動きが遅くなった。「あなたはけさ、オリヴィアの実験の第二段階に協力してきたんだっけ？」

「ああ」志願する前に、実験手順はすべてフランシーンと話しあっていた。

「どうやら、ニューロンの端っこが通常より古典的になっても、あなたは意識を失わなかったようだけど？」といってストローでチョコレートミルクを吸う。

「そうだ。あきらかに、これまでだれひとりなにも失っていない。この結果はまだ公表前だが、しかし――」

フランシーンは驚いたようすもなくうなずいた。ぼくたちはペンローズ理論に対して、同じ立場をとっている。いまそのことであらためて議論する必要はなかった。

ぼくはいった。「手術をうける気があるかどうか知りたい」

フランシーンは数秒間ストローを吸いつづけてから、口を離し、必要もないのに親指で上唇をぬぐった。「いまここで、その件に決断をくだせというの？」

「いいや」流産がフランシーンの子宮にあたえた損傷は、手術で修復しようとすれば可能だった。その選択肢はふたりでほぼ五年間話しあってきた。ふたりとも包括的キレート化治療をうけて、U‐238は痕跡も残さず除去ずみだった。ぼくたちはふつうの方法でも、理にかなった安全性を保証されて、子どもを作ることができる。それがふたりの望むことならば。「でも、きみがもう決断ずみなら、いまきかせてほしい」

フランシーンは気を悪くした顔で、「これはフェアじゃない」

「どこが？　決断したときに話してくれなかったと、いわんばかりだから？」

「じゃなくて。すべてがわたししだいだといわんばかりだから」

ぼくは反論した。「ぼくだって決断に関係しないわけじゃない。ぼくの気持ちは知ってのとおりだ。でも、きみが身ごもりたいといっていたら、いつでもそれに従っていたのも、知ってのとおりだ」そう自分でも信じていた。もしかしてそれは二重思考の一例なのかもしれないが、通常の子どもがまたひとりこの世に誕生することは量子世界的な残虐行為だからと主張して、それに手を貸すのを拒むことはできなかった。

「そうね。でも、わたしがそういわなかったら、あなたはどうする？」フランシーンはぼくの顔をおだやかな表情で、だがなめるように見つめた。彼女が答えを知っているのはわかっていたが、ぼくの口からそれをききたいのだ。

「養子をとる手もある」ぼくはさりげなくそう口にした。

「ええ、その手もある」フランシーンは小さく微笑んだ。ぼくからはったりをかます能力を奪うには、にらみつけるよりその表情のほうが効果的なのを、フランシーンは知っていた。

ぼくはまだ謎が残っているふりをするのをやめた。フランシーンはぼくの考えなど、最初からお見通しだった。「ぼくはただ、その子を作ってから、きみが自分のほんとうに望んでいたことを無理やりあきらめさせられたと感じるのを見たくないだけなんだ」

「そんなことにはならない」フランシーンはいい切った。「その子を作ったせいで、なにかができなくなるわけじゃないもの。そのあとで自然出産をすることはできる」

「だが、むずかしい問題が生じる」その自然出産した子にとっては、仕事中毒の両親のもとに生まれるとか、親の注意を引く競争相手としてふつうの兄や姉が存在するとかいうだけの話とは、わけが違うのだ。

「もしわたしが、その子がわたしたちの唯一の子どもになると約束しなかったら、あなたはその子をあきらめられるの？」フランシーンは首を横にふった。「そんな約束はできない。手術をうけるつもりはとりあえずないけれど、決心を変えることがないと誓う気もない。その子を作っても、その後のできごとになんの影響もないと誓うこともできない。ひとつの要因にはなるけれど。当然よね？　でもそれによって、なにかをかならずすることになるとか、なにかが絶対できなくなるとかいうことはない」

ぼくは目をそらして、テーブルの列に視線を走らせ、自分の関心事に没頭している数多くの学生を見やった。フランシーンは正しい。ぼくは理不尽になっていた。ぼくはこの子を作ることを、考えうるかぎりで否定的な面のない選択にしたい、それを通してぼくたち夫婦の状況を最良のものにしたいと考えていたが、そんなことはだれにも保証できるわけがない。それは賭けなのだ、ほかのあらゆることと同じく。

ぼくはフランシーンに視線を戻した。

「よし、決めた。きみに約束を強いるのはやめる。いまのぼくの望みは、研究を前進させてクァスプを作ることだ。そしてクァスプが完成して、それが信頼できると確信がもてたら……ふたりでそれをもった子どもを育てたい。ＡＩをぼくたちの子どもとして育てたい」

二〇二九年

ぼくは空港でフランシーンを出迎えると、滝のように激しく叩きつける雨の中、サンパウロ市内に車を走らせた。フランシーンの飛行機が目的地をほかの空港に変えなかったのは、意外だった。熱帯暴風がいままさにここことリオの中間の海岸を襲っているのだ。

「これをもってこの街の観光案内とするほかないな」それが残念だった。風防ガラスごしの周囲の実景は、なにも見えないに等しい。オーバーレイは色つきで詳細なのがかえって非現実的で、洗車機の中で３Ｄマップを調べている気分にさせられた。

フランシーンは物思いに沈んでいるか、でなければフライトで疲れているかだ。時差がほとんどない上に、ぼく自身がフランシーンのもとへと北に飛んだときの経験が、かつて機内にすわりどおしで何度もやらされた海をまたぐマラソンに比べればなにほどでもなかったものだから、サンフランシスコを遠方の地と考えるのはむずかしかったが。

その夜はふたりとも早く寝た。翌朝、フランシーンはぼくといっしょに、大学の工学部の地階にある散らかったぼくの作業室へやってきた。ぼくは宝探しゲームをする子どものように、補助金と協力者を求めて世界じゅうをまわり、それ自体に作る価値があるとは同業者のほとんどだれも信じていない装置を、しだいしだいに組みたてていった。幸運なことに、作業のほとんどあらゆる段階について、ぼくはそれらしい名目を――ときにはほんものの副産物（スピンオフ）さえも――見つけだすことができた。近年、量子計算そのものは立ち往生しかけていた。障害となっているのは、実用になるアルゴリズムの不足と、持続可能な重ねあわせの複雑さに限界があること。クァスプはその技術的袋小路に、いくつかの有望な方向から、困難な条件設定をとくに必要とせずにアプローチするものといえた。クァスプがもてあそぶ状態は比較的単純で、いちどきに数ミリ秒だけ隔離されていれば、それでよかったのだ。

ぼくはフランシーンにカルロスとマリアとジュンを紹介したが、そのあと作業室を案内しているあいだは、三人とも姿を消していた。先週、金蔓（かねづる）の団体のひとつに作業室を見せてまわったときの、〝均衡した分離〟原理のデモンストレーション用の装置が、組みたてられたままベンチの上に置いてあった。遮蔽の不完全な量子コンピュータがデコヒーレンスを起こすのは、装置のとりうる状態の各々がそれぞれの環境にわずかずつ違うかたちで影響されるからだ。遮蔽自体はつねに改良の余地があったが、カルロスのグループは非常に巧妙な工夫で遮蔽度をわずかばかり向上させる方法を編みだしていた。デモンストレーション用装置のメイン量子ゲート群でのエネルギー消費の減少はすべて均衡用ゲート群での増加で相殺され、逆についても同様なので、装置がどんな状態にあってもその中を通るエネルギーの流れは完全に一定のままになる。環境がプロセッサ内部の差異を識別して、重ねあわせをまったくばらばらの分岐に分裂させるための手がかりを、この方法でひとつ減らせた。

フランシーンはこの理論のすべては前々から知っていたが、装置の実物が作動しているのを見たことはなかった。制御盤をいじってみないかとぼくにいわれたフランシーンは、ゲームのコンソールにむかう子どものように装置の前に立った。

「きみも絶対このチームに加わるべきなんだよ」とぼくはいった。「別の分岐では」

「たぶん加わってるのよ」とフランシーンは返事をした。

フランシーンがＵＮＳＷからバークレーに移ったのは二年前、ぼくがデルフトからサンパウロへ移ってまもなくのことだった。フランシーンに見つけられた適切な職場の中で、そこがサンパウロにいちばん近かったのだ。当時のぼくは、フランシーンが遠隔地勤務で妥協しようとしなかったことに立腹していた。時差が五時間しかないのだから、サンパウロにいながらにしてバークレーで教鞭をとるのは、不可能ではないはずだ。だが結局ぼくは、フランシーンがぼくを、そしてぼくたちふたりをまだ試したがっているのだという事実をうけいれた。離ればなれの期間が長くなるという程度の試練のあいだもぼくたちが心をひとつにしていられない――あるいはぼくが、それにともなうどんな犠牲にでも耐えるほど、プロジェクトに傾倒していない——ようなら、フランシーンは次の段階へ進みたくないのだ。

ぼくはフランシーンを部屋の隅の作業台のところへつれていった。台には、一見して作動中でないとわかる、さしわたし五十センチの特徴のない灰色の箱が鎮座していた。ぼくが箱を手で示すと、ぼくたちのオーバーレイが箱の様相を変化させ、透明な蓋つきの迷路が、装置の上面に埋めこまれたかたちで〝姿を見せた〟。迷路内の小部屋に、少々マンガチックなネズミがじっとうずくまっていた。死んでいるわけでもなく、寝ているわけでもない。

「これがかの有名なゼルダなの?」フランシーンがたずねる。

「そうだ」ゼルダはニューラル・ネットワークだ。余分なものをとり除いた、様式化されたネズミの脳。より新しく、より洗練されたいくつかのバージョンも出まわっているが、ぼくたちの目的には、登場して十年になるこのパブリック・ドメインのゼルダでじゅうぶん用が足りた。

迷路のほかの小部屋の三つには、チーズが置いてあった。「いま現在、この迷路はゼルダにはまったくの未経験だ」ぼくは説明をはじめた。「さて、彼女を動かして、チーズを探すところを見てみよう」ぼくが手をふると、ゼルダはちょこまかと走りまわりはじめ、ひとつずつ通路を試しては、行き止まりにぶつかるたびに、てきぱきと引きかえした。

「ゼルダの脳はクァスプ上で走っているが、迷路は通常の古典的コンピュータで実行されているので、コヒーレンス問題に関していえば、物質でできた迷路と事実上なんの違いもない」

「つまり、ゼルダが情報をとりいれるたびに、彼女は外の世界と絡みあわされるわけね」とフランシーン。

「まさしく。だが彼女が情報をとりいれるのは、クァスプがその時点での計算ステップを完了し、あらゆるキュービットが確定された0か確定された1を含んでからのことと決まっている。彼女は自分の中に世界をはいらせるとき、決してふたつの精神状態にはないので、絡みあいのプロセスは彼女を別々のバージョンに分岐させることはない」

フランシーンは無言のまま観察をつづけた。ゼルダはついに、報酬のはいった小部屋のひとつを発見した。それを食べている彼女を一本の手がすくいあげて、スタート地点に戻し、あらたなチーズを同じ場所に置いた。

「これから見せるのは、一万回分の実験を重ねあわせたものだ」ぼくはデータをリプレイした。それは、ただ一匹(シングル)のネズミが迷路を走り抜けているところのように見えた。さっきおこなった実験で見たゼルダと、まったく同じ経路を動いている。毎回、完全に同一の初期条件に戻され、完全に同一の環境にむかわされたゼルダは、コンピュータ・プログラムがランダムな影響をなにひとつうけていない場合に例外なくそうであるように、ひたすら同じことを反復してきた。一万回の試行すべての結果は、ありとあらゆる点で一致していた。

コンテクストを知らずにこの結果を見ても、印象的なところが皆無の見せ物にしか思えないだろう。正確に同じ状況に直面させられたヴァーチャル・ネズミのゼルダが、正確に同一の行動をとった。だからどうした？ 生身のネズミの記憶を同レベルの正確さで巻き戻せたなら、そいつも反復行動をとるんじゃないのか？

フランシーンが口をひらいた。「遮蔽のスイッチを切れる？ 均衡した分離も？」

「了解」ぼくはそのとおりにして、もういちど試行をおこなった。

今回のゼルダは別の通路にはいり、別の経路で迷路を探索した。ニューラル・ネットの初期条件は同一だが、クァスプ内でおこなわれる今回のスイッチングの過程はつねに環境に対してひらかれていて、いくつかの異なる固有状態の重ねあわせ――その状態のそれぞれでクァスプのキュービットは異なるバイナリ値をもっていて、その結果としてゼルダに異なる選択をおこなわせることになる――が外界と絡みあうことになったのだ。量子力学のコペンハーゲン解釈によれば、この外界との相互作用は重ねあわせをランダムに単一の固有状態へと〝収縮〟している。そしてゼルダはいまもいちどにひとつのことだけをしているが、彼女の行動は決定論的ではなくなっていることになる。一方、多世界解釈（MWI）によれば、相互作用は環境――この場合はぼくとフランシーンも含む――を、各々の固有状態に連結された環境の重ねあわせへと変容させている。そしてゼルダはじっさいに迷路の中で多数の異なる通路を同時に走っていて、フランシーンとぼくのほかのバージョンたちは、いま目の前で通っている以外のすべての経路をゼルダが通っているのを見ていることになる。

どちらのシナリオが正解なのか？

ぼくはフランシーンに、「こんどはすべてを再配置する、つまり装置全体をデルフト・ケージでつつむ」〝デルフト・ケージ〟というのは、ぼくが十七年前に記事で読んだシチュエーションを指すジャーゴンだ。クァスプを環境に対してひらかれた状態にしておくかわりにもうひとつの量子コンピュータに接続して、その量子コンピュータに外界の役を演じさせるのだ。

こんどはゼルダが動きまわるのをリアルタイムでは見られないが、試行終了後には、ふたつのコンピュータが結合された系を、それが純粋な量子状態——ゼルダが迷路を何百もの異なる経路で同時に走ったという状態——にあるという仮説と照合することが可能だった。クァスプが遮蔽されていない過去一万回の試行でゼルダが走った経路を重ねあわせて作った、推定状態の映像を表示する。

テスト結果が点滅した。『無矛盾』

「いちどの観測ではなんの証明にもならない」フランシーンが指摘した。

「そのとおり」ぼくは試行を繰りかえした。こんども、仮説は反証されなかった。もしゼルダがじっさいにひとつの経路だけをたどって迷路を走ったなら、ふたつのコンピュータの結合状態がこの不完全なテストをパスする確率は約一パーセント。二度パスすれば、オッズは約一万にひとつ。

ぼくはもういちど試行を繰りかえした。さらにもういちど。

フランシーンがいった。「それでじゅうぶん」ほんとうに吐き気を覚えているような顔だ。ディスプレイに表示された、存在の不確実なネズミによる数百回の試行の映像は、現実のなにかを写しとったものではない。だが、十数年前のデルフト実験が多元宇宙(マルチバース)の実在を内臓レベルでぼくに実感させたように、このデモンストレーションは、ついにフランシーンに同じ効果をもたらしたようだ。

「もうひとつ見せたいものがあるんだが？」

「デルフト・ケージはいまのままで、クァスプの遮蔽をもとに戻すのね？」

「正解」

その実験を実行する。こんどのクァスプはふたたび、固有状態でないときにはつねに完全に保護されているわけだが、ただし今回は、クァスプが断続的に露出するのは、外界ではなく第二の量子コンピュータに対してだった。もしゼルダがふたたび複数の分岐に分裂したら、彼女が道づれにするのはその偽造された環境だけで、一方ぼくたちはすべての証拠を一望のもとにできる。

分裂は起きなかったという仮説と実験結果を照合しての評決は、『無矛盾』『無矛盾』『無矛盾』

ぼくたち夫婦はチームの全員といっしょにディナーに出かけたが、フランシーンは頭痛がするといって途中で帰った。あなたは残って食事をすませてかまわないからといわれたぼくは、それに逆らわなかった。フランシーンは、気配りから口では自分の望みに反したことをいっておいて、なおかつそうしていることを人に察してほしがるタイプではない。フランシーンが立ち去ると、マリアがぼくのほうをむいて、「じゃあおふたりは、ほんとうにフランケンチャイルドに駒を進めるんですね?」知りあって以来、マリアは一貫してこのネタでぼくをからかいつづけているが、フランシーンの前でこれを話題にする勇気はないらしかった。

「まだ話しあいは必要だ」フランシーンが姿を消したとたんにこの問題を話すのは、ぼく自身もいい気分ではなかった。チームを団結させるために自分の野心を打ちあけるのは、また別の話だ。自分の最終的な意図を共同研究者たちに知らせずにおくのは、不誠実というものだろう。だが、その意図を実現するためのテクノロジーがほぼ完成した現在、問題ははるかに私的なものに思えた。

カルロスが軽い調子で、「進めない理由がある？　いまじゃ同類がたくさんいるのに。ソフィーだろ。ライナスだろ。シオだろ。それにおれたちが存在すら知らないのが、きっとあと百くらい。ベンの子どもは遊び仲間には不自由しないさ」アダイ——自律発展型人工知能(ADAI)——は過去四年間、数ヵ月ごとに激論を呼びおこしてきた。スイスの研究者イザベル・シブが、ゼルダのようなソフトウェアを生みだす形態形成の古いモデルをとりあげて、技術レベルを数段向上させ、それを人間の遺伝子データに適用した。精緻な義体に融合されたイザベルの被造物は、あらゆる子どもと少しも変わりなく、物理世界に住んで自分の体験から学習していった。

ジュンは責めるように首をふった。「ぼくなら、なんの法的権利ももたない子どもを育てようとは思いませんね。先生が死んだらどうなります？　それはだれかの所有物にされてしまうかもしれない」

そのことはフランシーンと話しあっていた。「十年か二十年のうちに、世界のどこかで市民権法が作られないとは思えないね」

ジュンは鼻を鳴らした。「二十年ですか？　合衆国が奴隷を解放するまでに何年かかりましたっけ？」

カルロスが口をはさむ。「奴隷にするだけの目的で、アダイを作る人なんていないよ。いうことをきくやつがほしければ、ふつうのソフトウェアを書けばいい。意識がなくてはいやだというなら、人間のほうが安あがりだ」

マリアが、「これは経済に還元される問題じゃない。ある物のあつかわれかたは、それの本質によって決まるものだから」

「アダイが異種族恐怖症(ゼノフォビア)に直面するだろうってことかな?」とぼくは水をむけた。

マリアは肩をすくめた。「先生のいいかただと人種差別と同じみたいになりますけど、いま話しているのは人間のことじゃありません。独自の目標をもち、なんでもしたいことのできるソフトウェアが出現したら、行きつく先はどうなるでしょう? 第一世代は次の世代をよりよく、より速く、より賢く作って、第二世代はそれに輪をかけます。気がついたときには、わたしたち人間はそのソフトウェアにとって蟻同然です」

カルロスがうめき声をあげた。「そんなお決まりの古くさい誤謬はやめてくれ!『存在xにとっての人間は、人間にとっての蟻と同じ』というアナロジーを主張すれば、xについての問題は解決可能だという証明になると本気で信じてるなら、きっと南極点は赤道上にあるんだろうよ」

そこでぼくが、「クァスプが有機脳より速く走ることはない。遮蔽に要求される条件をゆるくするために、スイッチングのレートは低くしておく必要があるからね。いずれはそのパラメータを少し変えることも可能になるだろうが、きみたちやぼくよりもうまくそれをやれる能力がアダイにはある、なんて考える理由はどこにもない。アダイが自分たちの子孫をより賢く作るという件は……たとえシブの研究グループが完璧な成功をおさめたとしても、それは単に人間の神経系の発達をひとつの基質（サブストレート）から別のものに移しかえたというだけの話だ。そのプロセスを〝改良〟するわけではまったくない――なにをもって改良とするかはともかくとして。だから、アダイにぼくたちより有利な点があるとしても、それは生身の子どもたちも同じようにもっているものでしかないんだ。ひと世代分の経験が加わった文化的な蓄積をもっている、という事実だよ」

マリアは顔をしかめたが、とりあえずは反論は来なかった。

ジュンはそっけなく、「有利な点はもうひとつ、不死がありますよ」

「ああ、そうだな、そのとおりだ」と不本意ながらぼくは認めた。

ぼくが帰宅したとき、フランシーンはまだ起きていた。

「頭痛はおさまった？」ぼくはささやき声できいた。

「ええ」

ぼくは服を脱いで、ベッドの彼女の横にもぐりこんだ。

フランシーンが、「なにがいちばんもの足りなかったと思う？　オンラインでのファックで？」

「面倒な要求はしないでくれよ。実戦にはごぶさたなんだから」

「あと三カ月」とぼくは約束する。「そうしたらバークレーに移るよ」

やさしく、時間をかけてキスをすると、フランシーンはぼくの下で溶けていった。「あと三カ月」とぼくは約束する。「そうしたらバークレーに移るよ」

「そしてわたしのヒモになる」

「『無報酬だが貴重な治療奉仕者』という用語のほうが好きだな」フランシーンの体がこわばったので、ぼくは、「そのことはあとで話そう」といってキスを再開したが、フランシーンは顔をそむけた。

「こわいの」

「ぼくもだ」そして力づけるように、「それはいい徴候だよ。する価値のあることはみな、人をぞっとさせるものなんだ」

ぼくはころがるようにして、フランシーンの上から脇へおりた。フランシーンが、「あるレベルでは、これはむずかしい問題じゃない。自分の娘にしてやれる贈り物で、ほんとうの決断をくだせる力よりもすばらしいものがある？　自分ではもっとマシな判断をしてるのに、いつもいつもそうでない行動をとらされるという運命を娘から遠ざけてやれたなら、それに勝ることがある？　そう考えれば、答えは単純なの。

でも、わたしの体の中の繊維という繊維が、いまもそれに反発してる。自分が何者かを知ったら、その子はどう感じる？　いったいどうやって友だちを作る？　自分の居場所を見つけられる？　フリークである自分を作ったといって、わたしたちを嫌悪しないはずがある？　そして、もしかしてわたしたちは、その子が価値を見出すかもしれないなにかを、奪おうとしてるんじゃないか――たとえば百万の人生を、決してそのどれかを選択するよう強制されることなく生きるというようなことを？　もしその子がわたしたちの贈り物を、自分を貧しくするなにかだと考えたとしたら？」

「ぼくたちの娘は、いつでもクァスプの遮蔽をとり去ることができる」とぼくはいった。「それに関する問題を理解したあとでなら、その子は自分で選択できるようになるんだ」

「たしかにそうね」それは少しも納得した声ではなかった。ぼくが口にするまでもなくフランシーンがそのことを考えていたとしても不思議はないが、彼女が探しているのは個々の問題に対する答えではなかった。ふつうの人間がもつありとあらゆる本能が、ぼくたちはなにか危険で、不自然で、不遜なことに手をつけようとしている、と叫んでいた――けれどそれは、未来のわが子を保護するためというより、むしろぼくたち自身の世評を守るためだった。故意に子どもを放置している親の中でも最悪の連中を除けば、生身のわが子が、生まれてきたことを喜んでいないと知って、絶望的な気分にならない親はいない。もしぼくが、自分に押しつけられた存在のありように欠陥があったからといって母や父に毒づいたとしたら、両親とぼくのどちらが世間さまからより大きな同情を買うかは、考えるまでもない。だが、ぼくたちの娘に問題があったなら、それがなんであろうと非難囂々だろう――どれだけの愛と、努力と、自己分析をもって娘を作ったとしても――なぜならぼくたちは無分別にも、ほかのだれもが自分たちの子どもに喜んで負わせているたぐいの運命に、不満をいだいたのだから。

ぼくはいった。「きみはきょう、いくつもの分岐にまたがって広がっているゼルダを見た。だからいままでは、心の奥底では、あれと同じことがぼくたち全員に起きているのを知っているわけだ」

「そうよ」そういってフランシーンが認めたとき、ぼくの中でなにかが破けた。じつをいえば、そのことをぼくと同じかたちで彼女が感じることを、ぼくは決して望んでなどいなかったのだ。

ぼくは念を押すように、「きみは自分の子どもにその状態を運命づける気があるのか？　孫に？　曾孫に？」

「いいえ」とフランシーンは答えた。彼女の中にぼくを憎んでいる部分のあることが、その声からききとれた。これはぼくの呪いであり、ぼくの強迫観念だった。ぼくと出会うまでは、フランシーンは自分が多元宇宙をうけいれていることをとくになんとも思わず、信じると同時に信じずにいることができた。

ぼくはさらに、「きみの同意なしには、ぼくにはこの先に進むことができない」

「できるわ、じっさいには。ほかのどんな選択肢よりもかんたんに。第三者に卵子を提供してもらう必要すらないんだもの」

「きみが支持してくれるのでなければ、ぼくはそんなことはできない。きみがやめろといえば、ぼくはここでやめにする。ぼくたちはクァスプを作った。それがきちんと作動することも証明した。たとえぼくたちがこの最後のパートを自らの手でおこなわなくても、十年か二十年のうちには、ほかのだれかがするだろう」

「もしこのわたしたちがこれをしなくても」とフランシーンは容赦なく指摘した。「わたしたちは結局ほかの分岐でやってるでしょうね」

「それは事実だけれど、そんなふうに考えても無益だ。結局は、自分の選択がほんものだというふりをしなければ、ぼくは現実になにもなしえない。だれだってそうだろう」

フランシーンはしばらく沈黙していた。ぼくは部屋の中の闇を見すかしながら、フランシーンの決断がどちらにころぶこともありうるという確信に近いものから注意をそらそうと必死になっていた。

そしてついに、フランシーンが口をひらいた。

「それなら、そういうふりをしなくてもいい子どもを作りましょう」

二〇三一年

イザベル・シブがぼくたちをオフィスに迎えいれた。じかに会うと、この女性はオンラインよりもほんのわずかに威圧感が薄かった。外見や物腰が違うわけではなく、環境が平凡すぎるせいだ。ぼくの思い描いていたこの女性は、どこかの巨大なぴかぴかのハイテクビルにいた。スイスのバーゼルの裏町にある、狭苦しいふた部屋のオフィスではなくて。

ひととおりのあいさつをすませると、イザベルはすぐ本題にはいって、「あなたがたの申し出は承諾されました」と発表した。「きょうのうちに契約書を送ります」

うろたえたぼくは喉を絞められている気分になった。大喜びして当然なのだが、不意打ちされたような思いしか湧かない。イザベルのグループは、あらたなアダイを年に三つしか認可していなかった。認可候補は、数万組の応募者から精査を経て百組に絞りこまれる。ふだんは養子を手がけている斡旋所がおこなう最終選抜のために、ぼくたちはスイスまでやってきたのだった。何度も面接やアンケートに答え、何度も人格検査や各種の状況を想定した実技試験をうけながら、ぼくはその間ずっと、ぼくたちの一途さが最後には結果を出すと幾分かは本気で信じこもうとしていたが、それは意気を高く保ちつづけるためのつっかえ棒にほかならなかった。

フランシーンが落ちついた声で、「ありがとうございます」

ぼくは咳払いをした。「ぼくたちの提案すべてに同意していただけるということでしょうか？」もし、あとからただし書きが追加されて、この奇跡が無価値なものと化してしまうなら、朗報の驚きがあせて、なにもかもを当然と考えるようになる前にきいておいたほうがいい。

イザベルはうなずいて、「わたしはそちら方面の専門家のふりをする気はありませんが、クァスプの使用は何人もの知人に評価してもらい、それがアダイのハードウェアに適した形態ではないという理由は見あたりませんでした。MWIについてはわたしはあくまでも不可知論の立場をとっていますから、クァスプが不可欠だというおふたりの考えかたを共有はしませんが、それを理由にあなたがたを変わり者として却下するのではと心配されていたなら」イザベルはそこであるかなしかの笑みを浮かべて、「わたしが相手をしなくてはならないほかの人たちに、何人か会ってみてほしいわ。

おふたりがアダイの幸福を心底願っていること、そして、アダイとの関係をゆがめかねない迷信の影響を――テクノ恐怖的(フォビア)なものもテクノ愛好的(フィリック)なものも――なにひとつうけていないことには、確信をもっています。ただ、いずれあなたがたも意識することになるでしょうが、おふたりがアダイの保護者の立場にある期間を通して、わたしはお宅を視察訪問する権利をもつことになります。あなたがたが契約条項のいずれかを破っていると判明した場合、認可は抹消され、アダイはわたしが引きとります」

フランシーンがきく。「わたしたちが保護者でいるあいだに、状況が好転する見通しはどれくらいあるとお思いですか？」

「わたしは欧州議会に不断のロビー活動をおこなっています」というのがイザベルの答え

だった。「いうまでもなく、あと数年のうちに数人のアダィが、本人たちの証言が議会での討議で効力をもつ年齢に達しますが、そのときまで手をこまねいているべきではありません。議論の下地を作っておく必要があります」

ぼくたちは三人でその件やほかの問題について一時間近く話をした。イザベルはメディアの野次馬的興味を退ける手段には精通していて、その手引き書を契約書といっしょに送ると約束してくれた。

「ソフィーにお会いになりたい？」まるでいま思いついたように、イザベルがいった。

フランシーンが答えた。「よろしければ、ぜひ」フランシーンとぼくは、一連の心理テストをうけている四歳のソフィーのビデオを見たことはあったが、話をする機会はいちどもなかったし、本人との対面はなおさらだった。

ぼくたち三人はそろってオフィスを出て、イザベルが街外れの自宅まで車に乗せていってくれた。

車の中で、あらためて現実が心にしみこんできた。ぼくが感じているのは高揚感と閉所恐怖の混じりあった気分で、それは十九年前、空港でぼくを出迎えたフランシーンから妊娠を知らされたときに体験したものと同じだった。デジタル版の受精はまだおこなわれてもいないが、仮にセックスがこの半分でもリスクと責任の重さを感じさせることがあったなら、ぼくは一生独身で通しただろう。

「しつこい要求は禁止、問いつめるのも禁止」車まわしに乗りいれるとき、イザベルが注意をうながした。

ぼくは答えた。「もちろんです」

イザベルが、「マルコ、どこ？　ソフィー！」と声を張りあげながら、ぼくたちといっしょにドアをくぐった。廊下の端から、子どもっぽいくすくす笑いと、フランス語でささやく大人の男性の声がきこえた。そして物陰からイザベルの夫が笑顔で姿を見せた。黒髪の若者で、ソフィーを肩車している。はじめ、ぼくは少女に視線をむけられなかった。マルコに愛想よく笑顔を返しながら、相手が少なくとも自分より十五歳は若いことを悟って気がふさぐ。（四十六にもなって、こんなことをしようなんて、考えただけでもどうかしている）そこでぼくは目をあげて、ソフィーの視線をとらえた。少女は落ちついた態度で好奇心ありげにぼくをまっすぐ見つめかえしたが、それは一瞬で、たちまちはにかみ屋が頭をもたげ、マルコの髪に顔をうずめた。

イザベルが英語でぼくたちを引きあわせた。ソフィーは四カ国語をしゃべれるように育てられていたが、それはスイスでは別に驚くようなことではない。ソフィーは「こんにちは」といったが、うつむいたままだ。そこでイザベルが、「居間へどうぞ。なにかおのみになる？」

ぼくたちは五人でレモネードをすすり、大人たちは儀礼的で中身のない会話を交わした。

ソフィーはマルコの膝にすわって、落ちつかなげにもじもじし、ぼくたち夫婦のほうをちらちら盗み見ていた。そのようすはごくふつうの、ちょっとだけ内気な、六歳の女の子そのもの。髪はイザベルと同じ麦わら色で、瞳はマルコといっしょで茶色。裁判所命令や厳密な発生シミュレーションをもちだすまでもなく、ソフィーがこのふたりの生物学的な娘でないなどとはだれもいわないだろう。ぼくはソフィーの体を記述した技術仕様書を読んだことも、初期バージョンが動いているところをビデオで見たこともあるが、事実この子がいかにも人間らしく見えることは、設計者のお手柄としてはいちばんささいな部分だった。ソフィーがレモネードをのみ、そわそわもじもじするのを見ていると、この子がぼくと同じように、自分というものはこの肌の下にいるんだと感じていることは疑いようがない。ソフィーは、頭の中の暗いどこかの部屋から電子の操り糸を引っぱって子どものふりをしている人形使いではないのだ。

「レモネードは好き？」とぼくは少女にたずねた。

ソフィーは、この厚かましい質問を無礼だと感じるべきかどうか考えているかのように、ぼくをちょっと見つめてから、返事をした。「お口でぱちぱちする」

タクシーでホテルへ戻る途中、フランシーンはぼくの手をきつく握りしめた。

「だいじょうぶか？」ぼくはきいた。

「ええ、全然平気」

エレベーターの中で、フランシーンは泣きはじめた。ぼくは両腕を彼女の体にまわした。

「生きていれば、あの子は今年十八だった」

「ぼくも同じことを考えていた」

「あの子がいまも、どこかの世界でなら生きていると思う？」

「さあどうだろう。それに、そんなふうな考えかたをするのがいいことかどうか」

フランシーンは目をこすった。「いいことじゃない。この子があの子になるの。それが正しい考えかた。この子がわたしの娘なの。生まれるのがほんの何年か遅くなったけれど」

帰国前に、ぼくたちは小さな病理学研究室を訪れて、血液のサンプルをあずけた。

ぼくたちの娘がはいる体の最初の五つが届いたのは、予定日の一カ月前のことだった。ぼくは五つ全部を箱から出して、居間の床で横一列に並べた。筋肉が弛緩し、白目を剝いた状態だと、それは眠っている乳幼児よりも、おそろしいミイラにずっと近かった。そんな陰惨なイメージは頭から追いださなくては。それよりはひとそろいの衣服だと考えたほうがいい。唯一の違いは、こんなに先走ってパジャマを買っておく親はいないということか。

しわだらけのピンク色をした新生児から丸々とした十八カ月の子どもへの変化を一望で

きるのは、少々薄気味が悪い——有機体の子どもでも、深刻な病気や栄養不良にならなければ、その発育ぶりはほとんど同じかたちで予測可能なのだが。数週間前にフランシーンの同僚のひとりが、ぼくたちが自分の子どもに押しつけようとしているおそるべき〝機械的決定論〟についてぼくの前でひとくさり論じ、その議論は哲学的に素朴なものだったけれど、変更不能な未来の断片がこうして並んでいるのを見るとやはり鳥肌が立った。

　じっさいには、クァスプが脳の代わりをしていようがいまいが、総体としての現実は決定論的だ。多元宇宙の量子状態は、どの瞬間をとっても未来全体を決定している。私的体験——いちどにひとつの分岐のみに限られる——が確率論的なものにしか見えないのは、分岐が起こるときに人がどの特定の未来を体験することになるかを予見する方法がないからだが、ではなぜ予見が不可能かといえば、真の答えが〝その人はすべての未来を体験する〟であるからだ。

　クァスプで走るAI、すなわち単一存在(シングルトン)にとってほかの人々と唯一違うのは、自身の個人的な決断が原因で分岐が起こることは決してないことだ。世界全体は相変わらず確率論的に見えるだろうが、シングルトンのおこなうありとあらゆる選択は、そのシングルトンの個性とそのとき直面している状況によって、完全に決定される。

　だれにだってそれ以上は望めない。これは、ある人の個性を大ざっぱな遺伝子的または社会的プロフィールにまで還元できるということではない。その人が夜、天井に影が見える気がしたり、空を漂う雲を眺めたりするたびに、心の形に小さな跡が刻まれる。多元宇宙を見渡して、その人の異なるバージョンたちがあらゆる可能性を目撃していると考えるなら、そうしたできごとも完全に決定論的なものといえるが、結局のところ現実問題としては、ゲノムと略歴を入手した私立探偵にも、その人のあらゆる行動を事前に予測することはできないのだ。

ぼくたちの娘がおこなう選択は、ほかのあらゆることと同様、宇宙誕生時にあらかじめ書きこまれているわけだが、その情報は時間の経過につれて娘が自分になるのにあわせてしかデコードされない。娘は気性や信条や欲求に従って行動し、そうしたひとつひとつの事柄自体に先行要因があるのは事実だけれど、それで行動の価値が減じるわけではない。自由意志という概念はつかみどころがないが、ぼくにとってそれが意味するのは、ある人のおこなう選択はその人の本性と多かれ少なかれ密接に関連しているということだけだ——同時にその選択は、無数の影響によって絶えず結果が変化する多数決で決まる。だがぼくたちの娘は、気まぐれにふるまったり、それどころかわざと誤った行動をとったりする機会を奪われることはないけれど、少なくともつねに自分の理想どおりにふるまうことができるのだ。

ぼくはフランシーンが帰宅する前に娘の体を箱にしまった。それが床に並んでいるのを見てもフランシーンは動転したりしないかもしれないが、その寸法を測ってこれ以上服を作るのは勘弁してほしかったから。

〝出産(デリバリ)〟は十二月十四日、日曜の早朝にはじまり、予定では四時間かかるはずだが、それは通信のトラフィックしだいだった。ぼくは子ども部屋に陣どって、フランシーンは外の廊下を行ったり来たりしながら、バーゼルから光ファイバー経由でデータが送られてくるのを注視する。

イザベルはぼくたちの遺伝情報から、中枢神経システム用に確保した最高度の解像度をもつ〝適応的階層型〟モデルを用いて、子宮内での完全な胎児の発育シミュレーションを開始していた。クァスプはこのモデルから、新生児の脳の役割だけでなく、頭の外で起こる、人工人体の仕様に含まれていない無数の生化学的プロセスも引きつぐことになる。人工人体は知覚や駆動面の機能が洗練されているばかりでなく、食物を摂取して排泄物を出すことができる――心理的・社会的な理由もあるが、化学的エネルギーの供給手段でもある――し、その食物を酸化させるのと発声と両方の目的で空気を呼吸するが、血液は流れていないし、内分泌系はもっていないし、免疫反応も生じない。

ぼくがここバークレーで作ったクァスプは、サンパウロのバージョンよりは小さいが、それでも赤んぼうの頭骨の六倍は大きかった。それがもっと小型化されるまでは、ぼくたちの娘の心は子ども部屋の片隅の箱の中に座を占めて、自分の残りの部分とは無線データリンクで結ばれることになる。ベイエリアにいるかぎりは帯域幅とタイムラグが問題になることはないはずで、体の全部が一体化される前に娘を部屋の外へつれだす必要が生じたとしても、クァスプは移動に支障をきたすほど大きくも壊れやすくもなかった。

ぼくがクァスプの脇にオーバーレイしているプログレスバーが九十八パーセントに迫ったとき、フランシーンが動揺したようすで子ども部屋にはいってきた。

「延期しましょう、ベン。一日だけでいいから。心の準備がまだできてなかったみたい」

ぼくは首をふった。「そういわれたら、ノーと答えろとぼくに約束させたのは、きみだ」ぼくがクァスプの停止方法を教えることとさえ、フランシーンは拒んでいた。

「あと数時間だけ」フランシーンがすがりつく。

妻は本気で苦悩しているように見えたが、ぼくは心を鬼にするために、フランシーンが演技をしているのだと自分にいいきかせた。ぼくを試し、ぼくが約束を守れるかたしかめようとしているのだと。「だめだ。遅延もスピードアップもしないし、中断もしないけれど、一刻も無駄にはしない。この子もほかのあらゆる子どもと同じで、貨物列車の正確さでぼくたちのもとに届かなくちゃいけないんだ」

「わたし、そろそろ産気づいたほうがいい？」フランシーンの声には皮肉がこもっていた。

以前ぼくが半分冗談で、妊娠の影響のいくつかを模倣させる一連のホルモンを投与すれば、フランシーンが子どもとの絆を少しでも作りやすくなるのではないか、そしてぼくにも間接的に同じ効果があるのでは、という話題をもちだしたときには、頭を食いちぎられかけたのだ。ホルモン投与が不要なのはわかっていたから、ぼくは本気でいったわけではない。それが不要なのは養子とでも親子の絆が生じることで完璧に証明されているが、むしろぼくたちのやろうとしていることは、わが子を代理母から返してもらうよう求めるのに近かった。

「いや。娘をとりあげるだけでいい」

フランシーンはベビーベッドの中の身動きしない姿をじっと見おろした。

「わたしには無理！」フランシーンが悲鳴をあげる。「この子を抱いてやるときには、自分がわたしにとって世界でなによりもかけがえのないものだと感じさせてやらなくてはいけないのに。そんなこと信じさせるなんてできっこない、壁に投げつけてもこの子は怪我ひとつしないと思いながらなんて」

残された時間は二分。自分の息が荒くなっていくのがわかる。クァスプに停止コードを送ることはできるが、それが前例になりはしないだろうか？　もしぼくたち夫婦のどちらかが極端な睡眠不足になったら。もしフランシーンが仕事に遅れたら。もしふたりで自分たちをいいくるめて、自分たちの特別な子どもはほかのどんな子どもとも違うのだから、自分たちには娘の世話からちょっとのあいだ解放される資格があると信じさせたなら。そのとき、もういちど同じことをしてしまわないという保証があるだろうか？

フランシーンを脅しつける言葉が口をついて出そうになった。〝きみがいま、この子をとりあげないなら、ぼくがやるぞ〟。だがその言葉はのみこんで、「きみに落っことされたら、この子の心がどんなに傷つくか、きみにはわかっている。守られている気分を必要なだけ伝えてやれないんじゃないかと心配しているという事実そのものが、この子にはほかのなににも増して強力な証拠になるはずだ。きみはこの子をだいじに思っている。この子もちゃんとそれを感じるよ」

フランシーンは疑いのまなざしでぼくを見つめかえした。

「この子にはわかる。ぼくにはそれがわかる」

フランシーンがベッドに手をさしいれて、だらりとした体を両腕でだきあげた。まだ命のないものを揺すっているフランシーンを見ていると、はらわたが不安でねじれる気分になる。五つのプラスチック製人型容器を床に並べて眺めていたときには、まったく湧いてこなかった気持ちだった。

ぼくはプログレスバーを視野から消して、最後の数秒をあるがままに体験することにした。わが娘をじっと見守り、動きだすのを待ちわびながら。

娘の親指がぴくっと動き、両脚が弱々しくひらいて閉じた。ぼくは娘の顔を見ることができず、かわりにフランシーンの表情に目を凝らした。一瞬、フランシーンの口の端がおそれに引きつったような気がした。このゴーレムから身を離そうとしているかのように。

そのとき、子どもが泣きわめいて足を蹴りだし、するとフランシーンは隠れもない喜びにむせび泣きはじめた。

　フランシーンが赤んぼうを顔の前までもちあげ、しわくちゃの額に口づけをあたえているあいだに、こんどはぼくに動揺が押し寄せていた。あの体に命を吹きこんだのは、ゲームや映画でアニメのキャラクターを動かすのに使われているのと同じ種類のソフトウェアなのに、こんなかんたんにこれほど思いやりのこもった反応が喚起されるなんて。

　いや、かんたんにではない。ぼくたちをこの瞬間まで運んできた道のりに偽りはなかったし、それは平坦でもなかった——イザベルがたどってきた道のりを含めずとも。それにぼくたちは、土塊（つちくれ）から、あるいは無から命を作りだそうとしたわけではない。ぼくたちはただ、四十億年も流れつづけている河から一本のごくささやかな支流を引いただけだ。

　フランシーンはぼくたちの娘を肩で支えるように抱いて、前後に揺すった。「哺乳瓶は用意した？　ベン？」ぼくは心ここにあらずでキッチンにむかった。電子レンジは祝いごとを予期して、調合乳を準備していた。

　子ども部屋に戻って、フランシーンに哺乳瓶を手渡しながらぼくは、「ミルクをのませる前に、抱かせてもらえるかな？」

「もちろん」フランシーンは首をのばしてぼくにキスしてから子どもをさしだし、ぼくは親戚や友人の赤んぼうを抱いたときに覚えたやりかたで、頭の下に手をさしいれて娘をうけとった。腕の各部に体重が分散してかかるのも、頭の重さも、すわらない首も、ほかの赤んぼうたちのときと同じに感じられた。娘は目をきつく閉じたまま、泣き声をあげ、両腕をふりまわしていた。

「名前はなんていうの、ぼくのすてきな赤ちゃん？」名前の候補は約一ダースまで絞ってあったが、フランシーンは娘が呼吸をはじめるのを目にするまで、ひとつに決めるのを拒否していた。「決まったかい？」

「ヘレンがいいわ」

いま腕の中にいる娘と比べると、その名前は年寄りくさい気がした。少なくとも、古くさい。ヘレン大叔母さん。ヘレナ・ボナム・カーター（ティム・バートン版『猿の惑星』などに出演した女優）。ぼくがうつろな笑い声をあげたとき、娘が目をひらいた。

両腕に鳥肌が立った。黒い目はぼくの顔を探っているのではないにせよ、ぼくに気づいていないわけではない。愛とおそれがぼくの体じゅうの血管を駆けめぐる。この子に、望むとおりのものをあたえてやれるものだろうか？ 仮にぼくが判断を誤ることはないとしても、判断どおりに行動する能力のほうは話にならないほど頼りない。

だが、この子にはぼくたちしかいないのだ。ぼくたちはまちがいをおかすこともあるだろうし、道を見失いもするだろうけれど、決して変わらないこともあるはずだとぼくは信じなくてはならない。この瞬間まで分岐を遡れるあらゆるバージョンのぼくは、たったいま感じている圧倒的な愛と決意を、ある程度までもちつづけることになるはずだ。

　ぼくはいった。「おまえの名前はヘレンだ」

二〇四一年

「ソフィーだ！　ソフィーっ！」到着ゲートから姿をあらわしたイザベルとソフィーにむかって、ヘレンはわたしたちを置き去りにして駆けていった。もうすぐ十六歳になるソフィーはそこまで大げさな態度は示さなかったが、笑顔になって手をふった。

　フランシーンが、「引越を考えたことはある？」

「それはヨーロッパで最初に法律が改正されたらの話だな」とわたしは答えた。

「わたしのうけられる仕事がチューリッヒにあるの」

「あの子たちをそばにいさせてやる努力をすべきだとは、思わない。時たま会ってあとはネットだけのほうが、仲良くやっていけるんじゃなかろうか。ふたりともほかに友だちがいないわけでもないんだし」

　イザベルが近づいてきて、フランシーンとわたしの頬にあいさつ代わりのキスをした。最初の数回、この人の訪問はわたしにとって恐怖の的だったが、いまではイザベルは、姿を見せただけでわたしたちの不手際を暗示する児童保護官というより、ほんの少し高圧的ないとこのように思えた。

女の子たちもわたしたちといっしょになった。ヘレンがフランシーンの袖を引いて、「ソフィーはボーイフレンドができたんだよ。ダニエルっていうの。写真を見せてくれたんだ」ヘレンは片手を額にあてて、気が遠くなったふりをした。

ちらりと目をやったわたしにイザベルが、「同じ学校に通っている子。とってもかわいい子でね」

ソフィーは決まり悪げにふくれっ面をした。「かわいいっていうのは三歳の男の子のことをいうの」わたしのほうをむいて、「ダニエルはいかしてて、頭よくて、すごい大人なんだから」

わたしは金床を胸の上に落とされた気分を味わった。駐車場を車にむかう途中で、フランシーンがささやいた。「心臓発作を起こすのはまだ早いわ。心がまえをする時間はいくらでもあるから」

日ざしにきらめく湾にかかる橋を渡ってオークランドへ。イザベルは、アダイの権利に関する欧州議会委員会の最新の会合のようすをきかせてくれた。人間のDNAの情報内容の相当量を内包し、それに基づいて行動するあらゆるシステムを人間と認めるという議案の草稿は、支持を獲得しつつあった。厳密に定義するには微妙な概念ではあるが、異議の大半は実際的なものというよりはギャグの領域だった。たとえば、「人間のプロテオーム・データベースは人間か？　ハーバード大基準生理学シミュレーション（HRPS）は人間か？」というような。HRPSは脳が血流からとりこんだり、その中に排出したりしているものをモデル化しているだけで、シミュレーションの中には静かに発狂しつつある人間などいない。

夜がふけてきて、子どもたちが二階にあがると、イザベルはおだやかにわたしたち夫婦にいつものきびしい質問を浴びせはじめた。答えながらわたしは歯ぎしりしすぎないよう努力した。イザベルが自分の責任を重く考えていることをとがめる気はない。選考をクリアしたにもかかわらず、もしわたしたちがじつは極悪人だとわかったとしても、刑法は救済の手をさしのべてはくれない。ヘレンにとって人間らしいあつかいをうける唯一の保証となるのは、認可契約がわたしたちに要求する責務だけだった。

「ヘレンは今年テストで高得点をあげている」イザベルが指摘した。「学校に通いはじめたのね」

「そうです」フランシーンが答えた。ヘレンには公費で教育をうける資格がなく、一方、私立学校の大部分は公然と敵意を示すか、うけいれられない理由としてヘレンを危険性のある機械あつかいするような保安方針を決めるかした（危険性のある機械といえば、イザベルは航空会社との妥協を成立させていた。ソフィーはフライトのあいだじゅう動力を切って、一見眠っている状態にならなければいけないが、貨物室に閉じこめられたり、荷物あつかいされたりはしない）。ヘレンを最初に通わせてみたコミュニティースクールではごたごたが起きたが、やがてバークレー校のキャンパス近くに、関係をもつ親たちがみな、ヘレンが生徒となることに積極的な理解を示すところが見つかった。おかげでヘレンは、ネットベースの学校にはいらなくてもよくなった。そうした学校がとくに劣るわけではないが、それは本来、地理的条件や病気といった、ほかの手段では解決不能な環境によって隔離状態にある子どものために作られたものだった。

イザベルは不満点の指摘も助言もなしに、おやすみのあいさつをした。フランシーンとわたしはそのあともしばらく暖炉の前にすわって、ただ笑顔をむけあっていた。今回ともかく、傷ひとつない報告ができたのはいいことだ。

翌朝、目ざましに一時間早く起こされた。わたしはしばらく身動きせずに横になったまま、頭がはっきりするのを待ってから、情報採掘ソフトになぜわたしを起こしたのかたずねた。

どうもイザベルの訪問が、東海岸のニュース放送のいくつかで重大ニュースとしてとりあげられたらしい。この国の議会の声の大きい議員の多くはヨーロッパでの議論を注視していて、その風むきを気にいっていなかった。その議員連中が断言するところでは、イザベルは煽動の目的で隠密に入国したのだという。だがじっさいには、イザベルは議会が自分の研究についてききたいというならいつでも証言すると申しでているのに、議会側がそれをうけいれていないのだ。

イザベルの旅程を入手した上にあれこれ調べまわったのがレポーターか反アダイ活動家

かはさだかでないが、いまや今回の訪問については細大漏らさず国じゅうに知れわたり、すでに抗議者たちがヘレンの学校の外に集結しつつあった。わたしたちは殺到するメディアとか偏執狂とか活動家とかを相手にした経験はあるが、情報採掘ソフトが見せてくれた画像は不安を呼ぶものだった。まだ朝の五時だというのに、早くも群衆が学校を包囲している。十代のころ見たニュース映像が脳裏によみがえった。北アイルランドの年端も行かない女子生徒たちが、敵対政治勢力のメンバーから非難の砲火を浴びせられている映像が。そのどちらがカトリックで、どちらがプロテスタントだったか、もはや記憶にないが。

わたしはフランシーンを起こして、状況を説明した。

「ヘレンを家から出さなければだいじょうぶだ」

フランシーンは悩んだようだが、最終的にわたしの提案に同意した。「イザベルが日曜にこの国を離れたら、たぶん全部おさまるわ。学校を一日休んだからって、暴徒に屈したことになるわけじゃない」

朝食の席で、わたしはヘレンに事実を話した。

「あたし、家でじっとしてなんかいない」とヘレンはいった。

「どうして？　ソフィーとあれこれしたくないのかい？」

ヘレンは面白そうに、「〝あれこれする〟？　ヒッピーってそういういいかたしたの？」

この子の私的サンフランシスコ年表の中では、自分の誕生前のことはなにもかもが、ヘイト・アッシュベリーの観光博物館に展示されている世界のものなのだ。「噂話をする。音楽をきく。おまえがしたいと思うようにお行儀よくおつきあいをすればいい」

ヘレンはこの最後の、オープンエンドな定義をよく考えてみてから、「買い物は？」

「もちろんいいさ」わが家の外には群衆は押し寄せていないし、わたしたちが監視されているのは確実だとしても、あの抗議者たちの集団は移動するには大人数すぎた。たぶん生徒たちの親はみんな、きょうは子どもを学校へやらず、プラカードをふりまわしている連中は内輪で勝手に小競りあいをはじめることになるだろう。

ヘレンは考えなおしたらしい。「ううん。買い物は土曜に行くことになってる。あたし、学校に行きたい」

わたしはフランシーンに目くばせした。ヘレンはつづけて、「その人たちがなにしても、あたしは困らないもん。バックアップとってあるから」

フランシーンが、「怒鳴りつけられたら、いい気分はしないのよ。ひどいことといわれたり。小突かれたりするのも」

「いい気分がするなんて思ってないって」ヘレンはこまっしゃくれた口調で答えた。「でも、その人たちからああしろこうしろっていわれても無視」

これまでも、罵詈雑言を浴びせられるところまでヘレンに近づいた部外者は数人いたし、最初に通った学校の生徒の中には、九歳の（ごくふつうの、クスリをやっていない、精神を病んではいない）いじめっ子なりの暴力をふるう子もいたが、今回のはこの子がむきあったことのあるどんなものとも違っている。わたしはヘレンにニュースの現地生中継を見せた。娘は動じなかった。フランシーンとわたしはふたりで相談するために居間に下がった。

わたしが、「あの子のいうとおりにするのは、いいことじゃないよ」

その他もろもろに加えて、わたしはイザベルがこの事態すべての責めをわたしたちに負わせるのではないかという被害妄想的な恐怖におびえはじめていた。もう少し現実的に考えてみても、わたしたちがヘレンを抗議者たちの前に出すことを、イザベルはとうてい是とはしないだろう。たとえそれが認可を即刻打ち切る理由にならないとしても、イザベルの信頼を損ねれば、結局はその運命がわたしたちを待ちうけるかもしれない。

フランシーンはしばらく考えこんでから、「わたしたちもいっしょについていって、ふたりでヘレンの両側を歩いたら、連中になにができる？　あなたかわたしに指一本でも触れたら、暴行罪になる。娘をわたしたちから引き離そうとしたら、窃盗よ」

「たしかにそうだが、連中がなにをしようと、まき散らされる悪意のこもった言葉をヘレンは残らずきくことになる」

「あの子もニュースは見ているわ、ベン。だからその言葉はもう全部きいたことがあるでしょうね」

「あ、まずい」イザベルとソフィーが朝食におりてきていて、ヘレンが落ちついた声で自分の計画をふたりに説明するのがきこえたのだ。

フランシーンがわたしにむかって、「イザベルがどう思うかなんて考えてる場合じゃない。なにが待ちうけているかも、わたしたちがそれから守ってあげられることも知っていて、ヘレンがそうしたいというなら、わたしたちはあの子の決断を尊重しなくては」

その言葉の言外の意味に、わたしは一瞬かっとなった。娘が意味のある選択をおこなえるようにするため、あれだけ苦労してきておきながら、その娘の邪魔をしたのでは言行不一致もいいところだ。だが、〝なにが待ちうけているか知っている〟だって？　あの子は九歳半なんだぞ。

けれど、わたしは娘の勇気に正直驚いていたし、わたしたちが娘を守ってやれると固く信じていた。

わたしはいった。「わかった。きみはほかの親御さんたちに連絡してくれ。わたしは警察に話をする」

車をおりた瞬間に、人々はわたしたちに気づいた。いっせいに怒声があがり、怒れる人々の波がわたしたちに押し寄せてきた。

わたしは目を下げてヘレンに視線をむけると、娘の手をしっかりと握った。「両手を放しちゃだめだよ」

ヘレンはなだめるようにわたしに笑いかけた。まるでわたしが、浜辺に遊びにきて「ガラスのかけらに気をつけなさい」といっているような、こまかすぎることを口にしたかのように。「心配いらないから、お父さん」群衆にまわりを囲まれてヘレンがすくみ、そのあとはあらゆる方向から人の体がわたしたちを押しまくり、人々が顔のまん前でしゃべりちらし、唾が飛んできた。フランシーンとわたしは体をむきあわせて、ヘレンを守る柵であり、大人たちの足のあいだに割りこむくさびにもなるものを形作った。自分より背の高い大人たちに囲まれてヘレンはこわいだろうが、わたしは娘がこんな連中と目をあわせずにすむのをうれしく思った。

「この少女を動かしてるのはサタンよ！　サタンがこの少女の中にいるの！　出てきなさい、イゼベルの亡霊よ！」襟の高いライラック色のドレスを着た若い娘がわたしに体を押しつけて、意味不明の言語で祈りを唱えはじめた。

「ゲーデルの定理が証明するように、量子崩壊の裏面たる計算不能な非線形世界は仏陀界の顕在的表現なんだよ」と歌うように熱っぽく語っているのはこざっぱりした服装の若者だが、言葉の意味をひとつもわからずにこれだけのセリフがいえる要領のよさは、見あげたものだ。「ゆえに（エルゴ）、機械の中に魂があるはずはない」

「サイバー・ナノ量子。サイバー・ナノ量子。サイバー・ナノ量子」この念仏を唱えているのは、もしかしてわたしたちの〝支持者〟かもしれない。それはライクラのサイクリングショーツをはいた中年男で、無理やりフランシーンとわたしのあいだに手をのばし、ヘレンの頭に触れて数片のフケを置いていこうとした。こうすればヘレンがオメガ・ポイントにいたった暁には復活させてもらえるようになる、とでもいうカルトの教義があるのだろう。わたしは男を直接傷つけない範囲で断固として行く手をふさぎ、男はルルドへの入場を拒絶された巡礼のごとくに泣き叫んだ。

「永遠に生きられると思っているんだろ、ティンカーベル？」もじゃもじゃの髭を生やした意地の悪い目つきの老人がわたしたちの正面に頭を突きだして、ヘレンの顔にまっすぐ痰を吐きかけた。

「この下司！」フランシーンが金切り声をあげた。そしてハンカチをとりだして、痰をぬぐいとりはじめた。わたしは腰を落とすと、あいているほうの手を精いっぱいのばして妻と娘を囲った。ハンカチで顔をこすられているあいだ、ヘレンはむかついたように顔をしかめていたが、泣いてはいなかった。

わたしはきいた。「車に戻ろうか？」

「だめ」

「ほんとに？」

ヘレンは口をすぼめて、むっとした表情になった。「なんでいっつも同じこときくの？『ほんとに？　ほんとに？』。お父さんのほうがコンピュータみたい」

「悪かった」わたしは娘の手を握りしめた。

わたしたちは群衆をかきわけて進んでいった。抗議者たちの中核は、最初にわたしたちに押し寄せてきた常軌を逸した連中よりも、正気かつ分別があった。わたしたちが校門に近づくと、人々はあわててわたしたちを無傷で通せるだけの場所を空け、同時にカメラにむかってスローガンを叫んだ。「金持ちだけでなく、全国民にじゅうぶんな医療を！」その意見に反論の余地はないが、アダイは富裕層が子どもを病気から守るための無数の手段のひとつでしかないし、じっさいにはその中でも安あがりなほうに属する。赤んぼうから成人サイズまでの義体にかかる費用の総額は、合衆国の生涯医療費の中央値より少ない。アダイを禁止しても富裕層と貧困層の格差に終止符は打たれはしないが、永遠に生きられる子どもを作ることを利己的行為の最たるものと考える人がいるのは、わたしも理解できる。おそらくそうした人々は、今後数千年におよぶ自らの子孫の出生率と資源消費を考えたことなどいちどとしてないのだろう。

校門をくぐると、そこは広々とした静かな世界だった。この中への不法侵入は即逮捕を意味し、抗議者の中にはその運命を自ら求めるほどガンジー主義に染まっている人はいなかったようだ。

玄関ホールの中にはいると、わたしはしゃがみこんでヘレンを両腕で抱きしめた。「なんともないかい?」

「全然平気」

「おまえはなんて偉い子なんだ」

「お父さん震えてる」ヘレンのいうとおりだった。わたしの全身は小さく震えていた。それは、外での押しあいや、抗議者たちとじかにむきあったことや、わたしたち一家が無傷であそこを通り抜けてこられたことへの安堵感から来るものだけではなかった。わたしは安堵しきったことなどいちどとしてない。ほかの可能性世界のイメージを、心の奥底にいたるまで完全に消し去れたことはなかった。

教師のひとり、カーメラ・ペイニャが冷静な態度で近づいてきた。職員も生徒の親たちも全員が、こんな日が来るだろうことをわかった上で、ヘレンをうけいれることに同意したのだった。

ヘレンが、「だいじょうぶだよ、あたし」といってわたしの頬にキスし、フランシーンにも同じことをした。「だいじょうぶ」と繰りかえしてからわたしたちに、「もう帰っていいから」

カーメラが、「六割の子どもが登校してきました。悪い数字ではないですね」

ヘレンは廊下を遠ざかっていく途中で、いちどだけわたしたちをふり返って、一生懸命手をふった。

わたしはいった。「ああ、悪くない」

翌日、子どもたちが買い物に出かけた先で、一団のジャーナリストが同伴のわたしたちを含めた五人をつかまえたが、メディア組織が訴訟を警戒するようになっているところへもってきて、イザベルが自分はいま〝あらゆる市民と同じ私人としての平凡な自由〟を楽しんでいるのだと——最近〝セレブ・ストーカー〟に対して八桁の賠償金をいいわたした判決を引用しつつ——注意をうながすと、連中はわたしたち一行にちょっかいを出さなくなった。

イザベルとソフィーが帰国した次の夜、わたしはおやすみのキスをしにヘレンの部屋にいった。キスを終えて背をむけたとき、ヘレンがいった。「クァスプってなに?」

「コンピュータの一種だよ。どこでその言葉をきいたのかな?」

「ネットで。あたしはクァスプをもってるけど、ソフィーはそうじゃないって書いてあった」

フランシーンとわたしは、なにを、いつソフィーに話してきかせるか、きっちりとは決めていなかった。「そのとおりだけれど、別に心配するようなことじゃないよ。おまえがソフィーとほんのちょっとだけ違っているということでしかないのさ」

ヘレンは顔をしかめて、「ソフィーと違うのはいやだ」

「だれもがみんな、ほかのだれとも違っているんだ」わたしは頭に浮かんだ端から言葉を口にした。「クァスプをもっているというのは、ちょうど……車が種類の違うエンジンを積んでいるようなものだな。だからって行けない場所ができるわけじゃない」全部の場所に同時には行けなくなるけれど。「おまえもソフィーも、したいことはなんでもできる。ソフィーと同じがいいなら、好きなだけ同じになれるんだ」わたしはかならずしも無責任なことをいっているわけではない。クァスプの遮蔽を無効にするだけで、決定的な差異はいつでも消し去れる。

「あたしは同じになりたい」ヘレンは力をこめていった。「こんどあたしが大きくなるとき、いまのソフィーと同じ体をもらうことはできないの？」

「おまえのもらうもののほうが新しいんだ。そっちのほうがよくできている」

「ほかにそれをもらう人はいないじゃない。ソフィーだけじゃなくて、ほかのみんなのだれも」ヘレンはわたしの嘘を見破っていることに自分で気づいていた。もしそれが新しくてよくできてるなら、あたしより若いアダイもそれをもらうはずでしょ？

わたしは答えた。「ややこしい理由があるんだよ。さあ、もう寝なさい。この話はそのうちしようね」わたしは意味もなく毛布を直してやり、ヘレンはわたしをにらみつけていた。

わたしは下におりると、いまの会話をフランシーンの前で再現した。「どう思う？」わたしはたずねた。「そろそろなんだろうか？」

「そうなのかもね」フランシーンは答えた。

「あの子がMWIを理解できるくらいに大きくなるまで待ちたかったんだが」

フランシーンは考えをめぐらせてから、「理解って、どれくらいのことをいうの？　教えたからといって、ヘレンがすぐにも密度行列をもてあそぶようになるわけじゃない。それに、わたしたちが秘密にしすぎていたら、むしろあの子がほかの情報源から中途半端な説明をききかじることになってしまうだけよ」

わたしはカウチに身を投げだした。「うまくやれるだろうか」

わたしはそのときにいう言葉を何千回も練習していたが、わたしの想定していたヘレンはつねにもっと年上で、ほかに何百人ものアダイがクァスプをもつようになっているはずだった。現実には、わたしたちが道を拓いた試みのあとにつづく人は、だれもいなかった。MWIが正しいという証拠は一貫して確実なものになってきたが、大部分の人にとって、それはまだかんたんに無視できるものだった。バージョンごとにどんどん洗練されていくネズミが迷路を走るところは、精巧なコンピュータゲームにしか見えなかった。分岐した世界から別の分岐へと旅できる人はいないし、だれも並行世界にいる自分の分身を見張ることはできない――そしておそらく、そんな芸当が可能になる時代も来ないだろう。「おまえは地球上の意識をもつ存在の中で唯一、ある決断をくだして、それを守りとおすことができるんだ、なんてことを九歳の娘にどう説明したらいいんだ？」

フランシーンは微笑んで、「いまみたいな言葉は使わないことね、とりあえずは」

「わかってるよ」わたしは妻の体に腕をまわした。わたしたちは地雷原に足を踏みいれようとしていて、危険地帯に体をまき散らす運命は避けがたいが、少なくともたがいの判断をあてにして少しでも失敗を防ぎ、道から外れないようにすることができる。

わたしはいった。「ふたりでやり遂げよう。きっとうまくやれる」

二〇五〇年

朝の四時、わたしは欲求に屈して、この一カ月ではじめて煙草に火をつけた。

煙を肺に吸いこむと、その温かさとの対比で体のほかの部分がどれほど冷えていたかに気づいたとでもいうように、歯ががちがちいいはじめた。煙草の先の赤い輝きより明るいものは視野になかったが、もしわたしが撮影されているなら赤外線カメラが使われているだろうから、どのみちわたしはかがり火のようにあかあかと映るだろう。煙が喉を逆流してきて、わたしは毛玉をつまらせた猫のように咳きこんだ。最初の一本はいつもこうなる。わたしがこの習癖に手をつけたのは驚くなかれ御年六十のときで、五年間吸ったりやめたりをつづけたあとも、わが気管はそれがよくない行為だと信じずにいた。

水浸しのニューオリンズの残骸の西二キロにあるポンチャトレーン湖岸の泥の上でしゃがみこんだまま、五時間が経つ。艀（はしけ）を監視し、何者かがやってくるのを待ちながら。艀まで泳いでいって中をのぞきたい衝動に駆られるが、わたしの〈支援者（エイド）〉は湖面をとり囲む自家用レーダーを明るい赤で表示し、有効範囲の外にいてさえわたしが探知されずにいられるという保証をあたえてくれなかった。

フランシーンには前夜連絡をとっていた。わたしたちが交わした言葉は短く、張りつめていた。

「いまルイジアナだ。手がかりをつかんだと思う」

「ほんとに？」

「結果は知らせる」

「きっとね」

フランシーンとは二年近くじかには会っていない。ふたりでいっしょにさんざん無駄足を踏んだあと、捜索範囲を広げるためにわたしたちは別行動をとっていた。フランシーンはこれまでニューヨークからシアトルまでを捜し、わたしは南部を担当した。月日がたちまちすぎ去るうちに、目標のためには感情的反応のいっさいを二の次にするというフランシーンの決意は蝕まれていった。ある夜、わびしいモーテルの一室にひとりでいるとき、フランシーンが深い悲しみに圧倒されたことはまちがいないと思う——そして同じことは、その一ヵ月後だか一週間前だかはわからないが、わたしにも起こっていたけれども、それでもなんの違いもなかった。いっしょに体験したわけではないから、その心の痛みは共有されず、その分心労は軽かった。四十七年目にしてはじめて、ただひとつの目的をかつてないほどともに追いもとめているにもかかわらず、わたしたちの心は離れはじめていた。

この州の州都バトンルージュでジェイク・ホルダーのことをつきとめたのは、噂話や酒場で吹聴された自慢話の何重かのまたぎきを三角測量した結果だ。自慢話はどれもこれも作り話だった——電子レンジより馬鹿なソフトウェアを積んだ義体は無制限に従順な奴隷になるが、そんなハイテク版ダッチワイフをもっているのを仲間に知られてしまったなら、面子をかけらなりとも守るには、そのダッチワイフが人格をもつAIで動いているとほのめかすしかないわけで、あとさき考えずにそうしてしまう男が山のようにいるのは不思議でもなんでもない。

だがホルダーはそんな失笑もののケースではないようだ。わたしが金で入手したこの男の全人生の購買記録には、サイバー・フェチ者むけポルノが二十年以上にわたって途切れることなく登場していた。ハードコアとやらせの両方。半分のタイトルには〝本番〟という言葉が含まれている。だが三カ月ほど前から、その手のものの購買がぴたりと止まり、ホルダーはもっといいものを見つけたともっぱらの噂だった。

わたしは煙草を吸いおえると、両腕を叩いて血行をよくした。（あの子は艀の中にはいやしない）あの子はブリュッセルの法改正のニュースをきいて、いまごろはヨーロッパへむかう途中かもしれない。あの子が自力でその旅を実現するのは困難かもしれないが、手伝ってくれる誠実であてになる友人たちがいないわけはなかろう。わたしの脳裏にはあの子の姿が無数に刻まれているが、どれもが何年も前のものでしかなかった。苛烈だが無意味な口論の数々、ささいな悪行のあれこれ、繰りかえされる自傷。あれからなにがあったか、どんな体験をしたかに関係なく、あの子はもはや怒れる十五歳の、ある金曜に学校に出かけたまま帰ってくることのなかった少女ではない。

あの子が十三になるころには、ことあるごとに口論していた。彼女の体には思春期のホルモンの奔流は不要だったが、ソフトウェアはそれにはおかまいなくシミュレートした内分泌作用の影響を押しつけていた。娘が大人になっていくにあたって、魔法の近道をたどらせるのではなく、その過程をいちいち体験させるのは拷問のように思えることもあったが、ふつうの人間の成長を極力忠実にシミュレートしようとしている以上、基本的なルールの変更や干渉はいっさいおこなわなかったのだ。

口論の理由がなんであっても、娘にはわたしを沈黙させる最終兵器があった。「あたしは父さんにとって、物でしかないの？　ただの道具でしか？　父さんのちっちゃな万能薬なんだ！」わたしは娘がどんな人間になり、なにを望むかについて考えていなかった。わたしが娘を作ったのは自分自身のおそれを消し去るだけのためだった（口論のあと、わたしはベッドで目ざめたまま、頭の中で反論にならない反論を展開した。ほかの親たちははるかに利己的な動機で子どもを作っているんだ。家業を継がせるため、重役会議室の椅子にすわるため、退屈しのぎ、破綻した夫婦関係を繕うため）。〈ヘレンの目に、クァスプ自体は善とも悪とも映らなかったが――遮蔽を無効化するというわたしの申し出はことごとくはねつけた。それではわたしがあまりにかんたんに責任から解放されてしまうから。わたしは娘を、自分個人の身勝手な理由からフリークにしてしまった。ほかのアダイとさえ異なる存在にしてしまったが、それは自分が確実に心の安らぎを得られるようにするため以外のなにものでもなかった。「単一の人間（シングルトン）を生みだしたかったって？　だったら、まちがった決断をするたびに頭を撃って死ねばよかったじゃない」

娘が失踪したとき、フランシーンとわたしは誘拐ではないかと心配した。だが娘の部屋で見つかった封筒の中から、あの子が自分の体からほじくりだした位置表示ビーコンと、こう記されたメモが出てきた。『捜さないで。二度と戻りません』

わたしの左手にあるぬかるんだ小道を、大型トラックが泥を跳ねながら走ってくる音がした。わたしはさらに背を丸め、藪に完全に姿が隠れるようにした。金属の震えるかすかな音を立ててトラックが止まると、艀が無人のモーターボートを吐きだした。〈支援者〉はデータ・ストリームのやりとりをとらえたが、それはこの一回のみにしか通用しない合い言葉で、ほかの状況でもクラッキングして艀のオーナーになりすませる方法の手がかりは含まれていなかった。

男がふたり、トラックからおりた。片方がジャック・ホルダーだ。星明かりで顔を見わけるのは不可能だが、わたしはバトンルージュのダイナーやバーでこの男から数メートルの席にすわったので、〈支援者〉には男の身体的特徴を確認できた。神経系とインプラントが発する電磁的放射。周囲の場の小さな変化に対する体の静電容量および磁気誘導的反応。自然とチェルノブイリ両方の起源で、体への蓄積はだれにも避けられないが個人差はある放射性同位体の、ガンマ線スペクトル。

ホルダーのつれが何者かはわからなかったが、すぐにおよその状況が判明した。

「ここで千ドル」ホルダーがいった。「戻ってきてから、残りの千ドル」ホルダーのシルエットが、待機しているモーターボートに手をふった。

もうひとりの男は疑わしげに、「それがあんたのいうとおりのものだなんて、知りようがないじゃないか？」

「あの子を〝それ〟なんて呼ぶな」ホルダーが文句をいう。「あの子は物じゃない。おれのリリス、おれのロ・リー・タ、おれをおったたせる時計仕掛けのサキュバスだ」わたしは一瞬、この過剰なセールストークに客が苦笑して分別をとり戻すのではと期待した。大々的に広告されているように、バトンルージュの売春宿に行けば、技をきわめた人間の操作するマシン・セックスをほんの端金(はしたがね)で楽しめるのだ。この客がほんもののアダイでどんな特別な興奮を味わえると思っているにせよ、同じ商売のほかの艀と違って、ホルダーには商売道具を操作する仲間がいないことは知りようもない。この客はホルダー自身が操作していても二千ドル払うだろう。

「わかった。だがもしその子がほんものでなかったときには……」

わたしがどんな行動をとろうとするか、つねに状況をじゅうぶんにモデル化して理解している〈支援者〉は、金が引き渡されるのをききとると、「いまだ」と耳の中でささやいた。わたしは躊躇なく従った。十八カ月前、わたしは現代化学が誘発できるあらゆる苦痛と嘔吐感を使って、〈支援者〉の指示に即座に従うよう自分を条件づけしていた。〈支援者〉はわたしの四肢を操ることはできない——そのための精巧な外科手術をうける金の余裕はなかった——が、振付用ソフトウェアからわたしが改造したシステムを使って、視野に動作のタイミングをオーバーレイしてくれる。わたしは藪の中から大股に踏みだして、まっすぐモーターボートにむかった。

客が憤慨した声で、「これはどういうことだ?」

わたしはホルダーに、「おまえが先にこいつにぶちこむか、ジェイク? 押さえつけてやるよ」と声をかけた。〈支援者〉にコントロールをゆだねる気になれないことがいくつかあった。〈支援者〉の設定した範囲内でだが、わたしがアドリブで行動してから、それを状況の一要素として処理させたほうが、ことがうまく運びやすい。

唖然としてしばし声を失ってから、ホルダーは冷たく、「こんな野郎、生まれてこのかたはじめて見る」だが赤の他人から信頼を引きだすには、沈黙が一瞬長すぎた。ホルダーが武器に手をのばすと、客はあとずさりし、そしてまわれ右して逃げ去った。

銃をもった手をのばして、ホルダーはゆっくりとわたしに近づいてきた。「なんのつもりだ？　おっさん、あの子を追っかけてるんだな？　そうだろ？」ホルダーのインプラントがわたしの体を能動で——この状況でステルスにする理由はない——マップしていたが、わたしはバトンルージュでこの男を何時間も尾行していたから、〈支援者〉はこいつを設計図並みの詳細さで把握していた。星明かりに浮かぶ男の影に、脳や神経やインプラントをあらわにした解剖図がオーバーレイされる。運動皮質で青い蛍の群れのようなきらめきが生じたのは、人差し指の動きとは一見無関係なかたちで肩をすくめる前兆だ。きらめきの激しさがあるレベルに達し、それを合図に男のインプラントが銃を無線で発射する直前、〈支援者〉がわたしにいった。「しゃがめ」

発射音はしなかったが、また体をのばしたとき、火薬のにおいを嗅いだ。わたしは考えるのをやめて、ダンス・ステップどおりに動いた。ホルダーが大股に前に出て、わたしめがけて銃をふるったが、わたしは横に身をかわして右手をつかむと、相手の首の横のインプラントに繰りかえし激しいパンチを喰らわせた。フェチにはありがちだが、ホルダーはわざとかさばる製品を選んで、皮膚の下に透けて見えるようにしていた。どのインプラントも角はとがっていないし、曲がらないほど堅くもなかったが——この男はそこまでマゾヒストではないということだ——生体適合性のあるいちばんやわらかい発泡体でも、じゅうぶんに圧縮すれば、木材の塊のようになる。わたしはその塊を男の首の筋肉にめりこませながら、前腕を上にひねってやった。ホルダーの手から銃が落ちた。わたしはその上に足をのせ、後方の藪の中にすべらせた。

超音波を使うと、ホルダーのインプラントのまわりに血がたまってきたのが見えた。血圧が高まるまで手を止めてから、もういちど殴りつけると、ふくらんでいた部分が巨大な水疱のように破裂した。ホルダーは両膝をついて、痛みにわめいた。わたしは尻ポケットからナイフをとりだし、男の喉に突きつけた。

ホルダーに自分のズボンのベルトを外させ、それを使って両手を背中で縛る。そしてモーターボートのところへつれていき、ふたりで乗りこむと、必要な指示を出すようせっついた。ホルダーはむっつりしていたが、いうことはきいた。わたしはまったくの無感覚だった。さっき現場を押さえた取引は詐欺で、艀にはバトンルージュで手にはいらないものなどない、といまだにいい張っている部分がわたしの中にある。

艀は古く、木製で、防腐剤と腐敗がにおった。船室の窓にはよごれた樹脂製のガラスがはまっていたが、のぞきこんでも光の反射しか見えない。甲板を横切るあいだ、わたしはホルダーを体が触れるほど近くにいさせた。保安システムが武器を備えていた場合でも、弾がわたしたちふたりともを貫通しかねない危険はおかさないだろうと期待して。

船室のドアの前で、ホルダーが観念した口調でいった。「あの子にひどいことするなよ」わたしは血が凍り、前腕を口に押しつけて反射的に出かかったむせび声をこらえた。ドアを蹴りあけたが、影しか見えない。「照明!」と声を張りあげると、天井とベッド脇のふたつが反応した。ヘレンは裸にされ、両手首と両足首を鎖でつながれていた。娘は顔をあげてわたしを見ると、恐怖に満ちた、泣き叫ぶような声をあげはじめた。

わたしはホルダーの喉にナイフを押しあて、「あれを外せ!」

「鎖を?」

「そうだ!」

「できない。あれは電子式じゃないんだ。溶接してあるだけなんだよ」

「工具をもってるだろう?」

ホルダーは口ごもった。「トラックにレンチが数本。あとは街からとってこないとなにもない」

わたしは船室を見まわし、ホルダーを部屋の隅につれていくと、壁をむいたままそこに立ってろと命じた。そしてベッドの横にひざまずく。

「しーっ。ここから出してあげるからね」ヘレンは静かになった。わたしが手の甲で頬に触れても、娘は逃げたりせず、信じられないという顔でわたしを凝視した。「出してあげる」ベッドの支柱は木製だがわたしの両腕をあわせたより太く、鎖の金属はわたしの親指くらいの幅があった。素手でこのどこかを折れる見こみはない。

ヘレンの表情が変わっていた。わたしが現実で、幻覚を見ているのではないと気づいたのだ。つらそうな声で、「あたしのことあきらめただろうと思ってた。バックアップのひとつを起こしただろうって。そしてやり直し」

わたしはいった。「おまえをあきらめたりなど絶対にするものか」

「本気？」わたしの顔を探って、「これが究極のありえないこと？　いまよりひどいことなんて起こりようがない？」

わたしには答えられなかった。

かわりに、「〝着替え〟のときの、感覚の切りかたを覚えてる？」

ヘレンは弱々しい、しかし勝ち誇ったような笑顔をわたしにむけた。「完璧に」監禁と屈辱には耐えねばならなくても、娘にはいつでも自分自身を体の感覚と切り離す能力があったのだ。

「いまそれをする気はある？　この全部とおさらばするために？」

「もちろん」

「もうすぐ危険はなくなる。約束する」

「信じてるから」ヘレンの両眼が白目を剝いた。

わたしは娘の胸を切りあけると、クァスプをとりだした。

フランシーンとわたしはそれぞれがスペア・ボディと服を車のトランクに積んでいた。アダイは国内便の利用を禁止されていたから、ヘレンとわたしは州間ハイウェイを走って、フランシーンが待ちうけているワシントンDCにむかっていた。そこでスイス大使館に亡命を求める。イザベルがその方面の手配を進めてくれていた。

ヘレンは最初口をきかず、まるでわたしと初対面であるかのようにおずおずしていたが、二日目になって、アラバマを抜けてジョージアにはいると、心をひらきはじめた。そして少しずつ話してきかせてくれた。さまざまな州をヒッチハイクして歩いたこと。賃金がeキャッシュで、生体認証(バイオメトリック)IDはもちろん、社会保障番号もきかれない臨時雇いの仕事を探したこと。「いちばん理想的だったのは果実もぎかな」

旅の途中あちこちで友だちができ、その中で信用できると思った人には、自分の正体を打ちあけた。そのうちのだれかに裏切られたのかどうかは、いまでもわからないという。ホルダーに見つかったのは、ある橋の下の渡り労働者キャンプ。あの男に探すべき場所を正確に教えた人がいるとしか思えないが、昔メディアで見たことのあるヘレンの顔に気づいただれかが、たまたまホルダーと知りあいだったということもありえなくはない。フランシーンとわたしは、事態を悪化させるだけだというおそれから、ヘレンの失踪をいちどたりとも公にせず、ビラもウェブページも作りはしなかった。

三日目、南北のカロライナ州を走りながら、わたしたちはまたほとんど口をきかなくなっていた。景色はすばらしく、野には花が咲き乱れ、ヘレンの心は落ちついているように見えた。たぶんこれが、ヘレンにいちばん必要なものだったのだろう。まちがいのない安全と、平穏さ。

だが、黄昏どきが近づくにつれ、わたしは話をすべきだと感じはじめた。

「いままでいわずにいたことがある」わたしは口をひらいた。「若いころのわたしの身に起きたことだ」

ヘレンは笑って、「実家の農場から逃げだした、とかいわないでね。乳しぼりにうんざりして、サーカスにはいった、みたいな」

わたしは首をふった。「そんな大胆な真似はしたことがない。ささいなことだ」そして見習料理人の一件を話した。

ヘレンは話をきいてからしばらく考えこんでいた。「だからクァスプを作ったの？　それがあたしを作った理由？　要するに、すべてのはじまりはその路地の男性ってこと？」怒りよりとまどいが感じられる声だった。

わたしは頭を下げた。「すまない」

「ってなにが？」ヘレンが問う。「あたしが生まれたことに対して謝ってるわけ？」

「いや、そうではなくて――」

「あたしがあの舟に乗せられたことにも、責任は感じなくていい。やったのはホルダーだから」

「あいつのような人間がいる世界に、わたしはおまえを生みだした。わたしがおまえをこういうふうにしたから、おまえはねらわれてしまった」

「あたしが生身の人間だったらどう？」とヘレン。「生身の人間をねらってああいうことをするやつがいると思わない？　それとも、娘が有機体だったら、家出する可能性は完全に、ゼロだったと本音では信じてるとか？」

わたしは涙を流しはじめた。「わからない。とにかく、わたしがおまえを傷つけたことはすまないと思う」

「いままでのことで責める気はないよ。動機も前よりわかるようになったし。自分の中に見つけた善の輝きを、両手で囲って、守って、もっと強くしたかったんでしょ。それは理解できる。あたしはその輝きじゃないけど、それは問題じゃない。あたしは自分がどんな存在かわかってるし、自分がどんな選択をしてきたかもわかってるし、そのことがうれしい。それをあたえてくれたことが、うれしいんだよ」ヘレンは手をのばして、わたしの手を握りしめた。「たったいま、ほかのバージョンの自分はこの同じ場面でもっとうまくふるまってるかもって考えられたら、あたしがもっといい気分になると思う？」笑顔になって、「ほかの人がいい思いをしてると知って、ものすごく心安らぐ人なんていないよ」

わたしは落ちつきをとり戻した。ブザーが鳴って、車が数キロ先のモーテルを予約したことを知らせた。

ヘレンが話しはじめた。「考える時間はたくさんあった。法律がなんといおうが、偏狭な連中がなんといおうが、アダイはみんな人類の一部なの。そして、あたしがもってるのは、これまでに生をうけた人間のほとんどが、自分がもってると考えたもの。人間の心理、人間の文化、人間の徳性。それはすべて、自分たちが単一の履歴を生きてるという幻想とともに育ってきた。でも、その幻想は正しくない——だから、いずれはそのことでなにかがなされなくちゃいけない。保守派っていわれるかもだけど、あたしは単一の履歴というのが幻想だからといって、みんなのアイデンティティをまるごと捨て去るより、自分たちの物理的なありかたをいじりまわすほうを選ぶ」

しばらくしてからわたしは口をひらいて、「それで、とりあえずなにをするつもりなんだ？」

「勉強しなくちゃ」

「なにを？」

「まだよくわからない。無数のいろんなことを。でもいずれ、自分のやりたいことがわかる」

「それから？」車はハイウェイをおり、モーテルにむかった。

「あたしが作られたことが第一歩」ヘレンがつづける。「でもそれだけじゃ、まだだめ。クァスプがまだ発明されてない何億何兆のほかの分岐にも、人が住んでる――クァスプをもたない分岐がつねに存在するのは、理屈からしてどうにもならないとしても。あたしたちにはもうクァスプがあっても、それをほかの分岐と共有できなくちゃ意味がない。自分自身の選択をおこなう能力をもつに値する人々が、たくさんいるんだから」

「分岐間の移動はかんたんに解決できる問題じゃない」わたしは控えめに表現した。「実現するのはクァスプより数桁は困難だろう」

ヘレンはわたしの指摘をうけいれたしるしに笑みを浮かべたが、その唇の端はきっぱりと曲がっていた。かつてこの子が無数のもっと小さな勝利をおさめる前に、わたしが目にしたように。

わたしの娘がいった。「時間をちょうだい、父さん。時間をちょうだい」

編・訳者あとがき

本書は、『祈りの海』『しあわせの理由』（ともに本文庫）につづく、グレッグ・イーガンの日本オリジナル第三短篇集である。

イーガンの作風については、これまでの訳者あとがきなどで書いてきたことにあらためてつけ加えることもないが、現役SF作家の最高峰という評価は日本でも完全に定着したようだ。ちょうど一年前に〈SFマガジン〉が募集したオールタイム・ベスト投票でも、イーガン作品は複数が上位にランクインしている。海外短篇部門では「しあわせの理由」（同題短篇集所収）の第一位を筆頭に、四作が五十位以内にランクイン。海外長篇部門では『万物理論』（創元SF文庫）の第七位をはじめ、既訳の四長篇すべてが五十位以内にはいった。さらに、海外作家部門ではP・K・ディックに次ぐ第二位を獲得。また星雲賞受賞も五回を数え、『SFが読みたい！』（早川書房）の年度ベスト海外部門でも、第一位四回を含め、既刊の訳書すべてが三位以内にランクインしている。

本書を手にするかたの中には（イーガンの新刊ということで無条件で買ったかたも大勢おられるだろうが）、こうした評価を見て手をのばしたかたも多いと思う。おもにそういうかたむけにひとことお断りしておくと、本書は既刊の短篇集二冊に比べると、ハードSFと呼ばれるタイプの作品の比重が高い。そういう作品も、科学的・数学的な説明がよくわからなくてもドラマや雰囲気で楽しめたり、あるいは読みどころが全然別の部分にあったりするのだが、SFを読みなれていないと面食らう部分があるかもしれない。ただ、もし本書を読んでむずかしいなと思ったとしても、即、「SFは敷居が高すぎ」とか決めつけないで、『祈りの海』や『しあわせの理由』を読んでみていただきたい。ちなみに前者はふつうに小説が読めるかたにならとっつきやすい作品を頭に並べ、後者は最初からインパクト重視、という構成になっております。

本書収録作品は、作者の本格デビュー直後のものから今世紀の最近作までと、発表期間が長い。そこから作風の変遷が見てとれるようにも思うが、それは単に、おおむね新しい作品ほど長いせいかもしれない。

また、作者のほとんどの作品に共通するアイデンティティというテーマの追究について、「行動原理」をその入門篇、それを別々の方向で行きつくところまで突きつめたのが「真心」「決断者」「ふたりの距離」の三篇、と見ることもできるだろう。

以下、本書収録作品の初出と受賞情報（順位のあるものは五位まで）、および若干のコメントを。

「行動原理」“Axiomatic”（〈インターゾーン〉一九九〇年十一月号）
＊英国ＳＦ協会賞候補、〈インターゾーン〉読者賞第二位
本作の初出誌の数号前には、「ぼくになることを」（『祈りの海』所収）が掲載されて、二作はともに英国ＳＦ協会賞候補となり、同誌読者賞では「ぼくになることを」が第一位、本作が第二位と上位を独占した。つまりこの二作が作者の出世作であり、本作は英語圏第一短篇集の表題作にもなった。なお、ジョージ・アレック・エフィンジャーの『重力が衰えるとき』（本文庫）でも、本作のインプラントと類似のアイデアがあつかわれており、読みくらべると面白い。

「真心」“Fidelity”（〈アシモフ〉一九九一年九月号）
本作では「行動原理」と同じガジェットをあつかっているが、その別の〝用途〟とそこから生じるシチュエーションや形而上学的問題が、より偏執的・徹底的に検証されている。作者は一九九〇年のほぼ一年間をかけて『宇宙消失』（一九九二年原著刊行・創元ＳＦ文庫）にとりくんでおり、「行動原理」と本作はその執筆直前か途中に書かれたらしい。『宇宙消失』に出てくるモッドというガジェットは、インプラントのバリエーションない

し発展形的アイデアといえる。

「ルミナス」“Luminous”〈アシモフ〉一九九五年九月号

＊ヒューゴー賞第五位、〈SFクロニクル〉読者賞第二位、オーリアリス賞受賞、星雲賞受賞、年間SF傑作選収録

本作の発表以降、作者の作品には、数学的・幾何学的なアイデアが大きな比重を占めるものが顕著に増えている——といっても発表作品数自体は激減しているが。そのかわりというわけでもないだろう（と思う）が、専門家と論文の共同執筆をしたり、自分のホームページを含めたネット上でこの方面の問題を論じることが多くなっていく。本作は、大手出版社から出たものとしては二冊目の英語圏短篇集の表題作に選ばれた。前述のオールタイム・ベストでは第二十四位にランクイン。

「決断者」“Mister Volition”〈インターゾーン〉一九九五年十月号

＊オーリアリス賞候補、SFマガジン読者賞受賞

末尾の作者の言葉にあるとおり、ミンスキーとデネットの著書を下敷きにした作品。翻訳にあたっては、「百鬼夜行」という訳語をそこから使わせていただいた。なおこの二冊は、『ディアスポラ』（原著一九九七年・本文庫）でも参考文献にあがっている。作者が

主要作品の多くを発表した〈インターゾーン〉の、通巻第百号に掲載された。

「ふたりの距離」“Closer”（〈エイドロン〉一九九二年冬号／本邦初訳）
　＊ディトマー賞受賞

　本作には、「ぼくになることを」などに登場した〈宝石〉というガジェットと、「エキストラ」（本文庫『プランク・ダイヴ』所収）でのクローン（エキストラと呼ばれる）の使用法がとりこまれている。「エキストラ」よりはあとの時代と思われる記述が出てくるが、作者は未来史的な意図はないと語っているので、そのへんについて考察をめぐらせても無意味だろう。

「オラクル」“Oracle”（〈アシモフ〉二〇〇〇年七月号／本邦初訳）
　＊ヒューゴー賞第四位、ローカス賞第二位、〈アシモフ〉読者賞受賞、二種類の年間SF傑作選に収録

【この項はネタバレを含みます】現時点で、過去を舞台にした作者唯一の作品。正確には改変世界ものだが、ふたりの主人公とその家族の名前、一方の主人公（のモデル）がこの世界では一九五四年に死んでいること（および、作中ではそれ以降も生きていることによって生じたエピソード）と、もう一方の主人公の著作タイトル（のほとんど）を除くと、

作中の固有名詞やエピソードはほぼ史実どおり。ただし、一ヵ所だけ出てくるトールキンのエッセイがじっさいには存在しないタイトルであるらしい（微妙に違うものは存在する。本書ではその邦訳タイトルをあてた）一方、〈ナルニア国ものがたり〉の有名なフレーズが引用されていたり（瀬田貞二氏の訳を使わせていただきました。記して感謝します）、と細部にいたるまで厳密というわけではないようだ。いわずもがなだが、ふたりの主人公のモデルはアラン・チューリングとC・S・ルイス。ルイスをモデルにした人物が、ジョンという名前なのにジャックと書かれているのは、ルイスが家族や友人にはジャックと呼ばれていたことによる。なお、BBCのくだりで出てくるハミルトンの助言者は、たぶん若き日のロジャー・ペンローズだろう。

【以下の段落には、ほかの本書収録作も含めてのさらに重大なネタバレがあります】本作と「ひとりっ子」には、〝同一〟のキャラクターがひとりだけ登場する。単に名前が言及されるとかではなく本人が複数の作品に出てくるのは、現時点の作者の作品ではこれが唯一のケース。読んでいただければわかるとおり、この二作は作中の年号では本作が先に来るが、そのキャラクターに関しては本作のほうがあとのできごとになる。作者に最初から連作の構想があったかどうかは不明だが、本作のほうが発表時期では一年半、執筆時期ではたぶんもっと先行していることや、一冊の本としてのまとまりを考えて、本書ではこういう配列にしたことをお断りしておく。

「ひとりっ子」“Singleton”（〈インターゾーン〉二〇〇二年二月号）
＊英国ＳＦ協会賞候補、スタージョン賞第三席、星雲賞候補、〈ＳＦマガジン〉読者賞受賞

本作がとりあげている量子コンピュータについては、ジョージ・ジョンソン『量子コンピュータとは何か』（早川書房）などの解説書がたくさん出ている。とはいえ、作者の作品ではよくあることだが、本作で展開される議論や関心事は、量子コンピュータをめぐる現実のそれとはやや別のもの。本作のテーマは、〝多世界解釈（ＭＷＩ）の憂鬱〟。『宇宙消失』（創元ＳＦ文庫）では量子力学における波動関数の収縮を〝人間が生きるとは、選択のたびに「そうなっていたかもしれない自分を殺す」こと〟と表現していたが、本篇はいわばそのＭＷＩ版。さらにＡＩやロボットに関する考察も展開されている。作中で揶揄されている改変歴史小説アンソロジーは、たぶんマイク・レズニックの編集したものがモデルだろう。そのくだりで展開される改変歴史ＳＦ批判には、スタニスワフ・レムが『高い城・文学エッセイ』（国書刊行会）で、〝『宇宙戦争』をのちのＳＦが凌駕できずにいる〟と論じた部分と通ずるものが感じられる。なお本作のメインガジェットであるクァスプは、長篇 *Schild's Ladder*（二〇〇二年原著刊行）にも登場するが、作品世界が共通しているという言及はないようだ。

グレッグ・イーガンは一九六一年生まれ。プロフィールは既刊訳書にくわしいが、本書収録作との関連では、数学の理学士号をもっていることだけ書いておこう。

本書のいくつかの作品に関しては、志村弘之、板倉充洋、浜田玲の各氏に用語等をチェックしていただいた。二〇〇二年の「SFセミナー」でのインタビュウ（聞き手・鈴木力氏）でイーガンへの興味を示されていた奥泉光氏には、ご多忙の中解説執筆をご快諾いただいた。表紙は訳者の希望で、以前〈SFマガジン〉に「祈りの海」（同題短篇集所収）のすばらしいイメージイラストを描き、「愛撫」（『しあわせの理由』所収）の同誌訳載の際にもぞくっとするようなイラストで作品を飾っていただいた田中光氏にお願いした。本書の企画では編集部の上池利文氏にお世話になり、編集は〈SFマガジン〉編集部の清水直樹氏が、雑誌編集の激務をこなしつつ担当された。収録作のいくつかが雑誌・アンソロジーに掲載された際には、清水氏はじめそれぞれの担当編集者にお世話になった。さらにカバーデザインの岩郷重力氏や校閲のかたがたも含め、本書に関わったすべてのみなさま、どうもありがとうございました。

解説

作家 奥泉光

私が最初に読んだグレッグ・イーガンの作品は、ハヤカワ文庫の『順列都市』であったが、これには非常に強い印象を受けた。人の脳内の情報がすべてコンピューターに情報化されるテクノロジーが開発された未来、肉体は滅んでも脳の情報は別個に永久保存されて、人はついに「不死性」を獲得する、といった話なわけだが、このアイデア自体は別に驚くほどではない。小説が面白くなるのは、情報の計算速度に応じて、コンピューター内に棲む「人」の間に甚だしい階層性が生じる顚末が描かれる局面である。

コンピューターの情報処理能力には一定の限界があって、その結果、コンピューターの内と外では時間のずれが生じる。コンピューター内で一秒経つ間に、コンピューターの外側、すなわち現実の世界では、たとえば十五秒が経ってしまう。だから、コンピューターの内と外で会話を交わそうとすると、外にいる人、つまり普通に生きている人は、相手の反応の遅さにいらいらしてしまう。それでも金持ちはたくさん計算して貰えるので、さほど「現実」から遅れずにすむのだが、貧乏人は気の毒である。なにしろ少しの計算時間しか買えないので、ひどく遅れてしまう。主観で一秒経過する間に、外の世界では一年経ってしまったりする。こうなるともう、すっかり浦島太郎、外界と交際することは不可能なので、「現実」との接触を諦めた人々はコンピューター内で明るく楽しく暮らすことを考えるようになる。しかし、ここにも問題がないわけではなく、計算量が異なれば当然速度が違ってしまうため、コンピューター内でも同じ速度の人としか交際できない。かくてコンピューターの「不死人」社会は、財力に応じて細分化された一大階層社会の様相を呈することになる。

これは全く以て、階層性ということの、端的な図示である。階層社会の本質は、財力の多寡に応じて、獲得できる情報の量が決定される点にある。カネのある者だけが、教育を受けられたり、特定の団体に加入出来たり、海外へ行けたりして、その結果ますますカネを得るチャンスが大きくなり……という循環が階層を生むわけだけれど、これ要するに、財力に相応して人が情報ネットワークに接近(アクセス)する仕組みである。私たちは階層化へのベクトルが作用する社会に現に生きているが、かりに階層化が徹底的に進んだ場合でも、得られた情報を生かす個人の才覚だとか、運不運だとかいった要素は残り、階層間の流動性は消え尽くさない。ところが、イーガンの「不死人」の社会では、カネ即ち情報量であり、情報量即ち計算速度であり、その格差は数学的厳密さをもって貫徹する。カネ＝階層。嗚呼、階層性というのは実にこういうことなんだなと、私は深く納得するとともに、そのあまりの即物性に笑った。

ドイツ語に sachlich という言葉がある。これは「事物の」「事実に即した」「実際的な」「客観的な」などと訳されるが、「ロマンも幻想も入り込む余地のない」あるいは「身もふたもない」といったニュアンスがあると思われる。イーガンの小説の一番の特長はこのザッハリッヒなところであり、これが笑いを呼ぶのだ。この笑いはユーモアでもなくウィットでもなく、グロテスクなものへの笑いである。「もの」は人間にとってそもそも薄気味の悪い、グロテスクな何かなのであり、とりわけ生命や人間性や運命といった、「もの」とは別の領域に属すると見なされた事象が、「もの」の領域へと一遍に引きずり下ろされるとき、私たちは強いイロニーを感得し、笑いながら慄える。SFならではの架空のテクノロジーを駆使することで、「もの」化された世界の不気味さをイローニッシュに描き出すことにかけて、グレッグ・イーガンの右にでる者はまずないだろう。

『宇宙消失』のなかでだったか、「夜警」というソフトを購入した男は、パッケージを開けて、ナノマシンを鼻から吸入する。すると、ナノマシンが脳の神経の結線をいろいろじって、男は決して退屈を知らぬ人間となり、じっと一つ所に立って見張りを続けても集中を途切れさせることがない。まさしく夜警向きの人間となり変わる……。これは長篇小説のなかのほんの小さなエピソードだけれど、イーガンの特徴がよく現れている。私は、このナノマシンで脳を改変して彫像のように立ち続けるガードマンを想うとき、戦慄すると同時に笑いを禁じ得ない。テクノロジーによって「もの」化される人間の滑稽な不気味さ。もちろん私たちはすでに、脳に直接働きかける薬品を実際に知っている。であればこそ想像力は刺激されるので、つまり、どんな薬を飲もうが、何をしようが、私たちが絶対手放さないつもりでいる「主体性」や「人間性」がイーガンの小説では脅かされるのだ。実のところ、現代のテクノロジーは、私たちが慣れ親しんできた「人間」のイメージを大きく変えかねぬところまで来ている。それだけにイーガンの小説が迫真性を持つともいえるだろう。

もう間もなく私たちは、私たちが長らく信じてきた「人間」を捨てねばならぬのではないか？「人間」ならざるものに変わっていかねばならぬのではないか？その漠たる予感のなかで、イーガンの描く「もの」となった人間の姿は、私たちの人間像に対してきわめて批評的である。と同時にそれは胸苦しいまでに悪夢じみ、痙攣的な笑いを呼ぶ。『ひとりっ子』と題された第三短篇集にも、こうしたイーガンの魅力は横溢している。

たとえば「真心」は、愛し合う男女が、脳に物理的操作を加えることで現在の状態を固定化し、その結果二人は永遠に愛しあうことになる、という話なのだが、もちろん私たちは、愛というものが、とりわけ男女間の恋愛感情というものが移ろいやすいことを知っている。知ってはいるけれど、ここまであからさまに書かれると、身もふたもない、というか、何か冒瀆的な印象さえあって、あとはもう笑うしかない心持ちとなるのを避けられない。このザッハリッヒなイロニーにこそイーガンの真骨頂である。

表題になった「ひとりっ子」は、事故や病気で絶対に死なない子供を作る親の話である。しかし、一寸先は闇、いつなんどき不慮の事故や病気で死ぬか分からぬのが人間というものなのであって、とすると、この子供は端的に人間ではない。人間でないものを、人間として育て、愛情を注ぐ両親の姿には、何かぎょっとさせられるものがある。この「ぎょっ」とくる感情の底には、馴染みの世界や人間のイメージが揺るがされる経験がある。「ふたりの距離」はもっとすごい。他人の持つ「他者性」を一切消し去ることを試みる男女の話で、ここまでくると、人間を人間たらしめている根本条件が掘り崩される感がある。まさに悪夢的なスリルと、痙攣的な笑いに満ちた一篇である。ここで言及しない他の短篇も、流通する人間のイメージに斬り込まぬものは一つとしてない。

イーガンの魅力を語るならば、もうひとつ、数学的ロジックを使ったプロット作り（だいぶ分かりにくいのが難ですが）をあげぬわけにはいかないだろう。しかし、ここでも徹底化された数学的論理の操作が、人間を人間ならざるものへの変貌へと導く契機になるのがイーガンの特色である。

SF風の装置を背景にしたウェルメイドなファンタジーもむろん悪くはない。古色蒼然たる物語をSF風に飾りつけて提出するのもひとつの手法だろう。恒星間旅行が可能になるほどテクノロジーが進化した世界でなお、アメリカ人がいかにもアメリカ人然としてジョークを口に大活躍するのもいい。けれども、テクノロジーの進展によって変貌してしまった世界のなかで、人間存在がいかなるものでありうるのか、この困難な問いへと想像力がリアルに及ぶ小説こそ、本格ＳＦの名にふさわしいだろう。文学用語を使うなら、疑似科学の力を借りて人間を「異化」してみせるのが、本格ＳＦというべきだ。そして、グレッグ・イーガンにこそ、現代本格ＳＦのエースの座はふさわしい。

訳者略歴　1962年生，埼玉大学教養学部卒，英米文学翻訳家・研究家　訳書『順列都市』『祈りの海』『しあわせの理由』『ディアスポラ』『ゼンデギ』イーガン（以上早川書房刊）他多数

HM=Hayakawa Mystery
SF=Science Fiction
JA=Japanese Author
NV=Novel
NF=Nonfiction
FT=Fantasy

ひとりっ子

〈SF1594〉

二〇〇六年十二月十五日　発行
二〇一五年　八　月二十五日　二刷
（定価はカバーに表示してあります）

著　者　グレッグ・イーガン
編・訳者　山岸　真
発行者　早川　浩
発行所　株式会社　早川書房

郵便番号　一〇一 - 〇〇四六
東京都千代田区神田多町二ノ二
電話　〇三 - 三二五二 - 三一一一（大代表）
振替　〇〇一六〇 - 三 - 四七七九九
http://www.hayakawa-online.co.jp

乱丁・落丁本は小社制作部宛お送り下さい。
送料小社負担にてお取りかえいたします。

印刷・星野精版印刷株式会社　製本・株式会社フォーネット社
Printed and bound in Japan
ISBN978-4-15-011594-4 C0197

本書は活字が大きく読みやすい〈トールサイズ〉です。